徳間文庫

存亡

門田泰明

徳間書店

目次

第一章 5
第二章 43
第三章 95
第四章 141
第五章 183
第六章 227
第七章 259
第八章 289
第九章 345

第一章

一

山梨県甲府市——。

裏山の巨石に腰を下ろし、久し振りに眺める懐かしい古里の朝であった。眼下に、戦国時代の武将・武田信玄が建立《こんりゅう》した甲斐善光寺と葡萄《ぶどう》畑があり、視線を少し右へ向けると校庭の端に楡《にれ》の巨木二本が聳《そび》える神山中学校がある。母校である。

「何年振りかなあ」と、五分刈り頭の陣保《じんぼ》五郎は呟《つぶや》いた。勉強が嫌いで嫌いで、ぐれ通していた中学時代だった。とくに数学の時間などは、決まってこの裏山へ逃げ出しては雑草の中に寝転がり、青空の下で虫の音《ね》に聞き惚《ほ》れたり鼻歌をうたっていたものだ。

貧しい百姓家の五男だったが、両親は公立高校へ進学することを強く勧《すす》めた。しかし進学と聞いただけで鳥肌が立ち、「うるせえ。放《ほう》っておいてくれ」と悪態をついては、両親を悲しませたことが昨日《きのう》の事のように思い出される。救いは、進学で両親に経済的負担をかけなかったことだ。

「親不孝な子供だったわな」と苦笑《にがわら》いして、五郎は腰を上げた。その彼を包み込むようにして、直《す》ぐ後ろで大きく枝を広げている木が、白い小さな秋の花を無数に咲かせていた。中学時代からあった木だが、卒業と同時にこの町を出た五郎はいまだに、この木の名を知らない。

「お前も大きく伸びたなあ」

五郎は木の幹を二、三度なでてやると、山道を下り出した。

彼の背を、木の枝から降り落ちた白い花びらが、まるで蝶《ちょう》のように舞いながら追いかけた。そのうちの幾枚かが、戯れるように彼の背にしがみつく。

山道を半ばまで下りたとき、腰のベルトに通した携帯ホルダーが着信を告げて震えた。五郎は最新の軽量で小型な携帯「ミリコ」を手に取って、ディスプレイに出た着信番号を確認してから、耳に当てた。相手が誰か、判っていた。

「俺《おれ》だ」

「やっぱり古里はいいなあ。陣保はどうだ」

「いまな、中学時代に授業をさぼっては、隠れて寝転んでいた裏山に登っているんだ」

「反省しているのか。もっと勉強しておればよかったと」

「馬鹿を言え。懐かしい青春時代だったと、胸を熱うして感動を嚙《か》みしめとるわ」

「お前でも感動する心があるんだ。ご両親は元気でおられたか」

「うん、すこぶるな。上の兄弟四人が百姓を引き継いで頑張ってくれた御蔭で、ボロ家も見違えるように立派になっとる」

「へえ、それはなにより。けど、数年ぶりの突然の帰省ともなると、兄弟は余りいい顔をしなかっただろうに」

「そうでもない。音信不通だった分、皆、本気で喜んでくれたよ。お前は？」

「俺も一応は歓迎されたかなあ。あ、そうそう、昨日《きのう》の夕方、日本海で採《と》れ採《と》れの魚介類を宅配クール便でドッサリ送っておいたからな。ご両親に食べて貰ってくれや。今日の午後には着くと思う」

「そうか、すまんな。甲府《こっち》は葡萄の時期も桃の時期も過ぎたんで、これと言った物は送れないが」

「気にするな。それよりも折角《せっかく》ご公儀から頂戴《ちょうだい》した一〇日間の休みだ。一、二泊の予定で、こっちの海でも見に来ないか」

「いいのかね」

「俺の部屋は離れになっていて風呂場も付いているから、母屋《おもや》に気を使うこともない。休み《》の《》シリの方を俺ん家《ち》で過ごし、こっちから仕事場に戻るというのはどうだ」

「判った。それじゃあ世話になるか」

「甲府《そっち》を発《た》つ時にでもミリコで連絡をくれや」

「うん、そうする」

「じゃあな……」

相手が先に電話を切った。仕事で同じ班、同い年の**領仁四朗**《りょうじ》だった。彼も大の勉強嫌いで中学しか出ていなかったが、何艘《そう》もの漁船を持つ網元の四男坊という点が、貧乏百姓生れの五郎とは違った。だから五郎は彼のことを、「あいつは坊《ぼん》だ」と見てきた。が、気の合う信頼できる仕事仲間だった。

五郎は再び山道を、我が家に向かって下り始めた。自分と四朗に対し、四朗の言う〝ご公儀〟が一〇日もの休暇を与えてくれたのは、異例だと思っている。尤《もっと》も、それだけの務《つと》めは果たしてきた、という自信はあったから、上から勧《すす》められるまま遠慮なく頂戴した休みだった。

山道を下り切って道幅が急に広くなった左手に、ところどころ白壁の剝《は》げ落ちた土塀に囲まれている古風な屋敷がある。この界隈《かいわい》では〝庄屋さん〟で知られた旧家だった。どっしりとした四脚門の潜《くぐ》り戸の脇に、〝尾野村〟の表札が掛かっている。

アカ嫌いで知られている**外務大臣尾野村建造**五二歳の生家である。尾野村家の長男建造が政治家としての屋敷を東京・世田谷《せたがや》に構えているため、高齢の両親が健在なこの甲府の屋敷は、弟で農協役員の賢次が引き継いでいた。

陣保五郎はその尾野村家の四脚門の前で足を止め、きちんと一礼した。

山道を登る前も、彼はそうした。貧しい百姓だった陣保家は、かつて尾野村家に抱えられていた小作農だった、代々、「優しい気性」の血筋であることを大事にしてきた尾野村家は、小作農を疎《おろそ》かに扱うことはしなかった。

陣保家も、そんな尾野村家に大層世話になってきた。

陣保五郎の、きちんとした一礼は、それに対する感謝の表われだ。

尾野村家の西側と南側は、尾野村栗と名付けられた大粒の実がなる広大な栗林だった。尾野村家の所有であったが、二、三の近在の農家に安い地代で貸し与えられている。現在の尾野村家では管理しきれないし、農家に貸し与える方がこの広すぎる土地が荒れないで済むからだ。

陣保五郎は長い土塀に沿って歩き、直角に左へ折れている突き当たりを曲がった。

ここまで来ると、栗林の向こうに武田信玄建立の甲斐善光寺の大屋根が見える。

甲斐善光寺は、木造建築物としては、東日本で最大級の国の重要文化財だ。

五郎は、我が家への近道となる、栗林の小道へ入って行こうとした。

と、直ぐ先の尾野村家の台所門が開いて、カーキ色の作業衣を着た三人の男達が何やら小声で談笑しながら出てきた。

栗林の小道へ片足を入れかけている五郎と、三人のうち一人との視線が出合った。旧家の尾野村家には来客が絶えないことを、少年時代から承知している五郎であったから、黙って丁寧に腰を折った。

相手も頭を下げ、五郎に気付いたあとの二人も、仲間を見習った。礼儀正しかった。

五郎は栗林の中へ入っていった。栗林を斜めに横切るかたちで伸びているこの小道は、甲斐善光寺の脇に出、そこから五郎の家までは一〇〇メートル足らずだった。この小道を選択しないとなると、二倍以上の道程《みちのり》となる。

五郎にとっては、この栗林も懐かしかった。大粒の栗が実る秋になると、中学のぐれ仲間と栗林に忍び込んでは、ごっそりと栗の実を盗《と》ったものだ。それを焚火《たきび》の灰の中に投げ込んで食した焼栗の味は、今でもはっきりと舌の上に残っている。

薄暗い栗林を二〇〇メートルばかり進むと、栗橋という小さな橋が架かった大円《だいえん》川にぶつかった。栗林の一番高い位置に源泉がある小川で、甲斐善光寺の町を二つに割って南へ流れ下ると、町の南端で別の川と合流して大きくなる。

五郎は栗橋を渡り出した。橋の向こうも一面、栗林だった。

栗橋を渡り切ったところで、五郎の足が止まった。びっくりしたような止まり方だった。

「あなた方は……」

五郎の目の前に待ち構えていたように現われたのは、尾野村家の台所門から出てきたカーキ色の作業衣を着たあの三人の男たちだった。

「どうも……」と三人の内の一人が、微笑《ほほえ》みながら軽く頭を下げた。

五郎はいやな予感がして、栗橋を後退《あとずさ》った。

が、三人の男たちは五郎に近付くや、一気に飛びかかった。いや、飛びかかるようにして近付いた、と言い改めるべきかも知れない。

「な、何をするんですか」

胸倉や首筋に伸びてきた男たちの手を夢中で振り払って、五郎は身を翻《ひるがえ》した。足には自信があった。勉強は大嫌いだったが、小・中学時代は運動会のたびリレー選手として指名された。

ところが追いかけてくる三人の男たちは、五郎との間を広げなかった。三人が三人とも駿足だった。

「助けてくれえっ。人殺しいっ」

五郎は走りながら二度続けて叫んだ。広大な栗林に響きわたる大声だった。

これは利いた。三人の男たちは向きを変え、栗橋の方へ走り出し、五郎との間は見る見る開いた。

五郎は尾野村家の前の通りに出ても、走るのをやめなかった。

彼は甲斐善光寺そばの、駐在所に駈け込んだ。異動することもなく駐在所に長く勤務する初老の**矢城孝作巡査部長**とは、むろん顔馴染《なじ》みだった。ぐれ中学生時代は、よく叱られもした。

「どうしたんだ五郎ちゃん。帰省しとったんかね」

いきなり駐在所へ飛び込んできた五郎を、白髪の目立つ矢城巡査部長は大きく目をむいて迎えた。

五郎は肩を波打たせながら言った。

「矢城さん、おれ、襲われたよ、襲われたよ、栗林で」

「襲われただってえ」と、矢城巡査部長は椅子から立ち上がった。

「うん、襲われた。危うく首を絞められそうになった。怖《こわ》かったぁ」

五郎は今にも泣き出しそうに、顔をくしゃくしゃにした。

「おい五郎ちゃん。落ち着け。順を追って詳しく話してみな」

「詳しく話していると、相手に逃げられちまうよ」

「いいから順を追って話せ。しっかりしろい。一人前の男だろうが」

五郎は三人の男たちを見かけてから襲われるまでのことを、矢城巡査部長に早口で打ち明けた。

三人の男たちが反共的政治家尾野村外務大臣の生家の台所門から現われたと知って、矢城巡査部長は表情を硬直させた。

彼は所轄署へ報告を入れると、尾野村家へ向かうべく駐在所脇に止めてあったミニパトの運転席に乗り込んだ。ミニパトが左右に揺れる。

「矢城さん、おれも行くよ」

「そうだな。じゃあ乗れ」

五分刈り頭の五郎が助手席に腰を下ろすと、ミニパトはエンジンを甲高《かんだか》く軋《きし》ませて走り出した。

二

矢城巡査部長と五郎は、尾野村家の台所門ではなく四脚門の前でミニパトから降りた。

「五郎ちゃん。判っているだろうが、そこいらに指紋を付けないでくれよ。屋敷内で何が起こっているか判らないからな」

「判りました。気を付けます」

矢城巡査部長は両手に白手袋を嵌《は》めると、潜り戸をそっと押した。閂《かんぬき》はされておらず、潜り戸は音を立てることもなく静かに開いた。

二人は潜り戸を入った。大きな石畳が、門から三方へ伸びていた。中央の石畳は目の先にある正面玄関へ、右手へ伸びる石畳は客間と奥座敷と離れの茶室へ、そして左手の方へと敷かれている石畳は庭の奥に位置する御影石で造られた頑丈な石蔵へと続いている。不燃建築のこの石蔵には、信玄時代から以降の古文書がぎっしりと詰まっていて、歴史研究家にとっては、それこそ宝物殿だった。とりわけ、臨済禅《りんざいぜん》・関山《かんざん》派に深く帰依《きえ》していた武田信玄と寺院・仏教との関係に関する古文書が多く、大学の教員たちが研究のため、しばしば全国各地から訪れていた。

「いやに静かだな五郎ちゃん」

四脚門の潜り戸を入ったところで、矢城巡査部長は囁《ささや》いて動かなかった。用心深い目つきだった。

「すみませーん、と声をかけてみましょうか」と、五郎も小声で応じた。

「いや、それは拙《まず》い。五郎ちゃんを襲った三人組とやらが、また屋敷内へ戻っているかもしれんからな」

「威《おど》かさないで下さい。所轄署から、応援来るのですか」

「来る」

「それまで外で待ちましょうよ。怖いですよ」

「情けない奴だな。中学時代は、ぐれ学生で知られた五郎ちゃんだろ」

「今は真面目に一生懸命働いてますよ」

「行くぞ」

「行くんですかあ」

「もし三人組が現われたら、五郎ちゃんは大声をあげながら逃げろ。儂《わし》は逃げる訳にはいかんのでな」

「一人で逃げていいんですか」

「ああ、いいとも。しかしな、この通り広い屋敷だ。慌てて庭の奥へ迷い込まないでくれよ。迷路みたいになってるから」

「それは大丈夫ですよ。小、中学生の頃は、この屋敷の大掃除のたび両親に言われて手伝いに来ていたんですから」

「そうだったな。隅から隅まで知っているんだ。さ、行くぞ」

ヒソヒソ話を終えた二人は台所門の方つまり、台所や客間、奥座敷、茶室などがある方へと歩き出した。

五分刈り頭の五郎は、特殊警棒を手にしている矢城巡査部長の後ろに、へっぴり腰で従った。いつでも逃げ出せる身構えだった。元ぐれ中学生の面影など皆無な、へっぴり腰だった。

台所門の直ぐ近くまで来たとき、そのへっぴり腰の五郎の双《ふた》つの目が、何を目撃したのか怯《おび》えを見せてひきつった。彼は唇を二、三度パクパクさせてから、生唾を一つ飲み下して喉仏を大きく上下させると、足跡でも探しているらしい地面に視線を落としている矢城巡査部長の背を、指先でトントンと突ついた。

「矢城さん、あ、あれ……」

五郎が指差す客間の方へ「ん？」と視線をやった矢城巡査部長が、次に「あっ」と叫び声を発した。

障子を開けている客間の縁で老婆が仰向けで倒れ、縁の下に茶を運んできたらしい盆が落ちていた。

尾野村家に通いで長く奉公している近在の農家の、老女キクであった。

「キクさん、キクさん」と矢城巡査部長は駆け寄った。

反応のないキクの手首に指先を触れた彼は、「駄目だ」と首を横に振った。キクは絶命していた。

矢城巡査部長が所轄へ携帯無線で報告を入れている間、キクに向かって短い合掌を済ませた五郎は恐る恐る縁側へ上がった。

客間は異常はなかった。誰もいない。五郎は障子を閉じているその隣の部屋、大掃除の手伝いで小、中学生の頃に幾度も入ったことがある十六畳の奥座敷へそろりそろりと近付いていった。矢張りへっぴり腰で恐怖に満ちた表情をしていた。怖くて仕方がないのに、足が勝手に奥座敷へ向かっている、という態《てい》だった。「怖いけど見たい」の、心理なのだろうか。

奥座敷は尾野村外務大臣の父親賢市七九歳、母親幸江七二歳が寝室として使っており、一部が賢市の書斎となっている。

その書斎の位置を示すものが、丸窓であった。奥座敷の障子を開けて室内を確認するには、その丸窓の前を通り過ぎねばならない。

丸窓は障子の嵌《は》め込み式で開かないことを、五郎は承知している。

その丸窓障子に五郎の人影が写れば、もし奥座敷内に殺意を有する三人の男が待ち構えていたなら、どのような動きを取るか知れない。

丸窓の手前で、逃げ腰気味に足を止めた五郎の両手が、緊張の余りか拳《こぶし》をつくってミシリと小さく鳴った。びくついた逃げ腰には不似合いな、拳の軋みだった。

「五郎ちゃん、よせ」

所轄への報告を終えた矢城巡査部長が五郎の背に押し殺した声をかけ、慌て気味に靴を脱いで縁側に上がった。

五郎は矢城巡査部長と位置を入れ替わった。

矢城巡査部長が、きつい目をして小声で五郎を叱った。

「勝手に動いちゃいかんよ、勝手に動いちゃあ。五郎ちゃんは民間人なんだからあ」

「はあ、すみません」と、五郎も小声で返した。

「君は縁側から下りてなさい」

「一人で大丈夫ですか」と、五郎の小声が一層小さくなる。

「五郎ちゃん、僕は警察官としての厳しい訓練を受けてきた人間だぞ」

「あ、そうですね。じゃあ離れて見ています」

「そうしなさい。民間人なんだから」

このとき土塀の外に次々と車の止まる音がして、幾人もの制・私服警察官が庭内に入ってきた。山梨県警甲府警察署が在《あ》る国道411号の起点「甲府警察署前」交差点から、同国道「善光寺入口」交差点までは、およそ一・五キロメートルと近い。車だとアッという間《ま》の距離だ。

サイレンを鳴らすことなく不意に尾野村邸へ警察車両を横付けしたということは、捜査指揮官にそれなりの計算があってのことなのだろう。

「ご苦労様ですっ」

それまで小声で押し通してきた矢城巡査部長が、五郎がびっくりするような大声を出して挙手をした。突然、元気が噴き上がってきたかのような大声だった。

「矢城さん、おれ、ちょっと裏の畑を見てきます。何か用があったら声をかけて下さい」

「裏の畑って？」

「尾野村の大旦那さんが大事に栽培している畑が、今もある筈《はず》です」

「よっしゃ判った。五郎ちゃんは重要参考人なんでな、勝手に帰ったらいかんぞ」

「ええ、承知しています」

「うん、いい返事や」

矢城巡査部長に軽く肩を叩かれて、五郎はその場を離れた。

彼は縁側を下りると、裏庭の方へ回った。裏庭とは言っても、立派な庭園になっている。そこの土塀に小さな通用口があることを彼は知っていた。

「あ、やっぱり畑や」と、五郎は呟いた。通用口の扉が半分ばかり開いていて、その向こうに広がっている秋野菜の畑で麦藁《むぎわら》帽子をかぶった賢市・幸江夫婦の姿が動いていた。よかったあ、と五郎は大きく息を吸い込んだ。ぐれ中学生の頃、ときたま小遣いを握らせてくれることがあった賢市・幸江夫婦だった。そんなとき五郎は、肩叩きなどで御礼をしたものだった。

彼は通用口の外に出た。こちらに背中を向けて、畑の雑草を抜いている老夫婦は元気そのものだった。賢市は五十半ばの頃は、県立高校の校長さんだった。その後、県会議員に打って出て旧家の顔で当選し、三期勤めあげたが「あほらし。政治家なんぞ儂《わし》の性分に合っとらん」と、あっさり隠退《いんたい》生活に入ってしまった。

とは言っても、たまに教育に関する啓蒙書を出したり、私立大学の非常勤講師として招かれたり、畑仕事に熱中したりの充実した毎日だ。

「大旦那さん、大奥さん」と、五郎は声を掛けた。この呼び方は、両親から厳しく申し渡されているものだった。

「お、五郎ちゃん、帰っとったんかあ」

「まあ、立派な体格になってえ。ほんに、ええ青年になったなあ」

振り向いた老夫婦が、近寄っていく五郎を、笑顔で迎えた。

だが直ぐに五郎の顔に笑みが無いことに気付いて、賢市が怪訝《けげん》な目つきになった。

「どうした五郎ちゃん。何か嫌な事でも背負って帰ってきたのか」

「いえ。そうじゃありません。母屋を訪ねてみると、実はキクさんが……」

「キクがどうした」

「客間へ誰か客を上げたらしくて……」

「それなら知っとるよ。先程キクが此処《ここ》へ来て、県の農業技術員三人が何やら陳情があって見えとる、と言うもんで、客間へあげて待たせておけ、と言っておいたんじゃ。事前の連絡もなく突然に訪ねてくる無作法者なんぞ、待たせておくに限るんでな」

「そのキクさんが、殺されています」

「えっ」と、老夫婦は大きく目を見開き顔色を変えた。

「すでに警察が来ています。急ぎ母屋へ戻って下さい」

「それは大変じゃ。なんで、そんな事に」

老夫婦が畑に五郎を残して、あぶない足取りで駈け出した。

五郎は二人が通用口の向こうへ消えるのを見届けると、広々とした野菜畑を見回した。畑の北側は貴重な昆虫が棲む原生林になっていて、山奥に向かってゆるやかに高度を上げている。

そのずっと先の標高七八〇メートルの要害山《ようがいざん》には、武田信玄の父信虎が築いた要害城の跡が現在《いま》も残っていた。合戦の際に立てこもることを目的として築かれた詰め城の跡だ。

五郎は辺りに人の姿が無いのを確かめると、畑にしゃがんでミリコを手に取り、どこかへ掛けた。

相手が電話口に出た。

「あ、私、陣保五郎です」と歯切れ鈍く五郎は切り出した。ボソボソとした調子だった。

「いま何処だ」と、野太い声が返る。

「実家近くの畑の中にしゃがんで、かけています」と、冴えない調子の五郎の喋《しゃべ》り方が続いた。

「まわりに人は？」

「いません。大丈夫です」

「で、用件は何だ？」

「先ほど尾野村外務大臣の実家で、通いの手伝いの老女が殺害されました」

「ほかに被害者は？」と、相手には殆《ほとん》ど驚きの反応が無い。

「彼女だけのようです。大臣の御両親が無事なのは、私の目で直接確かめました」

「ということは、君は事件の現場に立ち入ったのか」

「そうです」

五郎はカーキ色の作業服を着た三人の男を見かけてからのことを、電話の相手にのんびりとした口調で、だが詳しく打ち明けた。

「よろしい。君は三人の男の目撃者として、また彼等に襲われた者として、警察の調べに、ごく普通に応じるように。ごく普通にだ」と、相手は物静かな然《しか》し重々しい口調だった。

「承知しております」

「一〇日間の休暇は、予定通り消化してよい」

「了解しました」

「そのかわり、守るべき心得は忘れないこと。判っているな」

「勿論《もちろん》です」

「必要と判断される場合は、また報告してきたまえ」

「はい。そうします」と穏やかな口調で五郎は答えた。

相手が電話を切った。その相手は、五郎の実家近くに、尾野村外務大臣の生家が在《あ》ることを明らかに知っている話し様《よう》であった。つまり、五郎の実家やその付近の環境は把握し切っているという事なのであろうか？

三

御公儀から貰った一〇日の休暇を三日残して、陣保五郎はJR北陸本線敦賀《つるが》駅のホームに生まれて初めて立った。特急から降りたばかりの、さほど大勢ではない乗客が、出口に向かって流れていく。港湾都市、陸海交通要衝の地としての玄関口にしては、少ない乗客数だった。

五郎は辺りを見回した。背丈があったから、人の流れの頭越しに、求める相手を探せたが、なかなか見つからない。団体旅行のおじさん、おばさん達が声高にはしゃぎながら、五郎の背中を押すようにして通り過ぎて行く。

「おい。ここだ」

後ろから肩を叩かれて、五郎は振り向いた。彼と目の高さが同じくらいの、日焼けした男の笑顔が、すぐそばにあった。矢張り五分刈り頭の仕事仲間、領仁四朗だった。

「よ。遠慮なく来たぞ」

「大歓迎だ。行こうか」

「うん」

「先ずは昼飯だ。美味《うま》い店へ連れてってやる」

「いや。少し前に列車の中で幕の内を食ったんで、夜にしてくれないか」

「なんだ。敦賀へ来るというのに、列車の幕の内かあ」

「すまん」

「ともかく駅から出よう」

「ああ」

肩を並べて駅を出た二人は、白銀町《しろがねちょう》と鉄輪町《かなわちょう》に挟まれた駅前の大通りを、海の方角に向かって歩き出した。この大通りも、活気に充ちているとは言い難かった。

「それにしても陣保、少しばかり面倒な事件に巻き込まれてしまったな」

さり気ない感じで一度後ろを振り返ってから、領仁四朗は囁いた。

「ミリコで言ったように、俺は犯人らしい三人の男を目撃し、しかも彼等に襲われているからなあ。まさしく重要参考人だよ」と、五郎は小声で応じた。

「所轄署は、よく敦賀行きを認めてくれたもんだ」

「色々と求められるまま所轄署に協力したからさ」

「職業も訊《き》かれただろう?」

「正直に答えたよ。中学を卒業して陸上自衛隊の基地営繕係として真面目に勤務していますって」

「それで？」

「実家そばの駐在さんが、俺のことをよく知ってくれていて、あれこれと身元保証人のような役割を負ってくれたんで、うるさい事になり過ぎず助かったよ」

「お前、中学時代は相当ぐれていたというからなあ。案外、所轄署に容疑者として見られているかも知れんぞ」

「馬鹿ぬかせ。今は純情可憐な青年だ。ははは っ」

「尾野村家は、下働きの老女一人が殺されただけで済むのだろうか」

「なにせ、尾野村外務大臣は、過激なアカ嫌いだからねえ。これからが、ちょいと心配だな」

「ま、自衛隊の基地営繕係の我々には、関係ないことだ。県警さんがきちんと対処するだろうよ」

二人は、ちょうどハンバーガー・ショップの前まで来ていた。領仁四朗が思い出したように「昼飯まだなんだ。すぐ戻るから」と言い残して、足早に店内へ入って行った。

五郎は大きな欠伸《あくび》を一つしてから、大通りを流れ過ぎる車を、ぼんやりと眺めた。

領仁がハンバーガーの入った紙袋を手に、店から出てきた。

「一つ食うか」

「結構だ。食い過ぎは頭をバカにするって言うからな」

「たかがハンバーガー一つで、大袈裟《おおげさ》な奴だ」

領仁は苦笑すると、紙袋から取り出したハンバーガーを頬張って歩き出した。

「四朗。俺たちは今どこへ向かっているんだ」

「港だ」

「港?」

「そこで俺ん家《ち》の漁船《ふね》に乗って貰う」

「へえ、船で家まで連れて行ってくれるのかあ。と言うことは、この敦賀の街《まち》からかなり離れるんだな」

「敦賀は敦賀なんだが、俺ん家《ち》は半島の方でな」

「敦賀半島?」

「そう」

語り合って二、三〇分歩くうち、次第に五郎の嗅覚《きゅうかく》に汐の匂いが触れ出した。

「海が近くなったようだな四朗」

「もう直ぐ其処《そこ》だよ」

「俺の古里山梨県には海が無いんだ。だから子供の頃は海に憧れたなあ」

「海が無いかわり、山梨の果物は飛びっ切り美味いじゃないか。桃にしても葡萄にしてもよ」

「四朗が送ってくれた魚介類な。両親が目を細めて大層喜んでいたわ。くれぐれも宜しく言っておいてくれって」

「喜んで貰えて何よりだ。送った俺も嬉《うれ》しいねえ」

二人の目の前に、敦賀の海が展《ひろ》がった。大・小様々な船が碇泊《ていはく》している。

「領仁家の漁船は？」

「この先の漁協の前に、止めさせて貰っているのさ。敦賀港は領仁家の縄張りではないんでな、少し急ごうか」

「よっしゃ」

二人は足を早めた。それが次第にジョギング風の足取りとなって、若々しい筋肉に包まれた彼等の脚が、軽快なフットワークを見せる。

漁協の前まで来て、領仁の脚が緩み、二人の呼吸《いき》に、ひと乱れもなかった。

「あれや」と、領仁は防波堤の方を顎《あご》の先でしゃくった。

「あの白と水色のツートンの漁船《ふね》か？」

「そう、あれ。一七トンと小さいが馬力はある」

「小さいとは言っても、真新しそうな結構な船じゃないか」

「ま、乗ろうや」

領仁に促され、五郎は先に立ってその漁船の方へ歩いていった。

いた。

二人はあまり広くはない操舵室《そうだ》に入った。

「陣保に任せるわ。動かしてくれ」

領仁は他人ごとのようにあっさりと言って、残り二つの小さ目なハンバーガーに食いついた。

計器盤と操舵室をゆっくりと見回した五郎が、領仁の方へ黙って右手を差し出した。

「さすが……」と領仁が苦笑しながら、ズボンの右ポケットから取り出したキイ二本を、五郎に手渡した。この漁船の全ての機能を二重にわたって強制的に停止させているキイ、つまり盗難防止用のキイであった。

福井県以西の日本海沿岸の中小港湾では最近、何者かによって深夜に漁船が盗奪《とうだつ》される事件が続発しており、所轄の第八管区海上保安本部では神経を尖《とが》らせていた。

五郎は、キイの両面に小さな丸い凹《へこ》みが数え切れぬほど付いている複製困難なそれを用いて、エンジンをスタート・オーケーの状態にした。

「陣保、ハンバーガー食ってしまうぞ。いいか」

「まだあるのか」

「一つある」

「じゃあ寄越せや」

五郎は手渡された小さ目なハンバーガーを頬張りながら、操舵室の壁に貼られている耐水紙に印刷された港湾水路図や潮流図、それに敦賀半島の陸図などを眺めた。

「魚介類を送ってくれたクール宅配便の伝票に書かれていた領仁家の住所だけど……此処だな」

五郎はそう言いながら、敦賀半島の陸図の一点を、左手人差し指の先で押さえた。

「そう遠く離れていない所に、原子力発電所があったのだなあ」

「ああ。敦賀半島の者《もん》は原発と共に生きてきた、と言ってもいい。発電所の連中も一生懸命によく働いているらしいよ」

「うむ」

頷《うなず》いた五郎は、右手に残ったハンバーガーの一欠《ひとか》けらを口に入れると、ハンカチで手を拭いてから、訳もなく船を動かし始めた。

「お前よ。敦賀《ここ》から仕事場へ直接戻れるのかえ。それとも甲府へひき返して所轄署へ顔出しせんといかんのか」

「大丈夫だ。直接仕事場へ戻れる」

「新聞は〝狙《ねら》いは尾野村大臣か〟とか〝**反尾野村主義者**の犯行か〟とか色々と大騒ぎしてくれているなあ」

「それにしても、反尾野村主義者、という形容は光っていたよ。うまい言い方だ」

「お前の名前がどの新聞にも載っていなかったんで、ひと安心したわさ」

「所轄署の配慮だよ。犯人らしい三人を目撃した俺の名を新聞に出すと、次は俺の命が危ない、と判断したようだ」

「その判断で、三人の下手人どもは救われたかな」

領仁四朗は意味あり気に言って、鼻先で少し笑った。

「余計なことは口にするな四朗」

「そうだったな。謝る」

船は速度を上げ始めた。ハンバーガーを平らげた領仁は、陣保五郎と肩を並べて立った。五郎の操船ぶりに、とくに感心している風には見えない領仁だった。当たり前のような顔つきをしている。いや、安心して操船を任せている顔つき、と言い替えた方がいいのかも知れない。

彼は壁に掛かっている大ぶりな双眼鏡に手を伸ばし、首からぶら下げて覗《のぞ》き込んだ。レンズの向こうに連なる半島の山々は、午後《ひる》の日差しをいっぱいに浴びて美しかった。

「右手前方に八管敦賀所属、ＰＭ０３《ゼロスリー》えちぜん……」

「船体視認……」

二人の短い会話が済んだ。その一瞬だけだが二人の間に、それまでには見られなかったビシッとしたものが交差したようだった。

「四朗よ。八管敦賀には何隻の巡視船があるんだね」

五郎の喋り方が、のんびりとした調子に戻った。

「第八管区・敦賀海上保安部には五〇〇トン型の巡視船つまり、あいつ……」

と双眼鏡を覗く領仁が右手前方の海を、顎でしゃくった。

「あのPM03えちぜん一隻と、二三トン型の巡視艇が一艘《いっそう》だけだよ」

「なんだか心細いなあ。原発を抱えている半島があるというのに」

「うん」

「で、船の武装は？」

「知らんな。俺は陸自基地の営繕係に過ぎんから知らん」

「地元敦賀の巡視船だぞ。何かと勉強熱心な四朗が、全く知らないという事はあるまいに」

「確かな事は知らん、ということさ」

「確かでなくてもいいから。話してくれや」

「親父の話では、PM03えちぜんは20ミリ多銃身機関砲一門を、備えておるそうだ」

「ふーん。で二三トン型の巡視艇は？」

「ないんだと」

「なし？」と、五郎は目をむいて驚き、領仁は双眼鏡を覗き込んだまま頷いた。

「この国の政府の治安感覚は一体どうなっとるんじゃ。馬鹿者揃いか」と、五郎は不機嫌な顔つきでブツブツと呟いた。

四

明るく穏やかな海の上をどれくらい疾走したであろうか、双眼鏡を半島に向けて覗き込んでいた領仁が「ん？」と小さな声を出した。

「どうしたんだ」

「速度を落としてくれるか陣保。うんとだ」

「よっしゃ」

五郎が船の速度を落とすと、領仁は首から下げていた双眼鏡を差し出した。

「代わろう。覗いてみろ」

言われて五郎は、領仁と位置を入れ替わり、首から双眼鏡を下げて覗き込んだ。

「どの方角だ」

「四五度の方角に、空に向かって剣《つるぎ》のように鋭く突っ立っている大岩が見えるだろう。剣岩って言うんだが」

「ああ見える」

「その剣岩の左手あたりだ」

「判った」

領仁も五郎も、その方角へなぜ双眼鏡を向けなければならないか、ということをお互い言いもしなければ訊《き》きもしなかった。さながら、阿吽《あうん》の呼吸が働き理解し合っているかのようだった。

五郎は双眼鏡を熟《じ》っと覗き込んだ。照準はほとんど合っていたが、微調整をした。レンズの向こうが一層、鮮明となった。

「釣竿らしきものを手にして岩場を歩く男を五名キャッチしたが」

「あの辺りはな陣保。潮流の加減でか釣竿で魚を釣るのが非常に難しい場所なんだ。おそらく一匹も釣れまいよ。地元の者《もん》なら誰でも知っている」

「ふうん。じゃあ五人の男は他所者《よそもん》かあ」

「それよりもちょいと気になるのはだ……」

領仁がそこで言葉を切ったので、五郎は双眼鏡から顔を離し怪訝《けげん》な目で彼の横顔を見た。

が、直ぐに何事かに気付いたように五郎は、壁に貼られている陸図の前へ移動した。そして図上の剣岩を見つけて指先で押さえた。べつだん深刻な顔つきではない。

「おい四朗よ。剣岩の背後の山向こうには、原発があるじゃあないかよ」

のんびりとした口調の五郎だった。

「それだよ、ちょいと気になるのは。尤《もっと》も、親父の話だと剣岩の後ろにある立入禁止の山は、とてつもなく険しい上、山ん中には沢山の監視カメラがあるらしいので、誰であろうとそう簡単には原発に近付けないとは思うんだが」

「あの釣竿の五人、もしかして怪しい連中なのかなあ」

と、あまり関心なさそうな口ぶりの五郎は、再び双眼鏡を覗き込んだ。

「あ、五人のうち三人が、こちらを見て手を振っていやがる」

「急に船の速度を落としたからだろう。気になっているのさ」

「この距離からだと、五人の人相や年恰好は判り難《にく》いねえ」

「原発の近くを歩いているからって、悪い奴とは限らないからな」

「剣岩の近くまでは、車で行けるのか」

「二キロばかり手前で、海岸に沿って走っている道路が切れているので、あとは岩場を歩くことになる。船では上陸できないんだ。岩礁が広がっているんでな」

「釣り熱心な人間だと、足元の悪い岩場でも二キロくらいなら歩くだろうなあ」

「そりゃあ、訳なく歩くさ」

「四朗、速度を上げろや。俺たちは警察官でも海上保安官でもないんだ。行こうぜ」

「うん」

船が速度を上げ出し、五郎は双眼鏡を下ろした。

岩場の五人の男たちが、みるみる後ろへ流れてゆき、船が半島に沿うかたちで左へ緩やかにカーブすると、やがて五人の姿は見えなくなった。

すると領仁は船の速度を落としつつ、船首を右へ振った。

はるか前方を五〇〇トン型の巡視船えちぜんが、白波を蹴立てて湾外へ出て行くところだった。

その後方へ回り込むかのようにして、領仁が操る漁船《ふね》はエンジンの音を絞り、湾の中央付近を目指した。

「なんじゃあ。やっぱり五人が気になるのかあ」と、五郎は苦笑したが、領仁の返事はなかった。

領仁は漁船《ふね》を半島からかなり離れた位置で微動状態とし、そのため波にかなり揺さぶられた。明るく穏やかな今日の海とは言っても、外洋にほど近い位置だけに波は決して小さくない。

五郎は、双眼鏡を顔に押し当てた。

領仁四朗が「五人、見えているか?」と問いかけながら、発動機《エンジン》を少し吹《ふ》かして、うねり寄せてくる波に船首を向ける。

「小さくだが見えている。奴等、立入禁止の山へ向かってるぞ」

「なに……」と、領仁の顔つきがそれまでとは変わった。

「間違いない。五人とも、こちらへ背を向け、堂々と山へ入ろうとする動きを取っとる」

「どうする陣保？」

「四朗、ともかく船を全速力で岩場へ向けろ。発動機を思い切り吹かせ」

「合点《がってん》」

「岩礁に気を付けてくれよ」

「誰に言っとるんだ。四、五歳の頃から、敦賀の海に潜ってきた俺だぞ」

「わかった、すまん」

発動機が唸り、船首が持ち上がるようにして、白波を蹴立て始めた。

五郎が双眼鏡を左手で持ち、ミリコを右手にしてダイヤルボタンを親指で叩いた。

相手が、電話口に出た。

「こちら陣保五郎です」

「現在《いま》どこだ。発動機がやかましく唸っているようだな」と、野太い声を受ける五郎だった。

「敦賀湾上です。領仁四朗の操縦する船の操舵室におります」

「領仁の他には」

「いません。二人だけです」

「宜しい。報告があるなら聞こう」

「手短になります。しかも正確さを欠きます」

「結構だ」

「自分は今、双眼鏡を敦賀半島に向けておりますが、五人の男が原発方向の山に登ろうとしております」

「立入禁止の山だな」

「領仁は、そのように言っておりますが」

「五人は日本人か外国人か」

「白人系ではなく、黄色系《アジア》の人間らしいとしか識別できません。年恰好は二、三〇代と思われますが、むろん確かではありません」

「了解した。直ちに関係機関へ緊急連絡を取る。お前達二人は、自己判断による行動を取れ」

「了解」

「関係機関の人間とは絶対に接触せぬように」

「承知しております」

歯切れのよい通話が終って、五郎は双眼鏡を覗き込んだままミリコを腰のベルトに通したケースへ手早くしまった。

五郎の口調は、甲府の尾野村家の野菜畑にしゃがんでミリコを用いた時とは、ガラリと変わっていた。誰彼に聞き耳を立てられる心配がないからであろうか。また電話の相手は、野菜畑の時と同じ人物なのであろうか。

「指示は？」と、領仁が五郎に訊ねた。

「自己判断による行動だ」

「わかった」

「このまま岩礁ぎりぎりまで、船をやってくれ」

双眼鏡を覗く陣保五郎の口ぶりが命令調となって、領仁が「了解」と応じた。

五郎は、双眼鏡のレンズの向こうで、男たちが足を止め振り向いたのを認めた。彼等は顔を見合わせ、そして海側へ戻り出した。

双眼鏡を下ろした五郎は、操舵室を出た。

「気を付けろよ。いきなり発砲ということもありうるから」

領仁が五郎の背に声を掛け、五郎は軽く右手を上げ「大丈夫だ」と答えた。

漁船《ふね》は岩礁の手前で、速度を思い切り絞り込んだ。

船首に仁王立ちとなった五郎が、「やあ」と五人に笑顔を投げかける。

五人のうちの二人が「こんちは」と、笑顔を返してきた。ほかの三人も微笑んでいた。表情のひきつりなどは、見られない。

「釣れましたか」

「いやあ駄目です。今日は潮が悪いですわ」

流暢《りゅうちょう》な、いや、まったく自然な日本語であった。容姿も、どこから眺めても日本人として不自然ではなかった。言葉遣いと容姿との間に、疑いを挟む余地は無さそうだった。

五郎は、そう判断した。

が、彼の視線はさり気なく、五人の男の顔から顔へと、幾度も往復していた。

「この辺りは午後のこれから、風が強くなり、うねりが大きくなり始めます。釣りは早目に切り上げて、引き揚げた方がいいですよ」

「え、そうなんですかあ。判りました」

五郎の〝適当な〟忠告に、五人の男たちは、あっさりと従い出した。

漁船《ふね》は岩礁と岩礁の切れ目に、巧みに入り込んでいた。うねりに前方へ押しやられそうになると、領仁が後進をかけて見事に操った。

五人の男の後ろ姿が岩場を次第に遠ざかっていくと、五郎は操舵室へ戻った。

「奴等、案外に素直だのう陣保」

「素直でないと怪しまれる、と読んだのかも知れない」

「日本人かどうか」

「判らんな。日本人、中国人、韓国人、それに北朝鮮人の識別は、こういうとき難しいわ。とくに喋る言葉に不自然さが無いとな」

「うむ」

「あ、奴等、振り向いて手を振っていやがる」

五郎はそう言うと、操舵室の小窓を開けて、手を振り返した。海風《かぜ》が小窓から、操舵室の中へ飛び込んできた。

領仁が後進をかけて、岩礁と岩礁の間から慎重に漁船《ふね》を出した。

「連中の顔は全員頭に叩き込んだが」

小窓を閉めながら、五郎は小さくなっていく五人の後ろ姿から視線を離さなかった。

「陣保。役割交替だ」

「交替？」

五郎は、領仁が指差す方角へ顔をねじった。

一艘の巡視艇が敦賀湾を斜めに横切るかたちで、五人の男たちがいる海岸へかなりの速度で向かっていた。

領仁が感心したように言った。

「予想以上に早い出動だったなあ。立派立派」

「物騒な世の中になってしまったから、敦賀海上保安部も毎日、緊張の連続なんだろ」

「陣保は、あの巡視艇の速度を、どう読む？」

「時速六〇キロ近くは出ているかな、しかし発動機の爆音からみて、あの速度が限界かも」

「あの速さでは近隣諸国の高速艇に太刀打ちできないな」

「とうてい無理だ」

「それに搭載武装は無し、ときている。ま、あれは沿海巡視用なんだろうが」

「敦賀半島には原発があるんだ。沿海巡視用、というのは搭載武装なしの理由にはならんぜ」

「それはそうだが……」

「領仁。ご両親に早く挨拶《あいさつ》がしたい。もう、やってくれや」

「そうだな」

発動機の爆音が上がって、漁船《ふね》は疾走し始めた。

五郎はまた、半島の海岸線の先へ双眼鏡を向けて覗き込んだ。

操舵する領仁四朗の視線も、前方に広がる海へ舐《な》めるようにして注がれていた。

このとき、発動機の爆音の中へ、パトカーのサイレンの音が微かに混じり出した。

「どうやら敦賀警察署も動き出したようだな」

そう言いつつ、五郎は双眼鏡を南の方角へ向けて、焦点を調整した。

「パトカーの赤色灯がチラリとだが見えたよ。一台じゃなさそうだ」

「我々は残り少なくなった休暇を楽しもうぜ」

「それに限る。どれ、俺にやらせろ」

五郎は双眼鏡を壁のフックに掛けると、舵《かじ》をとる領仁と位置を入れ替わった。

第二章

一

朝。五郎は実に気持よく目を覚ました。昨夜《ゆうべ》は領仁とかなり飲んだが、少しも残ってはいなかった。挨拶を交わした領仁の両親は日焼けした、いかにも〝海の人〟という印象だったが、絵に描いたような善人だと判って、この寝起きの気持の良さは、そのせいでもあるのだろうと彼は思った。とにもかくにも世話好きな優しい両親だった。

領仁の三人の兄たちとは、遠海漁に出かけたばかりとかで、まだ会っていない。

五郎は明るくなっている窓の障子を左右にめくるようにして勢いよく開けた。そして障子の端が窓枠に当たる直前で、滑りを止めた。

目の前に朝の光を浴びて輝く日本海の展《ひろ》がりがあった。

(ううう……気持がいいわい)

五郎は両手を上にあげ、肺を思い切り膨らませて深呼吸をした。

領仁家は海に面した低い高台に防風林に囲まれて建てられており、その高台の先端に在る二階建の離れは渡り廊下で母屋と結ばれ、防風林の外側へ出ていた。

「今日も凪《な》いでいるなあ」

深呼吸で涙腺が緩んだ目を手指の腹でこすりながら、五郎は呟いた。

離れの二階から眺める海は、雄大だった。すぐ上空では四羽のカモメが悠々と舞っている。二羽は大きく、あとの二羽ははっきりと小さい。親子連れだろうか。

「起きたのかあ陣保」

くの字形の階段の下で領仁から声が掛かった。まだ眠気を残している声だった。彼の寝室は階下だ。

「ああ、いま起きたところだ。窓から海を眺めとる」

「俺の机の引出しに双眼鏡が入ってるから、それで楽しめや。右側の一番下や」

「うん」

五郎は言われるまま、机の引出しから双眼鏡を取り出した。

窓際に立って、双眼鏡を覗いてみる。昨日の、釣竿を手にした五人の男が脳裏に甦った。

双眼鏡を東から西へとゆっくり動かしながら「領仁屋敷はいい所に建っているなあ」と五郎は羨《うらや》ましく思った。改めて「四朗は坊《ぼん》だ」とも思った。敷地は四、五百坪はありそうだった。百姓の家に生まれ育ったから、土地の広さは見ただけで大体の見当がつく。ただ、屋敷の建坪だけは、広すぎてさすがに見当がつかなかった。四朗の住居《すまい》だという離れだけでも、その辺りにある建売住宅ぐらいは充分にある。もしかして〝四朗の結婚〟ということを考えて早くに建てられたものなのであろうか。古さは全く感じないが、かと言ってさほど新しい離れでもない。

双眼鏡が、西へと航行する貨物船を、小さく捉えた。双眼鏡を下ろして肉眼で見ると、黒い点としか確認できなかった。

「いい双眼鏡だ。奴は何もかもに恵まれていやがるわ」

苦笑して双眼鏡をひと撫《な》でした五郎は、もう一度覗き込んだ。

遥《はる》か彼方から手前陸地の方へと、双眼鏡の先を静かに下げていく。

「ん？」

双眼鏡の動きが止まった。覗き込む彼の表情も止まっていた。

このとき階段を上がってくる足音がした。一人の足音ではなかった。

「陣保。朝飯だ。美味《うま》い干物《ひもの》があるぞお」と、領仁の明るい声。

五郎は双眼鏡を机の上に置いて、笑顔を用意した。

領仁と彼の母親が上がってきた。二人の手には、朝飯をのせた盆があった。

五郎は畳の上に正座をした。

「これはお母さん、申し訳ございません。昨日から御面倒ばかりおかけしまして」

五郎は両手をついて頭を下げた。心からそうさせる、日焼けしたおおらかな優しい母親だった。敦賀の人達は人情に厚く、暗く湿ったところがない。心やさしく明るく、おおらかだ。

「何をおっしゃいます。さあさあ、たんと召し上がれ」

「はい。有難く頂戴いたします」

「自衛隊の基地の営繕係というのは、大変でしょうに」

「はあ、毎日毎日、建物や機械や基地内道路の修理保全に追われています」

「それは大変だあねえ。体力が要《い》るでしょうから、うんと食べて馬力をつけなされ」

「恐縮いたします」

母親が階段を下りていくと、領仁に視線を移した五郎の顔から笑みが消えた。

「どうした」と訊ねる領仁も、真顔となった。

五郎は机の上の双眼鏡を領仁に手渡すと、彼を促して窓際に立った。

「西方向おおよそ四〇度の線だ。双眼鏡を彼方から手前へと、ゆっくり滑らせてみろ」

領仁は頷いて、双眼鏡を覗き込んだ。

「お……」

彼は直ぐに、五郎が見せたいとしていたものを、レンズの向こうの波間に捉えた。

「あれは、ゴムボートだな」

「レジャー用などではない、と見た。船に搭載されていたものに違いない」

「同感だ。あ、櫂《オール》の固定具が四か所に取り付けられている。四人で漕ぐ船載用ゴムボートとなると……」

「七、八人以上は乗れるだろう」

「行ってみないか陣保。朝飯はそれからということで」と、領仁の顔から双眼鏡が離れた。

「よし」と、五郎が応じる。

二人は階段を下りて離れの勝手口を出ると、長い板塀沿いに裏門まで行って屋敷の外へ駈け出した。

くねった緩い坂道を少しばかり下ると、大小の漁船が停泊する港に出る。

その港の東の端に、領仁と五郎が昨日使った一七トンの漁船がつながれていた。

その船首に目立たぬ小さな字で「はやて」と書かれているのを、このときになって五郎は気付いた。

船体番号の12という墨色《すみいろ》の数字が大きく立派なので、余計に目立たない。

五郎、領仁の順で操舵室に入り、領仁が発動機を始動させた。

「はやて」は防波堤の外に出ると、一気に速度を上げた。

「この方角だったな」

「おう」

頷いた五郎は、壁のフックに掛かっている双眼鏡を手に取って覗き込んだ。

離れの二階の窓から眺める海は凪いで見えたが、こうして外海《そとうみ》に出ると波は決して小さくなかった。高馬力の発動機に推される「はやて」の船首が高く低く上下して、力強く波をかき分けていく。

「見えた。左手三〇度の方角」

「ようし」

応じた領仁が、「はやて」の船首を左へ振った。ところが、五郎が続いて驚くべきことを口にした。口調が一変していた。

「命令。船を戻せっ」

「了解」

領仁が「何故？」と訊き返すこともなく、「はやて」は船首を急回転させた。

舷側に波がぶち当たってドオンと鳴る。

「はやて」が向きを変えても、五郎は体をねじって双眼鏡を同一方向から離さなかった。

「間違いない。ゴムボートの右手海面に突き出ていたのは潜望鏡だ」

「なにいっ」

「こちらへ向かってくる。全速離脱」

「全速離脱了解」

高馬力発動機が唸った。「はやて」がぐんぐん速度を上げる。

双眼鏡を覗き込む五郎の喉が、何かを警戒しているかのようにゴクリと音を立てた。

魚雷を打ち込まれる、とでも恐れたのか。

「潜望鏡が停止した。いや、反転して離れていく」

「で、どうする？」

「このまま全速離脱」

「このまま全速離脱了解」

「はやて」はS字状に激しく蛇行を繰り返しながら、現場海域から遠ざかった。

港の防波堤が彼方に見えてきたところで、ようやく「はやて」の発動機は唸りを鎮めた。

五郎が双眼鏡を下ろしてホッとした顔つきになったのも、この時になってからだった。

領仁が魚群探知機の操作ボタンを三つばかり押してから、首を傾《かし》げた。

「どうした領仁」

「こいつあ最新型の水中音響探知機《sonar（ソナー）》でな。魚群や船体への障害物などを鋭く探知してピコーン、ピコーンと捕捉音を発し、そのデータは記録までしてくれるんだが……」

「ピコーンは一度も鳴らなかったぞ。探知距離は？」

「半径一・五キロ、深さ二〇〇メートル以内だ」

「潜望鏡は充分に、その半径内にあった。データ記録も無しと、なるとだな……」

「ソナーに探知され難《にく》いステルス潜水艦？」

「訊《き》いてみよう」

五郎は腰のベルトに通したホルダーから、ミリコを取り出してダイヤルボタンを押した。すぐに応答があった。当たり前な早さではなかった。そうであることが義務付けられているかのような早さだった。

「陣保五郎です。朝から領仁家の漁船で海に出ております」

「用件は何だ」

「海上自衛隊はソナーに捕捉されない、もしくは捕捉され難いステルス潜水艦を所有しているでしょうか」

「何故それを知りたい」

「いま海に出ていますことから、ふと参考までに知っておきたいと思ったのですが」

「海自の潜水艦情報が第一級機密であることを知らぬお前ではあるまい。朝の海の上で何があった？」

「いえ。何もありません」

「海自の潜水艦情報は、トップの海幕長ですら全てを把握できない仕組なのだ。私の手元に、君の問いに答えられる資料は何一つない」

「判りました」

「他には？」

「いえ」

ミリコの向こうで、受話器を置くカチャッという小さな音がした。

五郎は腰のホルダーにミリコをしまって、唇を真一文字に引き締めた。

「どうして潜望鏡のことを話さなかったのだ」

領仁はそう言いながら、「はやて」をゆっくりと反転させた。

「話してどうなる。あれが他国の潜水艦だとしたら、わが国の領海深くに侵入していることになるんだぞ」

「そうか。大騒ぎとなって海自の艦船や海保の巡視船が動き出せば……」

「水中の潜水艦の速度は知れている。海自や海保の高速艦船に包囲されて逃げきれないとなると、必ず魚雷をぶっ放すだろう」

「うむ。どれくらい深く潜ろうとも、海自の探知技術はレベルが高いからなあ」

「魚雷をぶっ放されたら、こちらが受ける被害は大きい。むろん潜水艦も無事では済まないがな」

「どうする？　もう一度行くか？」

「やってくれ」

「ようし」

領仁は発動機の回転を抑えて、低音低速の「はやて」を再びゴムボートへ向けた。

五郎は操舵室からは出ず、じっと水中音響探知機を見続けた。

画面《ディスプレイ》には、何らの物体も捕捉されなかったし、ピコーンも鳴らなかった。

しかし、潜水艦はまだ、そこいら辺りにいるかもしれない。

「そろそろだ陣保」

「そうか」

五郎は双眼鏡を手に操舵室を出て、揺れる船首に両脚を広げ立った。

双眼鏡を覗き込むと直ぐ、凹形になった瞬間の波の底に、ゴムボートを見つけることが出来た。

彼は操舵室を振り返ることもなく、ゴムボートの方角を指差した。領仁がその方角へ僅《わず》かに船首を振る。

双眼鏡はゴムボートの周辺に、潜望鏡を捉えなかった。あとは〝立ち去ってくれた〟と信じるほかない。

ゴムボートから十数メートル離れた位置で、領仁が「はやて」を巧みに〝ホバリング〟させた。

と、五郎が着ているものを、脱ぎ出した。

るといえば言える。

贅肉《ぜいにく》のない、ごく普通の上半身が先《ま》ず現われた。恵まれた背丈とのバランスが取れている、と言えば言える。

トランクスパンツ一枚となって、船べりに立った五郎は、体の筋肉をほぐすためであろう、軽く両腕と腹部を回し、脚を交互に屈伸させた。

すると、肩、背中、両脚の皮膚の下に、稲妻のような筋肉が走って消え、腹部にも幾つもの筋塊が現われて直ぐに鎮まった。まるで一瞬の凄味を覗かせた歌舞伎役者のようだった。

彼が操舵室を振り返って頷くと、領仁も「わかった」という風に頷き返してみせた。

五郎は、船べりを蹴った。

波に吸い込まれたその体が、次に浮き上がったのは「はやて」から一七、八メートル離れているゴムボートの直前だった。

彼はゴムボートの側端《はし》に両手をかけると、己れの肉体を軽々とボートの中へ送り込んだ。その時も両肩の筋肉が、尋常ではない盛り上がりを見せた。月並《つきなみ》な運動によって鍛えられたもの、とはとても思われない盛り上がり様《よう》だった。

領仁が慎重に「はやて」の舷側をゴムボートに近付ける。

五郎がゴムボートの先端部に付いている引き綱のフックを、「はやて」の舷側の丸い金具に引っ掛けて甲板に素早く上がった。一連の動作が、「はやて」の細部を熟知した船主でもあるかのようにテキパキとしていた。そしてそれを、操舵室の窓から当然のような目つきで見守っている領仁だった。

五郎はトランクスパンツを脱いで海水を絞り切り、それをまた穿《は》いて操舵室に戻った。

「ご苦労さん。冷たかったろう」と、領仁は少し微笑んだ。友をねぎらう、微笑みだった。

「ああ、秋の終りの海は冷たい。耐寒訓練をこなしていなかったら間違いなく、お陀仏だな」

「ゴムボートに何か変わった点は？」

「白字で小さく、わかさ2号、と書いてあったが」

「え……」

「どうした」

「わかさ2号なら、漁業組合長ん家《ち》の船だ」

「なにっ」

「ともかく急いで港へ戻ろう。後ろのボックスにタオルと俺のトランクスが入ってる。着替えろや」

領仁はそう言いながら、船首の向きを変えて速度を上げた。

二

港に戻った領仁四朗から報告を受けた漁業組合は、ゴムボートを確かめて大騒ぎとなった。

五郎はその騒ぎからひとり離れるようにして、領仁家の離れの二階に引き返した。騒ぎの渦中に巻き込まれないように、とでも考えたのであろうか。

朝飯はすっかり冷え切ってしまっていた。

彼は飯に味噌汁をぶっ掛けて喉に流し込むと、机の上にあった双眼鏡を手にして、窓際に立った。

透明ガラスの向こうを、幾艘もの漁船が白波を蹴立てて沖へ向かっていく。

五郎は双眼鏡を覗き込んだ。漁船群の先頭を切っているのは「はやて」であると、はっきり確認できた。

「彼の立場としては、知らぬ振りはできまい」

五郎は(仕方がない……)という感じの呟きを漏らした。

彼は朝飯の前に戻ると、玉子焼きを食べ、よく太ったイワシの目刺《めざし》をかじり、茶を飲んで漬物と梅干を味わった。

脂肪たっぷりのイワシの目刺は、格別の味だった。

「うん、旨《うま》い」

五郎はまた立ち上がって窓際に行き、双眼鏡を顔に当てた。

ゴムボートが漂っていた辺りを中心にして、漁船群が渦巻状の円を描き始めている。その円が次第に大きくなりながら沖合へ移ってゆくにしたがって、レンズが捉える船影は小さな点となった。

五郎は双眼鏡を下ろし、「こいつぁ、ひょっとして……」と呟いた。表情が曇っていた。目つきが険しくもなっている。

彼は足元へ視線を落とし考え込む様子を見せながらデスクのそばへ行って双眼鏡を置き、肘付《ひじつき》椅子に座った。

椅子がギシリと軋んだ。

「どれ、久し振りに親父殿に叱られるか」

五郎はまたしてもミリコで、何処かへ掛けた。

重々しい声の相手が電話口に出た。五郎は名乗ってからストレートに切り出した。

「お叱りを受ける報告になります」

「どうした。敦賀の海に怪し気な潜水艦でも現われた報告を怠ったか」

相手はいきなり核心を突いた。五郎の口元が思わず苦し気に歪《ゆが》む。

「お世話になっている領仁家の離れの二階からは、日本海が一望できます。で、今朝、双眼鏡で海を見ておりますと、無人のゴムボートが一艘漂っているのを発見しました」

「なるほど。それで領仁家の船で海に出た訳だな」

「はい」

「その無人のゴムボートの周辺に、潜望鏡でも突き出ていたか」

相手は、再び核心を突いた。何もかも見通しているような鋭さだった。

「おっしゃる通りです」

「お前達が乗っていた漁船《ふね》に魚群探知機は？」

「最新の水中音響探知システムが設けられていました」

「そいつの探知性能は？」

「半径一・五キロ、深さ二〇〇メートル以内です」

「その半径内に潜望鏡は突き出ていた。しかし最新の水中音響探知システムは何もキャッチしていなかった。で、海自にステルス潜水艦があるかどうか質問してきたのだな」

「申し訳ありません。その際、全てを報告すべきでした」

「お前のことだ。騒ぎが大きくなって海自や海保が出動すれば、逃げきれなくなった相手は魚雷をぶっ放す。それだけは防ぎたい。そう判断したのだろう」

「は、はあ……」

「その判断は間違っていない。だが、その判断をするのは私だ。お前ではない。それを忘れるな」

「以後、注意します」

「私が〝自己判断行動〟を指示した時は、自己の判断に従ってよい。それ以外の時は上命下服の原則を遵守《じゅんしゅ》しろ」

「誓います」

「で、その後、潜望鏡は？」

「間もなく反転して消え去りましたので、我々はゴムボートへ慎重に再接近し、私が乗り移りました」

「どの程度の大きさのボートだ」

「通常で八、九人。緊急時には一四、五人は大丈夫かと思われます。ボートには〝わかさ2号〟の表示があり、地元漁業組合長の漁船《ふね》に備えられていたものと判りました」

「その〝わかさ2号〟の総トン数は？」

「一五名乗組の一四〇トン。今朝四時半に漁場に向けて出航。港《おか》との交信は定刻に異常なく行なわれていると判明しました」

「最終交信はいつだ」

「我々がゴムボートを発見した時刻の、およそ二、三〇分あとです」

「おかしいではないか」

「はい、明らかに。ですが漁業組合を訪ねた領仁が、自身の目で交信記録を確認していま す。おそらく何者かが、ニセの定刻連絡を入れたのでしょう。私は組合建物の外に控えていましたが」

「定刻連絡が本モノであった場合、わかさ2号は、大事なゴムボートを海へ放り捨てて航海していたことになる」

「あり得ないことです」

「うむ、あり得ないな。で、その後の呼びかけに対しては？」

「応答はありません」

「捜索は？」

「現在、九艘ほどの漁船団がゴムボートが漂っていた付近を捜索していますが、午前四時半に港を出て定刻交信を欠かさずに航行を続けていた〝わかさ2号〟が、港から程近い海域にいたとは考えられません」

「だが、ゴムボートは港から程近い海の上を漂っていた……」

「はい」

「海保への連絡は？」

「領仁自身が、漁業組合から海保へ電話を入れたようです。彼の漁船《ふね》も今、現場への案内役を買うかたちで捜索に加わっています」

「仕方があるまい。君は別命あるまで、自己判断行動をとれ」

「了解」

相手が電話を切った。

五郎は階下へ降りた。母屋へ「朝食を美味しく戴きました」と声を掛けようか、どうしようか、と迷ったが、四朗がまだ食べていないので諦《あきら》めて、もう一度裏門から網元屋敷を出た。

アスファルトで舗装された港へ通じる緩やかないろは坂は、ほぼ中程で急な登りの砂利《じゃり》まじりの小道を持っていた。

五郎の足は、事前の調べを終えてあるかの如く、全く迷うことなくその砂利まじりの小道へ入っていった。

彼は軽快な足取りを終始維持し続け、熊笹に覆われた小山を二つ越え三つ目の小山の頂きに立った。其処で彼が選択したのは、キラキラと輝く海の彼方を目を細めて眺めることではなく、足元を覗き込む姿勢をとることだった。

彼の足元は垂直に近い崖となっていて、数十メートル下では白波が舞い上がり、それが無数の波の花と化して宙に飛び散っていた。

彼は数十メートル下の海岸線に沿うかたちで、視線を左手の方角へゆっくりと流していった。用心深い目の動きだった。

複雑な凹凸《おうとつ》形状の海岸線を視認できるのは、僅かに三、四〇〇メートルほど先まであった。その辺りで海岸線はより深くリアス式の形状を呈しているらしく、消えてしまっている。

五郎は西の方角へと連なる低い山々、そして南へ向かって次第に高度を上げていく敦賀半島の背骨の山々を、目を鋭く細めて眺めた。

「プロフェッショナルに襲われたなら、ひとたまりもないな……こいつあ恰好の上陸地点だわ」

彼は呟いた。この敦賀半島にある、原子力発電所のことを言っているのであろうか。この半島には五基の稼働中原発と二基の建設準備中原発があり、合せて七基の総発電量はおよそ六〇〇万kWとなる。日本の大都市エネルギーの心臓部の一つだ。

「もう一山《ひとやま》越えてみるか」

五郎は崖に沿うかたちで、緩やかな浅い谷に向かって下りて行った。熊笹で埋まっている谷に道らしき道は無かったが、彼は勝手知ったる庭先の如く、たじろぎもせずに進んだ。

擂《す》り鉢《ばち》状の谷底に立つと、五郎は熊笹の壁で視界を完全に遮《さえぎ》られた。

彼は腕時計を見た。磁針《じしん》付きの腕時計だった。

〝もう一山〟の頂き一帯には、海からの強い風によって幹が南へ傾いている背の低い松が繋っていた。谷底からその頂きまでは、熊笹に代わって大・小の岩石が露出した荒々しい山肌だった。

しかし五郎は、苦もなく、と言ってよい程の力強さ身軽さで、その山肌を克服して頂上に登り着いた。

彼方、とは言ってもそう遠くはない山々に幾つもの鉄塔が立っていて、その間を送電線が結んでいる。

五郎は松の間を縫うようにして、崖《がけ》っ縁《ぷち》に近付いた。

何本もの松が、その頑丈な根で、崖っ縁をしっかりと噛んでいる。

今日は海風《うみかぜ》があまり強くなく、したがって耳ざわりな海鳴りも控え目で松は穏やかに針の枝を広げていた。

「見えないな」

崖っ縁で五郎は、舌を打ち鳴らした。崖の先端がかなり発達したオーバーハングのため、崖下の海岸線が充分に見えなかった。

彼は崖っ縁を噛んで海側へ大きく迫《せ》り出している太い松の一本を選んで、大胆な行動に打って出た。原生林に覆われた山の奥の、そのまた山奥生まれの者《もん》でもあるかの如く、松の幹の背を伝って苦もなく崖の〝外〟へ向かったのだ。あざやかな身のこなしであった。

そして彼は、眼下の岩石連なる狭い海岸線を眺めるや、すぐさまスウッと幹の背に張り付いた。まったく慌てていなかった。

眼下の、思いがけない近さの所に、長袖の白いポロシャツを着た四人の男がこちらに背中を見せて座っていた。大きな平たい岩が彼等の腰から下あたりを隠している。

五郎の目が、右から二人目の男の右腕が、小刻みに震えているのを捉えた。

彼は聴覚を研ぎ澄ませた。小さな海鳴りが邪魔をして、五郎が得ようと試みた音は、得られなかった。

やがて、その男の右腕の震えは止まった。四人はお互いに顔を見合わせ黙って頷き合った。五郎の目が捉えた彼等の横顔は、日本人だった。いや、日本人と言っても何ら不自然ではない横顔だった。むろん初めて見る顔だ。

と、彼等の内の一人が、何かを海へ投げ捨てた。白く泡立つ波の上に、それは一瞬浮いていたが、その直後には海中に引き込まれていった。

五郎にはそれが、『大辞林』程度の大きさの黒い箱のようにしか見えなかった。

四人の男たちは立ち上がって歩き出し、やがて海岸線がカーブした彼方《かなた》に見えなくなった。原子力発電所がある方角だった。

松の幹を伝い下りた五郎は、ミリコを手にしたが、圏外で利用できなかった。領仁家のある漁村から僅かに小山を三つばかり越えたに過ぎない距離なのに、やはり凹凸が急峻な地形は携帯の電波にとっては大敵だった。

彼は、漁村に引き返すことを急いだ。

三

漁村に戻った陣保五郎は携帯の番号案内で原発の電話番号を調べ、ダイヤルボタンをプッシュした。

彼は電話口に出た原子力発電所の職員に対し少し大形《おおぎょう》な口調で、不審な男四人が海岸線に沿って原発に近付きつつあるので用心を、と告げて電話を切った。身分素姓は名乗らなかった。日常警備にいたく神経を尖《とが》らせているであろう原子力発電所が、今の通告を無視せず必要な策を講じることを信じたかった。

「**原発周辺の警備レベル**を見れば、その国全体の**国防認識レベル**がほぼ判る。ただ単に海や空や陸へいくら高価な兵器を揃えても、あまり意味はないわさ」

ミリコを腰のホルダーに収めながら呟いた五郎は、人だかりが消えていない漁業組合の栈橋へ近付いていった。顔をしかめていた。

電話口に出た原子力発電所職員の口調は礼儀正しく丁寧であったが、〝不審な男四人が原発に近付きつつありますよ〟という通告への反応自体は至極、事務的なものだった。五郎のむつかしい顔つきは、それが原因だった。

もっとも、あの四人の男たちが、よからぬ目的で原発へ向かいつつある、という確証はどこにもない。営林署の職員だったかも知れないし、海岸線を測量する県の技師だったかも知れない。あるいは原子力発電所の巡視《パトロール》担当職員だったとも考えられる。では彼等が海へ投げ捨てた黒い箱のような物は、何であったのか？

「ん？」

陣保五郎は額に手をかざして直射日光を遮り、視力のいい目を細めてなお視認力を高めた。沖合から一艘の船が白波を蹴立てて戻ってくる。

四朗の「はやて」であると、五郎には判った。

彼は長い桟橋の先端へと歩いていった。漁業組合の前の人だかりの中から、二人の女性が走り出て、五郎の後を追った。一人は五〇過ぎと思われ、もう一人は二〇代後半くらいに見えた。面立ちが似ていた。

速度を落としながら港に入ってきたのは、矢張り「はやて」だった。五郎は領仁の投げたロープをキャッチして、「はやて」の接岸を手伝った。

桟橋に降り立った領仁に、五〇代の女性が歩み寄った。表情に、感情を抑えようとする必死さが、ありありと出ていた。冷静であらねば、と思っているのであろうか。

「どうやった四朗《しろ》ちゃん」

「おばちゃん。何一つ見つからんわ」

「油もか？」

「うん、油も浮いてない。だから今は、不吉なことは考えないように……な」

「判ってる。組合長の女房は、こんなとき落ち着かんとな」

「おじちゃんは？」

「組合長席で、ほとんど腰抜け状態やわ。日頃から血圧が高い人やから心配でな」

「なあに、おじちゃんは海の男や。心配ないて」

「というても、もう六〇に近いよって」

五郎は操舵室に入った。

領仁は女性二人に左右から挟まれ、漁業組合の方へ戻って行ったが、五分と経たない内に「はやて」に引き返してきた。

五郎は彼と会話を交わさぬうちに、発動機の始動スイッチをオンにした。

「領仁、朝飯まだなのに、申し訳ないが、ちょっと付き合ってくれ」

「わかった。ただ、捜索船団に関《かか》わり過ぎると、基地へ帰り難《にく》くなるぞ」

「船団に加わる訳じゃない」

「そうか……」

五郎と領仁は短い会話で意思を一致させた。

領仁が接岸ロープを手早く外し、「はやて」は五郎の操舵で栈橋を離れた。

五郎が何処へ向かおうとしているのか、領仁は訊ねなかった。訊ねる必要のない信頼関係が二人の間に築かれているからなのであろうか。

「はやて」は海岸線に沿うかたちで、西の方へ緩やかにカーブを描いた。

五郎が三つの小山を越えて松の幹に這い上がった地点は、海から行けばたいした距離ではなかった。

その松の木を真正面に捉える海上で「はやて」を停船させた五郎は、「ここだ。代わってくれ」と、領仁に操舵の位置を譲った。海岸までは、およそ二〇〇メートル余。

停船によって「はやて」が波に弄《もてあそ》ばれる。

五郎は窓の向こうを指差して言った。

「崖の上が大きくオーバーハングしているところに、海岸を覗き込むようにして松の木が、しがみついているだろう」

「ああ、あれか。中学生の頃、あの松からロープを垂らして、よく海岸へ下りたもんだ。当時のこの辺りには、アワビやサザエが多くてな」

「今は？」

「すっかり獲れなくなったと親父から聞いている」

「実はな。なんとなく嫌な予感に動かされてと言うか、俺は小山を三つばかり越えて、あの松のところまで行ったのだ」

「ほう。嫌な予感に動かされてか……」

「するとだな」

五郎は松の幹に這い上がって見たままのこと、原子力発電所へ電話を入れたこと、などを領仁に打ち明けた。

聞き終えた領仁の表情は、硬くなっていた。

「五郎、その海へ投げ捨てられたとかいう黒い箱状の物を、探すつもりか？」

「もちろん」と頷きながら、五郎は着ているものを脱ぎにかかった。

「この辺りの水深なら見つかるかもな。用心のためにこれを持ってけや」

領仁が左膝あたりのボックスを左手で開け、ステンレス製の細身の鞘《さや》に入った大型ナイフを五郎に手渡した。ベルト付だった。

「人食いザメでも現われると言うのか」

「海だからよう」と、領仁が少し笑った。

五郎は操舵室に掛かっていたゴーグルを手に甲板へ出ると、黒い箱が投げ捨てられたポイントの見当を付けた。

舷側に当たってザバーンと音立て跳ね上がった波が、五郎の頭から降りかかる。

それで飛び込む準備は、整ったようなものだ。

彼は振り向いて領仁に軽く手を上げてから、船縁《ふなべり》を蹴った。

五郎の頭が海岸そばで一度浮き上がってから、領仁は船首をそっと、その方へ近付けていった。五郎の、万が一の場合を考えてのことだった。

が、その心配もなく結果は、予想以上に早く出た。一五分と経つか経たぬうちに、「はやて」の脇に浮き上がった五郎が、黒い箱を甲板へ投げ入れた。

領仁は五郎が甲板に上がってから、「はやて」を海岸線に沿ってゆっくりと進めた。

五郎が甲板に尻を据えて、黒い箱を調べ始めた。

「はやて」を操りながら領仁は岩石連なる海岸線を、注意深く眺めた。その岩石連なる海岸線が、ほとんど垂直の崖と化している辺りまで「はやて」を進ませたが、一人の人の姿さえ無かった。それから先へは、徒歩では進めない。海へ入るしかなかった。つまり約十メートル幅で続いてきた岩石連なる狭い海岸は、そこで切れているのだった。

領仁が船首を回転させると、五郎が幾つかにバラした黒い箱を手にして、操舵室に戻ってきた。

「俺が予想した通り、通信機だったよ領仁」

「うーん。矢張りお前の嫌な予感とやらが当たったかあ……」

「箱の外側は手で容易にバラせたが、中心部は無理だ。小道具がいる」

「小道具ならあるが、此処では危ないか」

「危ない。下手にいじるとドカーンとくることも予測しないと」

「どこで作られたものだろうか」

「中心部をバラせばたぶん解るだろう」

「中国製か韓国製か、はたまた北朝鮮製か」

「これから急ぎ基地へ戻るかね」

「俺もそれを考えていた。その方がいいかも知れない」

「海岸には誰一人、見当たらなかったぞ」

領仁がそう言いながら、「はやて」の速度を上げた。

「見当たらないということは、あの崖を何らかの方法で登ったか、海へ潜ったかだな」

「しかし海岸もこの辺りまでくると、見ての通り崖上に松の繁りはないだろう。その崖を垂らしたロープを頼らず登るには、かなり高度なクライミング技術がいるぜ」

「うむ」

「早く体を拭けや。耐寒訓練で抜群の成績だったお前でも、寒いだろう。風邪をひくぞ」

「ああ」

領仁は「はやて」の発動機を、さらに甲高く唸らせた。

四

ほぼ同時刻の東京・千代田区永田町。

首相官邸のほど近くにある米国資本の高級ホテル「サルエバ・コンチネンタル」の玄関周辺が、大勢の女性たちによって埋まり、ざわめいていた。ホテルが雇った警備員たちが、その女性たちが列を乱さぬよう、ロープに沿った要所要所に緊張した表情で立っている。そのロープと警備員の表情は、これから生じる黄色い騒ぎを予想しているかのようだった。

やがて、「サルエバ・コンチネンタル」の向かいにある永田神社の東側角に黒塗りの乗用車が現われ、ゆっくりと右に折れるかたちでホテルの敷地内に入ってきた。

女性たちの間から、どよめきが噴き上がった。地鳴りのようだった。

最初の車のあとに、幾台もの乗用車が連なっていて、どよめきは黄色い雷鳴のようになって、群集は揺れ出した。

警備員たちがメガホンを使って「押さないで下さい」とか「静かに御願いします」などと懸命に訴え出したが、利き目はなかった。

宮殿のようなホテルの正面玄関前に七台の黒塗りの乗用車がゆっくりと停車し、最初に四台目の、つまり車列中央の車のドアが開いて、白人の金髪青年が降り立った。彫りの深い端整な貴公子然たる顔立ちが、群集に向かって品のある笑みを見せる。

群集は黄色い悲鳴を上げ、張られていたロープが押されて内側へ大きく膨らみ、ロープを支えるスタンドの何本かが倒れた。

警備員たちは、慌てた。

ほかの乗用車から降りた、やはり白人の男女数人が貴公子然たる青年の背中を押すようにして、ホテル内へ入って行こうとする。

群集から「ローイ」「ローイ」の大合唱が生じた。

その大合唱に足を止めて振り向いた貴公子は、群集に向かって美しい笑みを見せながら軽く手を振って見せた。

次の瞬間。

貴公子は、のけぞるようにして倒れ、彼のそばにいた白人の男女たちに、血しぶきが飛び散った。

血しぶきの原因となるもの、たとえば銃声などは生じていない。

群集の前列で悲鳴が上がるのと、血しぶきを浴びた白人の男女たちが英語で「救急車」と叫ぶのとが同時だった。

倒れた貴公子の名は、ローイ・ウェイン。昨年、ハリウッド映画「皇帝ナポレオン」でナポレオンの生涯を一人で演じ通し、アカデミー主演男優賞を得た、まさにハリウッドの貴公子であった。

その人気は、爆発的に全世界へと広がっている。

今回、アカデミー賞受賞後の第一作を日本で上映するに当たり、ファンへの挨拶のために来日したものであった。

が、この国で彼を待ち構えていたのは、予期せぬ悲劇だった。

騒然たる中、ホテルの通報によって救急車と警視庁捜査一課の車両がほぼ同時に滑り込んできたが、救急車の出番はない結末だった。

ローイ・ウェインの周囲《まわり》で、たちまち検死と鑑識の作業が始まった。急ピッチだった。貴公子と共に来日して血しぶきを浴びた彼のスタッフたちは、余りにも突然に訪れた悲劇のために、悲しみも怒りも忘れて呆然自失。

そのスタッフたちから僅かに離れて、将棋の駒のような顔立ちをした、がっしりとした体格の四〇前後の男が、検死と鑑識の作業を、じっと見守っていた。

この男の名を、本郷幸介といった。警視庁捜査一課に「この男あり」と言われている人物で、「特凶係」係長の警部だった。「特凶係」とは特殊凶悪犯罪捜査係を指し、特殊とは日本の外交問題に発展しかねない重大事案を意味した。在日もしくは来日中の外国要人・著名人などが日本で犯罪に遇った場合などが、それである。

が、この「特凶係」、なぜか警視庁捜査一課の公《おおやけ》の組織図には載っていない。

警視庁の一部組織改編で「特凶係」が編成されたのは八か月前。本郷幸介は、それまでは捜査一課の別の係のチーフだった。

ローイ・ウェインの亡骸《なきがら》は、頭部をホテルの玄関に向けて、仰向けに倒れていた。その頭部からは、まだ血が流れ出ている。身長は一八五センチメートルを超えているだろうか。

しゃがんで検死の作業に当たっていた胡麻塩頭の男が、腰を上げ本郷のそばにやってきた。

本郷は、五一、二に見えるその男の肩に大きな手をのせて横へ移動し、ローイ・ウェインのスタッフたちとの間を開いた。

「どうですか?」

「額の中央を見事に一発だ。後頭部《うしろ》へ抜けとる。ありゃあ、相当な射撃の腕だな」

「今のところ銃声を耳にした者は、いないようですな……」

「となるとサイレンサーか……」

「検死から、襲撃位置を、どの辺りと見ますか?」

「うん。遺体の倒れている状態から見て、あの方角かな」

胡麻塩頭の男——死体取扱専門官、通称「検死官」の根木澤順一警視が、永田神社の方を指差した。彼も名目的には鑑識課員の一員と見られてきたが、しかし検死官の立場は仕事の性質上独立色が強く、べつに刑事調査官とも呼ばれている。

「詳しいことは、あとで鑑識からも聞いてくれや。儂《わし》はまだ死体に突き合わにゃあならんのでな」

「有難うございました」

「近いうち、声を掛けるよ」

根木澤検死官は盃を口元に近付ける仕草を見せると、本郷の頑丈そうな上腕部をポンと叩いて死体の方へ戻っていった。お互いに激務を背負っている二人は、月に一、二度は焼き鳥屋で酒を酌《く》み交わす。

　本郷は左耳の無線イヤホンに軽く指先を触れてから振り返ると、永田神社の方を指差し、顎をしゃくって「行け」と命じた。

　その辺りにいた四、五人が、本郷の指差しが意味するところを解してだろう永田神社に向かって足早に動き出した。特凶係の刑事たちだ。

「サルエバ・コンチネンタル」を幾重にも取り巻いていたローイ・ウェインの女性ファンたちは、警備員によってすでにホテル敷地の外へ出されている。

　代わって**報道記者**を乗せた車が続々と詰めかけていた。上空には報道ヘリも舞い始めている。

　本郷は、ホテル玄関の手動式回転ドアの向こうへ目をやった。

　回転ドアを入った直ぐ右手で、誰かと携帯で話を交わしている白髪が綺麗《きれい》な人物と視線が合って、その人物が彼を手招いた。グレーのスーツを上手に着こなしている、なかなかな紳士だった。が、目つきは鋭い。

　本郷が玄関を入ると、その白髪の人物は相手との話が終ったのか携帯を閉じた。

「ローイ・ウェインに関する新しい情報が、外務省を通じ警察庁から入った」と、白髪の紳士が低い声で言った。

「もうですか。早いですね」と、本郷も囁き声で応じる。

「米国大統領夫人と英国首相夫人が、ローイ・ウェインの熱烈なファンであり、とりわけ米国大統領夫人は〝ローイ・ウェインを励ます会〟の会長とかに納まっているらしい」

「へえ……すると間もなく、その励ます会から一言届きそうですね」

「届くだろう。それでなくとも、被害者は石油で財を成したウェイン財閥オーナー家の三男坊として知られた人気俳優なんだ」

「あちらに於ける日本の印象が、悪くなるかも知れません」

「それは避けられまい。ウェイン財閥と日本企業との取引も、日米の外交関係も、暗い雰囲気に包まれるだろう」

「そうですね」

「根木澤検死官と話を交わしていたな。何か判ったか」

「額の中央に一発見事に撃ち込まれ、後頭部《うしろ》へ抜けているようです」

「額の中央を狙い撃ちの一発か……第一級の射撃の腕を持った者による、計画的な犯行だな」

「ええ、殺《や》る目的で撃ったのでしょう。狙撃《そげき》位置は永田神社の方角だろう、と検死官が言いますので、いま四、五人向かわせました」

「そうか。私は一度本部へ戻るんで、あとを頼む」

「心得ました」

本郷は、ホテルを出ていこうとする白髪の紳士の背に、軽く一礼した。

白髪の紳士は、警視庁捜査一課長の貝鳥浮蔵警視正であった。その陣頭指揮能力は〝カミソリ浮蔵〟の異名を取り、上からは『組織の浮蔵』、部下たちからは『決断の浮蔵』と高く評価されていた。

貝鳥浮蔵は高校を出て警視庁に入り、勤務を全うしながら東京大学で学んできた苦学の人である。苦学した者は有能であり人間としても鍛えられてゆく。

ホテル玄関を出たところで貝鳥が本郷の方を見て小さく頷き、本郷も目礼を返した。

そこへ黒いスーツを着た五〇年輩の金髪の白人が、遠慮がちに本郷のそばにやって来た。

「あのう、警視庁捜査一課の幹部の方《かた》、とお見受け致しましたが」

不自然さのない流暢な日本語だった。慇懃《いんぎん》で控え目な口調も日本風だ。

「はい。捜査一課の者《もん》です」

「わたくし当ホテルの副総支配人を致しておりますポール・ダグラスと申します。ホテル側としても捜査への協力を惜しみませんので、何なりと御申しつけ下さい」

「有難うございます。すでにホテル従業員の皆さんに、あれこれと接触させて戴いております。業務に支障が生じないよう、出来うる限り配慮しますので、ひとつ御協力下さい」

「それはもう」

「あ、それから念のため、被害者が泊まる予定だった客室を見せて戴けませんか」

「承知いたしました。それでは私が御案内申し上げましょう」

「その客室には、被害者の手荷物などが、すでに入っているのでしょうか」

「いいえ。客室のドアはまだ閉じられたままでございます。なにしろ、ご到着なさった途端に生じた悪夢でしたから」

本郷は、案内してくれる副総支配人ポール・ダグラスのあとに従った。

ロイ・ウェインが泊まる予定になっていた客室は、最上階・二十階の南側角にあるロイヤルスイートであった。先進外国政府の首脳クラスがしばしば泊まることで知られている部屋だ。

「こちらの客室でございます」と言いながら、副総支配人ポール・ダグラスがドア脇の小窓——と言っても名刺大くらいの——に右手の掌を近付けた。

センサーが掌の静脈を読み取ってカチリと微かな音がし、ロックが解除された。

副総支配人はドアを開け、自分から先に入っていった。リビングルームかと見紛《みまが》う大理石を床に張ったエントランスロビーが先ず広々とあって、その向こうが重厚な木製ドアの客室入口だった。一泊一〇〇万円くらいかな、と本郷は胆《はら》の中で溜息をつきながら、副総支配人のあとに続いた。

木製ドアを開けるとゆったりと幅広の廊下の左側にウォークインクローゼット、プライベートテレホンルーム、喫煙室と続き、右側にシューズルーム、手荷物ルーム、シャワールーム、バスルームと並んでいた。このスペースだけで儂《わし》の官舎くらいはあるなあ、と本郷は副総支配人の後ろで小さく苦笑した。

廊下の突き当たりを右に折れたとたん、明るい大空間があった。

副総支配人が立ち止まって体を横に開き、「サブ・リビングルームでございます」と言った。三〇畳大はあるだろうか。置かれているソファやテーブル、サイドボードなども当たり前のものではなかった。

「サブ？……」と、本郷はさすがに驚いた。

「はい。メイン・リビングルームはこの奥にございます。どうぞ」

副総支配人は、本郷がローイ・ウェインのごとく、うやうやしく案内した。

奥の木製ドアを開けると、天井から大シャンデリアの下がった五〇畳ほどの圧倒的空間が、二人の男を出迎えた。凄《すさま》じいばかりの豪華さであったが、成り上がり的な金ピカの雰囲気は全くない。あくまで重厚壮大だ。

だが、その中へ一歩入った本郷の顔つきが、不意に険しくなった。

そうと気付いた副総支配人が、「あのう、何か？……」と不安気に訊ねた。

「副総支配人さん、臭《にお》いませんか？」

「え……」

「少しの間、この位置で動かないで下さい。宜しいですね」

「は、はい」

本郷の嗅覚は、数え切れぬ程と言っても言い過ぎではないくらい経験してきた、血の臭いを嗅《か》ぎ取っていた。

彼は室内を見まわしながら三、四歩部屋の中心に向かって、副総支配人からゆっくりと離れた。

「この部屋へ日常的に自由に出入りできるのは誰と誰ですか」

「客室入口センサーに掌の静脈を固定的に登録《インプット》しているのは総支配人、副総支配人、客室部長の三人だけでございます」

「室内清掃の時は、複数の者が頻繁に出入りしますでしょう」

「客室部長の許可を得た直属部下の担当課長が、清掃の開始から終了までについて清掃担当を指揮いたします」

「清掃を担当するのは、外部の業者ですか」

「いいえ。当ホテルは外部の業者は使っておりません。この客室は、安全対策上どなた様にでも御利用願える部屋ではございませんので、いわゆる稼働待ち時間が充分にありますため、清掃は大体週に一度か二度くらいでしょうか」

「なるほど」

「総支配人、副総支配人、客室部長の三人以外については、必要のつど静脈登録を致します。むろん、お客様につきましても」

「このホテルは全客室が、静脈登録方式を採用しているのですね」

「いいえ、そうではありません。ロイヤルスイートとインペリアルスイートの二室だけでございます」

「そうですか。判りました」と、本郷は頷きながら（あそこだ……）と視線を一点に止めた。レースのカーテンが下がった大きな窓に面するかたちで、背もたれ部分が高いソファ六点セットが置かれていた。六点セットとは言っても、一人用が四点、四、五人用の横長ソファが一点、それにテーブルが一点で、どれも非常に大きくてどっしりとしたものだった。ファミリータイプのものとは、まるで造りが違った。

本郷は、その背もたれが高いソファに向かって、静かに足を運んだ。すでに脳裏に、〝確定的な〟悲劇の予感があった。

彼は横長ソファの前面へ回り込んだ。いや、正確には、回り込む寸前で足を止めた。彼の顔が歪み、そして数秒の間であったが天井を仰いで溜息をついた。尾を長く引き伸ばした、重い溜息だった。

「あのう……何か」

金髪の副総支配人が、不安を彫りの深い顔にひろげた。

「このソファに死体が横たわっています」

「えっ」

「暫く、あなたはこの場を動かぬようにして下さい。御協力願えますね」

「は、はい判りました。それにしましても、この客室に入れるのは……」

「いや。その点に関しては、改めて後程お訊ね致しますので」

本郷はそう言うと、背広のポケットから携帯を取り出しダイヤルボタンをプッシュした。

相手が電話口に出た。検死官・根木澤順一警視であった。

「本郷です。すみませんが被害者ウェイン氏が泊まる予定だった、最上階のロイヤルスイートまで来て戴けませんか」

「どうした？」

「こちらにも仏さんが、一体あります」

「なにっ……よし、判った。直ぐに行く」

本郷は携帯を閉じて背広のポケットに戻すと、怯えた表情の副総支配人と視線を合わせた。

「センサーへの静脈の登録《インプット》ですが、何処で行なっているのです？」

「お客様に対しては、フロントカウンターで実施しております。これにはフロントの責任者《マネージャー》が立ち会います」

「その登録する装置の日常的管理は大丈夫なのですね」

「厳重に管理しております。大きさは小型の電卓程度ですので、使用しない時は必ず小さな金庫に入れ、それを更に客室部長席の脇にある大きな金庫に移して管理しています」

「金庫のキイは？」

「小さい方の金庫のキイはフロントの責任者が、大きい金庫のキイは客室部長が管理しています。大きい金庫のダイヤルナンバーは、総支配人、副総支配人、客室部長の三人しか知りません」

「うむ……しかし、何者とも知れぬ者の死体が、現実にこの部屋にあるということは、予期せぬ人物が入ったということになります」

「あのう……副総支配人として勇気を出して死体の顔を見る必要が、あるのではないでしょうか。ホテル従業員の死、ということも考えねばなりませんので見せて戴けませんか」

「見ても誰だか判らんでしょう」

「ですが私は接客サービスという仕事の性質上、従業員の顔はほとんど覚えております」

「それでも無理です。なにしろ死体には、頭部が無い」と、本郷は自分の頭を指差して見せた。

「えええっ」

長身の副総支配人は更なる衝撃を受けて大きくよろめき、後ろの壁にドンと背中を打ちつけた。

このときドアを強くノックする音が伝わってきた。

「すみませんが開けてやって戴けませんか。それから、鑑識の出入りが激しくなりましょうから、ここへ自由に出入り出来るようセンサーのスイッチを切っておいてください」

「は、はい。承知しました」

副総支配人に案内されて、検死のプロフェッショナル根木澤順一警視がメイン・リビングルームに入ってきた。

彼は横長のソファに仰向けとなっている死体を見るなり、一人言のように低い声でこう言った。

「これはこれは。綺麗に頭を切り取られていますな。ソファの汚れ具合から見て、出血がほぼ終ってから此処へ運ばれてきたねえ」

彼は合掌してから、覗き込むようにして首の切断部へ顔を近付けた。そして喉仏、胸、股間に軽く指先を触れてから「男だ……」と本郷に言葉短く告げた。

頷いた本郷は副総支配人に目をやって訊ねた。

「被害者はカーキ色の作業衣を着た男性です。心当たりは？」

「ありません。ロイヤルスイートとインペリアルスイートの清掃担当は、指揮する客室部の課長を除いては全員が女性ですし、作業衣は淡いピンクです」

「他の客室の清掃は？」

「やはり全員が女性で、作業衣は淡いブルーですが」

「そうですか」

このとき、本郷の背広のポケットで携帯が鳴った。掛けてきたのは、永田神社の境内へ向かわせた部下の巡査部長、稲木敬吾二九歳だった。

「係長、神社の本殿で、とんでもないものが見つかりましたよ」

「なんだ」

「見つけたのは若い神子《みこ》さんですがね。首なんですよ」

「首……」

首なし死体のそばに腰を落としていた根木澤が、上体をねじって本郷を見た。

「で、男の首か女の首か」

「この顔は、女には見えませんね」

「間違いないな」

「いま首、いや頭の入ったビニール袋を覗き込みながら話していますのでね、間違いありません男です」

「そのビニール袋に血溜りは？」

「ほとんどありません」

「判った。直ぐに、そっちへ行く」

本郷は携帯をパチンと閉じた。

根木澤が立ち上がった。

「男の首か」

「そのようです。ちょっと行ってきます」

「その首を携帯のカメラで写してな、儂の携帯へ転送してくれ。顔と切断面をな」

「了解」

本郷は顔色を失っている副総支配人の横をすり抜けて、メイン・リビングルームを出た。

五

折《おり》しも「サルエバ・コンチネンタル」の程近くにある総理大臣官邸の首相執務室には内閣官房長官・庄野《しょうの》和年《かずとし》五五歳、外務大臣・尾野村建造五二歳、経済産業大臣・塚田《つかた》陽平六〇歳らが顔を揃え、重苦しい雰囲気に包まれていた。

ソファの背もたれに上体を投げ出すようにして額に掌を当てていた首相・皆村《みなむら》順太郎五十七歳が深い溜息を吐《つ》いた。先程から、これでもう十数度目の沈痛な溜息であった。

「まったく……やり切れませんなあ。尾野村さんの実家で騒動があった直後だというのに……」

経産大臣・塚田陽平が呟いたあと、歯をキリッと噛み鳴らした。日本の闇僚及び闇僚経験者の中ではただ一人、米国のウェイン財閥オーナー家と深い交流のある政治家だった。塚田自身アメリカの大学・大学院を出て英語が堪能であり、米国政界、財界には知己《ちき》が多い。

「一体、何の目的で誰が……」

外務大臣・尾野村建造は、呻《うめ》いて舌を打ち鳴らした。強烈な反共・親米主義者であることを自認している尾野村にとって、ローイ・ウェイン狙撃事件は脳天を抉《えぐ》られたような一大事であった。

それもその筈。ローイ・ウェインは皆村首相への大統領親書を携えたいわゆる外交使節を兼ねていたのだ。日本企業とウェイン財閥系企業との活発な取引、ウェイン財閥オーナー家と経産大臣塚田陽平との親密な交流、加えて皆村首相のアメリカ映画好きな性格を考えての、米国大統領の言わば粋な計《はか》らいだった。いかにもアメリカらしい計らいである。

日本側は、その計らいを、銃弾で出迎えたのだ。

首相の執務デスクの上で電話が鳴った。皆には、けたたましい音に聞こえた。

「取りましょうか」と外務大臣の尾野村建造。

皆村首相が「うん」と、力なく頷く。

「いや、私が……」と、デスクに近い位置のソファに座っていた庄野官房長官が立ち上がった。

腰を浮かしかけた尾野村外務大臣が、ソファにもたれた。甲府の実家で下働きの老女が何者かに殺害された事件の捜査状況については、警察庁長官から逐一彼に報告が入っていた。

が、捜査の進み具合は、はかばかしくなかった。

尾野村は事件後、まだ一度も実家へは戻っていない。「戻ることは危険」という警察庁の判断が、彼の足を止めていた。なにしろ自他ともに「過激」であることを認める反共精神の持主なのだ。

誰からの電話なのか、受話器を耳に当てている庄野官房長官が「はい、うん。はい……」と頻《しき》りに相槌《あいづち》を打っている。

「防衛大臣からでした」

庄野が受話器を置いて、ソファに戻った。

「なに？……」と、皆村首相が不安そうに庄野と目を合わせる。

「休暇を取っていた陸自の隊員が少し前、敦賀の海で潜望鏡を目撃したそうです」

「海自の潜水艦？」と、生気の無いぐったりとした首相の口調だった。

「いえ、そこのところは判っていません。問題は、その潜望鏡の直ぐそばに地元の漁船のゴムボートが漂っていたということなんですが」

「遭難漁船のゴムボートを、海自の潜水艦が偶然に発見して近付いた、ということじゃないの」と、面倒そうに応じる皆村だった。今、彼の頭の中はローイ・ウェイン事件のことで一杯なのだ。

「そうかも知れません。ただ、そのゴムボートを積んでいた漁船が、漁業組合の無線室と最後の定刻交信をしたのが、漂流中のそのゴムボートが見つかった二、三〇分もあとらしいのです」

「ははぁん。船体にゴムボートを固定してあったロープでも切れて海に落ちたのに気付かず、そのまま航行を続けているんじゃろ」

そう言ったのは経産大臣・塚田陽平だった。

「しかし、その漁船、わかさ2号とか言うらしい一五名乗組のその漁船からは、以後の定刻交信は入っていないようでして」

「じゃあ地元の海上保安庁に、ゴムボートが漂っていた海域を、念のため捜索して貰ったらいいじゃない」

皆村首相は不機嫌そうに口元を歪めた。

「ええ、捜索はすでに始まっているらしいです」

「漁業組合の無線室からの呼びかけには？」と、塚田が庄野と目を合わせる。

「応答は、なし、だそうです」

庄野が、なし、の部分に力を加えた。

「ならば、漁船については地元の海保の捜索結果を待つしかないね。潜望鏡は、きっと海自のものだよ」

皆村首相は、一層ぐったりとした口調で言ったあと、またフウッと溜息を吐いた。

「しかし総理。防衛大臣はその潜望鏡を海自の潜水艦のものだとは、ひと言もおっしゃいませんでしたが」

「海自の潜水艦情報をがっちりと握っているのは、ごくごく一部の海自幹部だけだよ。防衛大臣という政治家の耳になんぞ、絶対に届かないようになっているんだ。日本の政治家の口は紙切れのように軽い、と先進国の間では有名だからね。潜水艦情報は第一級機密なんだ」

「はあ、第一級だということはむろん承知しておりますが」

潜望鏡とゴムボートと漁船の話は、それで終りだった。漂流中のゴムボートが発見された二、三〇分もあとに漁船からの定刻無線が漁業組合に入ったその〝矛盾〟についても、論議されることはなかった。

潜望鏡に気付いた陸自隊員について、「どの隊の、どのような人物？」と問う声も生じなかった。不幸なことに、この部屋にいる総理大臣と三閣僚の頭の中は、アカデミー賞主演男優賞の俳優ローイ・ウェインの事件で一杯だった。

再び首相の執務デスクの上で電話が鳴り、皆村は苛立ったように舌を打ち鳴らした。今度も庄野官房長官が身軽に動いて、受話器を取り上げた。

その彼が、いきなり流暢な英語を使い出した。いかなる複雑な政治課題であろうと高度な英語を駆使し正確に喋れる、という点では庄野官房長官と塚田経産大臣は、日本政界の双璧《そうへき》だった。

首相の皆村と外務大臣の尾野村は、日常会話を一応不自由なく喋れる、というレベルだ。と、庄野が言葉に詰まって、ウッという顔つきになった。それまで紅潮気味だった顔が、みるみる青ざめていく。それだけではなかった。見えざる相手に対し、言葉短く応じながらぺコぺコ頭を下げ始めた。

ほかの三大臣は、庄野官房長官がローイ・ウェイン事件でやりこめられている、と判りはしたが、相手が何者か見えないために息を殺すしかなかった。

庄野が受話器を置き、その場を動かないまま、肩を落とすようなだれた。

「どうしたんだ。今の誰？」

皆村が訊ねたが、庄野は下唇を噛みしめるだけだった。彼の目尻に、涙があった。彼は泣いていた。

ほかの大臣たちは、思わず顔を見合わせた。官房長官が首相執務室で泣くなんぞ、前代未聞だった。これまでの政界には、なかった。

「誰なんだ、今の電話」

皆村は勢いよく立ち上がった。仇《かたき》を討ってやる、と言わんばかりの目の色だった。

「ホワイトハウスでした」

「え……」

「大統領首席補佐官です」

「サミエル・ゴラン氏」

「はい。猛烈な口調でした」

大の東洋《アジア》嫌いで知られた人物だった。とくに日本を厳しい目で見ることで知られている。

「現在のワシントン時刻となると……」と、尾野村外務大臣がロレックスの腕時計を見た。

「現在のワシントン時刻など、どうでもいいよ尾野村君」

皆村は尾野村を睨《にら》みつけた目を、庄野に戻した。

「で、何を言ったんだ。サミエル・ゴラン氏は」

「日本は一体何をやっとるんだと。日本の警察や自衛隊は大統領親書を携えた重要人物一人すらテロリストから守れない、へっぴり腰の幼稚な組織じゃないか、と激しくいきり立っていました」

「わが国の警察や自衛隊のことを、へっぴり腰の幼稚な組織だと言ったのか」

「日本には、**へらついた甘ったるい政治家**しかいないから、こういった酷《ひど》い事態が生じるのだ、まるで無政府国家じゃないか、と怒鳴りまくって一方的に電話を切ってしまいました」

「無礼な。いくらなんでも〝へらついた甘ったるい〟とは言い過ぎだ」

塚田経産大臣が、憤然たる顔つきになった。

「いや……確かに日本の政治家は、へらへら集団なのかも知れない。警察や自衛隊はへっぴり腰の幼稚な組織なのかも知れない……なにしろローイ・ウェイン事件は起きてしまったんだから」

皆村首相は、「あーあー」と両手で顔を覆ってしまった。

自分の席へ戻った庄野官房長官に、塚田が言った。

「悔《くや》しかっただろ庄野君。なにしろ反論できないからなあ」

「反論などすれば、数倍の激情を突き返してくることで知られたサミエル・ゴラン氏ですから」

庄野が、そう言いながら指先で目尻を拭った。

「もうそろそろ、大統領親書が警察庁から届けられる頃ですな」

尾野村がまた、ロレックスの腕時計をチラリと見た。

「読みたくないねえ。そんな血で汚れた大統領親書など」

皆村が吐き捨てるようにして言った。サミエル・ゴラン氏に対する、せめてもの八つ当たりだった。

第三章

一

神奈川県、米軍「キャンプ座間《ざま》」。

その日の夕方、正門前近くに止まったタクシーから、陣保五郎と領仁四朗が降り立った。

陣保の手にはボストンバッグがあった。

共に薄汚れたヨレヨレのブレザーにジーパンという恰好の二人は周囲にさり気なく注意を払ったあと、門衛の米軍人に何やら身分証明書のようなものを見せて、基地内へ入った。

この広大なキャンプ座間には米陸軍司令部がある。もとは本国のワシントン州にあった司令部が移動してきたものだ。

陣保五郎と領仁四朗は中央の広い通りを、むっつりとした顔つきで歩いた。二人は、アカデミー賞主演男優賞のローイ・ウェインが狙撃された事件をニュースで知り、大きな衝撃を受けていた。しかもそのローイ・ウェインが泊まる予定だった部屋に首なし死体があったと言うではないか。

陣保と領仁のむっつりとした顔は朱色に染まっていた。キャンプ座間が血を流したような夕焼け空に覆われているせいだった。

「どうも何かが動き出しているような気がしてならんな領仁よ。それもかなり大きなパワーでだ」

「俺も薄ら寒いものを感じているんだ。嫌な予感がしている」

「外務大臣の実家で殺人事件が生じたと思ったら、本国の大統領親書を携えたハリウッドの大スター狙撃事件だからな。テレビもラジオも、ニュース番組はひっくり返っとる」

「しかも敦賀の海では潜水艦の潜望鏡が出現し、漁船一隻の行方が判らなくなっている。これはまだ、マスコミに気付かれてはいないが」

「どの騒ぎもが一本の線でつながっている、とは思いたくないが、つい悪い方へと考えてしまうな」

「恐らく偶然の重なりだ……と思いたいんだがなあ」

右へ折れ左へ折れした二人の歩みが緩んだ。目の前に倉庫のような鉄筋コンクリート造りの古く馬鹿でかい五階建の建物があって、その入口の前で迷彩作業衣を着た二人の男が、オートバイの後輪をはずして、何やら修理していた。このオートバイも迷彩色で古くて大きい。

「や、お帰りなさあい」

「オッス、ただいまあ」

双方の間に、のんびりとした間《ま》の抜けたような挨拶が交わされた。

「手伝ってやろうか」と、領仁四朗が笑みをつくって足を止める。

「そう言えば先輩は、オートバイ直すの手早かったですよねえ」

「おお、任せとけや」と、しゃがみ込んだ領仁を残して、陣保五郎は巨大な容積の古びた建物の中へ入っていった。

内部は、古びた外の印象とは、かなり違っていた。壁も天井も床も改装されたのか真新しい。エントランスを入ると先ず総ガラスの自動扉が左右に開いて、誰一人いない殺風景なガランとしたロビーが現われ、そのロビーの向こう突き当たりに、今度はスチール製と判る大扉があった。

その大扉に五郎は大股で向かった。姿勢も足の運びも、この建物へ入る前とは大きく違っていた。いや、表情や目つきまでもが変わっていた。五体からパワーのようなものがあふれている。

彼がスチール製の大扉の前に立つと、ひと呼吸するかしない内にカチリとロックの解除された音がして、大扉は左右に開いた。彼の顔か何かを正確に読み取った結果なのであろうか。しかし、そのような読み取り装置はロビーのどこにも見当たらない。

五郎の前に一直線に伸びた幅の広い長い廊下が現われた。その長い廊下に沿うかたちで幾つもの部屋が向き合って並び、迷彩服の男たちが、きびきびとした動きで出たり入ったりしている。

五郎が大扉の内側へ一歩入ったとたん、右手の警備室と思われる部屋の前で、怖い目つきをした二人の若い男が姿勢を正し挙手をした。両足を揃えた時に打ち合った半長靴《はんちょうか》が、パチンと小気味よく鳴る。小さな音であったが。

五郎は、ちょっと頷いただけで、二人の男の前を通り過ぎた。この二人の男は、警備の厳しい米軍「キャンプ座間」内の更に建物の内部で任務に就いているというのに、肩から9ミリ機関拳銃を下げていた。

五郎は長い廊下を、突き進んだ。右手に持ったボストンバッグはほとんど揺れない。背すじをピンと張った彼の上体が、全く揺れていないからだ。

彼とすれ違った二、三人が、矢張り威儀を正して挙手をした。

やがて彼は、長い廊下の奥まった一室、何の部屋なのかを示すネーム・プレートのないその部屋の前で足を止めた。ほかの部屋には、その部屋の機能や特徴を表わす○○室、△△室などのプレートがドアに貼られている。

彼はドアをノックした。

「入れ」と、野太い声が即座に返ってきた。

「陸曹長・陣保五郎入ります」

　ようやく陸自隊員としての肩書を名乗った五郎が、ドアのノブに手を掛けた。陸曹長とは、旧日本軍で言うところの「軍曹」の二階級上、「准尉」の一階級下に位置する「上級曹長」に相当する。

　旧日本軍に於いても米英軍に於いても、少尉や中尉にモノ申すことを恐れない歴戦の軍曹が、最も畏怖《いふ》するのがこの上級曹長である。どこの国の軍隊に於いても、軍曹と言えばそれこそ、いい意味にも悪い意味にも〝震え上がるような存在〟だった。

　五郎は、表示の無い部屋、に入ってドアを閉めた。明るい広い部屋だった。

「長い休暇、有難うございました」

　彼は姿勢を正すと、大きなデスクの向こうで窓を背にして肘付椅子に座っている迷彩服の人物に、丁重に頭を下げた。挙手はしなかった。

「礼などはよい。それよりも例の物を見せてくれ」と、野太い声の主が言った。五〇前後と思われる恰幅《かっぷく》のよい男だった。形のよいコールマン髭が似合っている。

「はっ」

　五郎はデスクに歩み寄ると、その上にボストンバッグを置きファスナーを引いた。

　彼が取り出したのは、海中から拾い上げた黒い箱――無線機――であった。

「どれ……」と、恰幅のよい人物は、黒い箱を自分の方へ手繰《たぐ》り寄せた。

「モールス信号機か。古くて強力な暗号発信装置ではあるな」

「分解すれば、どこの国のものか判ると思うのですが」

「通信機に詳しい者にやらせてみよう」

「お手数を掛けます」

「君はチームへ戻れ。皆が待っとる」

「そう致します。では……」

一礼してデスクの前から離れようとする五郎を、恰幅のよい人物は「待て」と押さえた。

「一両日中に命令を出すかもしれん。心得ておくように」

「承知しました」

五郎と、明らかに五郎の上官と思われるその人物との会話は、それで終りであった。甲府、敦賀、東京で事件やざわめきが続けざまに生じたにも拘《かかわ》らず、二人の間の会話は、余りにも短時間であっさりとしたものだった。

空《から》になったボストンバッグを下げて、五郎は部屋を出た。この建物に入ってきたエントランスとは反対側、そこにも警備室らしいものがあって、やはり9ミリ機関拳銃を肩から下げた三人の陸自隊員の挙手に見送られて、五郎は外に出た。

黄金色に輝く公孫樹《いちょう》の短い並木道があって、車道にも歩道にも無数の銀杏《ぎんなん》と黄金色の落葉が散らばっていた。

体格のよい五、六人の隊員が段ボール箱に銀杏を拾い集め、別の一人の隊員が路面清掃車を動かして、落葉を吸い取っている。

その路面清掃車を動かしている隊員が陣保五郎に気付き、エンジンを切って運転室の中で挙手をした。

続いて銀杏を拾い集めていた隊員たちも五郎に気付き、直立の姿勢を取って挙手をした。彼らの半長靴が打ち合ってパチンと鳴る。

「全員を完全武装で教練場へ集めておけ」

五郎はそう言いながら、短い並木道を渡ったところにある、これも相当に古い、ドーム屋根を持つ体育館のような建物のエントランスを潜った。

「判りました」と彼の背を、隊員の元気な声が追った。

ドーム屋根の建物内へ入った五郎を最初に出迎えたのは、またしても警備室のような部屋と、9ミリ機関拳銃を肩から下げた屈強そうな体格の三人の隊員だった。

「お帰りなさい」

一人が言い、三人の半長靴が打ち鳴って、挙手がビシッと音を立てた。

「留守中、小隊に変わったことはなかったか」

「ありません」

「訓練は計画通り実行できたか」

「できました」

「よし」

五郎は頷くと、くるりと体の向きを変え、扉を開いて待機していた大型のエレベーターにひとり乗り、人差し指の先で⑥のボタンを押した。

扉が閉まり、エレベーターが上昇を始めた。

六階には彼の部屋があった。執務室ではなく生活室である。

幾日かぶりにその生活室に入った彼は、先ず窓を開けて彼方に連なっている朱色に染まった晩秋初冬の美しい丹沢山系を眺め、深呼吸を一つしてから、更衣ロッカーを開いた。

着ている薄汚れたブレザーとジーパンを脱ぎ、手早く迷彩服に着替えた。

ロッカー内のハンガーには、スーツタイプの制服も掛かっていた。それの左右の襟には職種徽章《きしょう》、左胸には金色のレンジャー教官適任徽章、その下に格闘技上級指導官徽章、更にその下三段目には海外訓練経験者であることを示す第三〇号防衛記念章が付いていた。

陸曹長の階級章は、左右の肩にある。

迷彩服に着替え半長靴を履いた五郎は、エレベーターで一階に降り、陸曹長執務室に入った。誰が用意したのか、デスクの上でコーヒーカップから白い湯気が上がっていた。こうばしい香りが、執務室に満ちている。

五郎はニヤリとして、コーヒーをひと口すすった。

「グッド」

彼は、またニッとしてコーヒーカップをデスクの上に戻した。味を褒《ほ》めた訳ではなかった。自分がこの陸曹長室にいつ頃入るかを読み切ってコーヒーの熱さを見事に加減した〝誰か〟の、その読み切り能力を評価したのだ。

だが五郎はコーヒーをひと口すすっただけで、隣室に通じるドアをノックした。

「どうぞ」

なんと、返ってきたのは女性の澄んだ綺麗な声だった。

「失礼します」

ドアを開けて隣室へ入った陣保五郎は、「休暇有難うございました。ただ今、領仁一曹と共に戻って参りました」と、丁寧に頭を下げた。

「警備室からすでに報告がありました。何やかやが次々に生じて、休暇が休暇にならなかったわね」と、大きな執務デスクの向こうで、制服を着た美しい女性が目を細めた。

「そうでもありません。結構、楽《らく》させて戴きました」

「帰ってくるなり、全員に完全武装で教練場へ集まるよう、命令を出したとか」

「はい」

「休暇を取ると、やはり隊員のことが心配？　弛《たる》んでやしないかと」と、女性が斜めの視線で五郎を見た。

「いや、べつに心配はしておりません。鍛え抜かれた連中ですから」

「嘘ばっかり。留守を預かった私の管理能力など、まるで信頼していないと、顔に出ていますよ」と、女性はひっそりと笑った。

「どうなさったのですか。いつもの双澤《もろさわ》一尉らしくありません」

「紅茶でも入れてあげましょう。さ、ソファにお座りなさい」

「次の機会に頂戴します。皆が教練場へ集まりますので」

「そう。私は急ぎの書類づくりがあるので、今はここを動けません。いいわね」

「承知しました。隊員のことは任せて下さい。それでは……」

五郎は今度は、やわらかに挙手をして陸曹長室に戻った。

五郎の執務デスクよりも、ひと回り大きなデスクを前にして肘付椅子に座っていた美しい女性《ひと》は、彼の直属の上司である双澤夏子一等陸尉三一歳であった。一等陸尉は、旧日本軍や米英軍で言うところの大尉に相当する。

五郎は思い出したように、デスクの上のコーヒーカップを手に取り、少し温《ぬる》くなったコーヒーをゆっくりと飲んだ。目は壁に掛かった時計を見ていた。時間をはかっているような目つきだった。

コーヒーを半ば飲み干してから彼は、「あれ?」という表情をつくって、カップを鼻先に近付けた。

かすかに、覚えのある香りが、カップそのものから漂っていた。

「この香りは、確か双澤一等陸尉の……」

なぁんだコーヒーをいれてくれていたのは彼女だったのか、と五郎は知った。

三一歳の双澤夏子はまだ独身。

東京大学でアジア文学を専攻した彼女は、中国語、朝鮮語に堪能で、東大を卒業後、なぜか防衛大学に進み、優秀な成績で卒業したとかで、現在の地位つまり五郎の直属上司の地位に就いているのだった。

ところで彼、陣保五郎は本当に基地の営繕係なのであろうか。だとすれば、生活室のロッカーにあった制服の徽章について、どのように説明すればよいのか。

なかでも金色の「レンジャー教官適任資格」などは、そう簡単に取れるものではない。

「レンジャー隊員資格」を得るだけでも、言語に絶する猛烈に苛酷な訓練に耐え続けて、「合格」を得なければならないのだ。

レンジャーの地位が陸自隊員にとって最高の勲章であることは周知の事実である。国民の大方《おおかた》が知っている。しかし、誰もがなれる訳ではない。銀色のレンジャー徽章を左胸に付けることが出来るのは、不屈の精神力を備えた粒よりの人材だけ、とされている。それも、少数の、だ。

金色のレンジャー徽章は、その粒よりを叩きあげ育てあげる指導的立場にあることを、示している。

五郎はカップの底に少し残っているコーヒーを飲み干すと、「そろそろいいか」と呟き、陸曹長室を出た。

大型のエレベーターに乗った彼は、Ⓑ2のボタンを押した。教練場は地下二階だ。

エレベーターの天井の四隅には、監視用の小さなテレビカメラが付いている。

微かなショックを五郎の体に伝えてエレベーターは止まり、扉を開いた。

彼は目の前の両開き扉に向かって真っ直ぐに進み、両手でバンと勢いよく押し開いた。

誰かの鋭い号令が飛んで、大勢の半長靴が凄い音を立てて打ち鳴った。

「気を付けえっ」

地下とは思えない、大空間であった。壁であるべき四面には、沢山の窓や階段、玄関口、ショーウインドーなどが設けられていた。まるで撮影所のセットのようだった。天井には、一方の壁から一方の壁へ何本ものロープを張りめぐらされている。それも固く張られてあるロープや、緩く張られてあるロープなど色々であった。

また五階建に相当する屋上からは、三本のロープが垂れ下がっていた。

その撮影所のセットのような中に、顔にスミを塗って迷彩服を着用した完全武装の隊員三〇名が不動の姿勢で二列に並んでいる。皆、長身であった。

前列の手前端、列とは一メートルほどの間を空けた位置に、矢張り完全武装の一曹領仁四朗が、陣保五郎を迎えるようなかたちで、体を横向きにして立っていた。

一曹つまり一等陸曹は、陸曹長の一階級下である。旧日本軍で言うところの、曹長だ。

五郎が、列と向き合って立ち、皆を見まわした。

「私の留守中、気の緩みはなかったか」

「ありません」

一斉に返ってきた返事だった。直立不動の姿勢は、微塵《みじん》も崩れない。

「上官不在となった時に、お前達が見せる行動にこそ、日頃の訓練の成果が正直に表われる。優秀な部隊は上官が敵弾に倒れて不在状態となっても、うろたえない。そうだったな」

「はい」

またしても、一斉の力強い返事だった。

「楽にしてよし」

五郎のその言葉で、張り詰めていた隊列の雰囲気が少し和《やわ》らいだ。

五郎の言葉が続いた。

「我々は国防という重大事案に対処するために、厳しい訓練を繰り返している。我々に負わされている義務は、ひたすら強くなることだ。強くなければ国民を護れない。愛する者を護れない。その意味でも、われわれ中央即応集団司令部付〝打撃作戦小隊〟は、アジア最強いや先進国で最強であらねばならない」

今度は、隊列からの応答はなかった。静まり返っていた。

五郎の口から、「われわれ」「中央即応集団司令部付」「打撃作戦小隊」という三つの言葉が出てきた。これによって、彼も領仁四朗も基地営繕係でないことは明らかだった。

「苛酷な訓練に耐え抜いてきた、お前達勇士に、なぜ今日、思い出したように〝先進国最強であらねばならない〟などと言うのか。耳にタコが出来るくらい言い聞かせてきたことを、なぜ改めて言うのか。それは……」

五郎はそこで言葉を切って皆を見まわし、一人の隊員と視線を合わせた。

「後藤陸士長」

「はい」

前列中央で、大きな返事があった。年齢は五郎と同じ、二八、九あたりであろうか。陸士長は領仁四朗の階級である一等陸曹の三階級下、旧日本軍や米英軍で言うところの上等兵に当たる。

「なぜ私が今日、口調を強めて〝先進国最強であらねばならない〟と言うのか。その理由が判るなら聞かせてくれ」

「過日、山梨県甲府市の外務大臣の実家で下働きの老女が殺されました。また本日、首相官邸近くのホテル、サルエバ・コンチネンタルで首相宛の大統領親書を携えて来日したハリウッドスターが狙撃殺害され、そのスターが泊まることになっていた客室から何者かの首なし死体が発見されました。自分は、これらの事件の背後に何やら恐ろしい動きが息をひそめているのではないか、と思っています。指揮官のお言葉は、自分と同じ懸念《けねん》を持たれた結果のことでないかと……」

「よろしい」

と五郎は頷いて見せた。隊員たちは、五郎と領仁が敦賀の海で遭遇した出来事についてはまだ知らない。

「これは私の勘でしかないが、間もなく、われわれ打撃作戦小隊に対して、出動命令が出るのでは、という気がしている。皆、気持を引き締めておけ」

「判りました」

またしても力強い一斉の返答であった。

このとき壁に掛かっている電話が鳴り、領仁一曹がほとんど反射的に身を翻した。

受話器を耳に当て、ひと言ふた言答えた領仁一曹が、受話器をフックに戻しながら五郎に向かって言った。

「陣保指揮官に双澤一尉より、急ぎ司令官室へ行くように、との伝言です」

「承知した。このあとは領仁一曹に任せる。市街戦に於ける反射的射撃訓練を、二時間やらせてくれ」

「了解」

五郎は教練場を出た。市街戦に於ける反射的射撃訓練というのは、アメリカのグリーンベレーで六か月間の研修を積んで帰国した五郎が、独自に考案したプログラムだった。

四面に設けられた多数の窓や階段、玄関口及び通路などに自動制御装置によって、敵兵、民間人、男、女、大人、子供などの人形が入れ替わり立ち替わり現われ、反射的に敵兵だけを選択して狙撃・命中させる訓練だった。実弾は用いず発射するのは光線だったが、本ものと同じ銃声がした。また敵兵の人形も光線を発射し、隊員に命中すれば右胸に装着したセンサーが大きな音で鳴る仕組だった。隊員達は、この音を〝恥の音〟と言って本気で恐れた。

即座に射撃成績となって表われるため、打撃作戦小隊の隊員が最も緊張する訓練の一つだった。余りに悪い成績が続くようだと、打撃作戦小隊から追い出される恐れがあるからだ。

二

陣保五郎は、組織の機能を示すネームプレートがないあの部屋のドアをノックして名乗った。

「陣保五郎です」

「入れ」と、例の野太い声が返ってきた。

五郎が部屋に入ると、双澤夏子一尉が先に来て、大きなデスクの前に姿勢正しく立っていた。グリーンの羅紗布《ラシャ》の上に厚いガラスを敷いたデスクに軽く両拳をのせ、背もたれの高いどっしりとした肘付椅子に背すじを伸ばして座っているのは、あのコールマン髭が似合っている五〇前後の人物だった。なかなか鼻筋が通っていて、往年のハリウッドの名優、エロール・フリンにどこか似ている。

「揃ったな」

と、コールマン髭の人物は、双澤一尉と陣保五郎の顔を見比べた。

「今から二人に命令を伝える。極秘命令と思ってよい。陣保陸曹長は隊員一五名を選抜し、敦賀半島で夜間の警戒任務に当たれ。設営場所は此処だ」

コールマン髭の人物は、デスクの上にあった福井県・敦賀半島の地図を五郎に差し出した。

受け取った地図を見て五郎の顔色が変わった。

地図上の二か所に、赤い×印が付いていた。一か所は、敦賀半島北部海岸の山手で、これは頷ける。もう一か所は敦賀半島北端から二〇キロ程の海上であった。

「海上のこの×印は、もしや……」

「うむ。その、もしや、だ。つい先程、海自の護衛艦〝つるが〟が国籍不明の潜水艦をキャッチして追跡中、という情報が齎《もたら》された」

「この×印でキャッチしたということは……」

「わが国の領海内だ」

「海自は応援の艦船や航空機も出して、追尾に加えたでしょうね」

「いや。護衛艦〝つるが〟に単独追尾を任せているそうだ。大人しく領海から出て行ってくれるなら大形に騒ぎ立てるな、という指示が官邸トップから出たらしい」

「そうですか」

「双澤夏子一尉は首都で生じるかも知れない重大事態に備え、残りの隊員を万全の態勢で待機させること。いいな」

「はい」

「このキャンプ座間に中央即応集団司令部が創設されてから、最初の事案対処となるかも知れんのだ。しっかり頼むぞ。なにしろ全隊員がレンジャー徽章を付けている打撃作戦小隊は、陸自最強の評価を得ているのだからな」

　双澤と五郎は口元を真一文字に引き締めた。

「命令だけを伝えたが、この命令の背景説明は必要か。とくに陣保陸曹長」

「必要ありません。命令だけで結構です。只、一つだけ質問させて下さい」

「何だ」

「われわれの任務は、警察・海保等へ事前通報されるのですか」

「しない。今回も、今後も……但し原則として、だ。それによって問題が生じた場合は官邸が対処する」

「了解しました」

五郎は頷きと共に返した。

「よし。では直ちに取りかかれ。この基地を一歩出たなら、現地で任務に当たるまでは、大人しい普通の人間を装うべし。打撃作戦小隊のこの規律を隊員たちに忘れさせるなよ陣保」

「心得ております」

このとき、ドアをノックする者があって、コールマン髭が「入れ」と野太い声で返した。

この人物、陸上自衛隊中央即応集団のトップつまり司令官、大田原京介陸将五一歳であった。陸将は旧日本軍や英米軍で言うところの、中将に当たる、大将の一階級下だ。

ドアを開けて司令官室に入ってきたのは、やはり迷彩服を着用した三〇半ばくらいの、やや太り気味な隊員だった。手に、五郎が海中から拾い上げた例の黒い箱を持っている。

彼は五郎と顔を合わせて「よう……」という目つきをしてから、大田原陸将の前で威儀を正した。

「どこの国で作られた通信機か解ったかね、吉柿英良准尉」

准尉とは准陸尉の略称で双澤一尉の三階級下つまり陣保陸曹長の一階級上、旧日本軍や米英軍で言うところの准尉であった。

吉柿英良准陸尉三四歳は、この中央即応集団に於ける科学工学技術を担当する小チームを統括している。

「日本製のモールス信号機でした」と言いながら、吉柿はそれをデスクの上に静かに置いた。

「なに。日本製」と、陸将の表情が固くなる。

「と言いましても、用いられている部材が全て日本製という意味です」

「何もかもか」

「何もかもです。ひと目で日本製と識別できる部材ばかりでした。わざと、そのような識別しやすい部材を用いて組立てたのかもしれません」

「なるほど」

「明らかに人の手によって組立てられたと判る、極めてシンプルなモールス信号機でした」

「電源は？」

「五洋電機製の高性能マイクロ電池が用いられていました」

「五洋電機製か。あの会社の電池技術は世界最高水準を行くと言うからな。よく調べとる」

「はい。よく調べて用いております。ほかの部材も、いいものを厳選して用いた節《ふし》があります。素人が組立てたとは思われません」

「受発信記録装置はどうだ」

「ありません。先程も申し上げましたように、非常にシンプルな構造です」

「ふむ……日本人が組立てたのか、それとも……」

「少し踏み込んで、指紋も採取しておきました。三種類の指紋、要するに三人分の指紋が採取できました」

「お、それはよい」

そこで陣保陸曹長が口をはさんだ。

「うち二種類の指紋は、恐らく私と領仁一曹のものでしょう。すみませんが吉柿准尉の運転免許証入れをお借りできますか」

「うん」

吉柿准尉は胸ポケットから運転免許証や名刺、クレジットカードなどが入った革製のそれを、陣保に手渡した。

陣保は運転免許証が入った窓の部分、透明なプラスチック板をハンカチで拭き、右手五本の指を順に強く押し当てた。

「あとで突き合わせてみて下さい」

陣保は革製のそれを、吉柿准尉に差し出し、吉柿が「判った」と頷いて受け取った。

「そのモールス信号機は、吉柿准尉のところで厳重に管理しておいてくれ」

陸将の指示に、吉柿が「はい」と答え、「それでは……」と司令官室から出て行った。

大田原陸将の視線が、陣保へ移る。

「領仁一曹の指紋も突き合わせておいた方がよいな陸曹長」

「領仁は双澤一尉のもとに残していきますので、あとで本人に伝えておきます」

「あら最強の右腕を連れていかなくてもいいの陣保陸曹長。それとも私が頼りないから心配で、領仁一曹を残して行くとでも？」と、双澤一尉が陣保との間を詰めた。

「双澤一尉を頼りない上官だなどと思ったことは、一度もありませんよ。あなたはレンジャー課程を立派にクリアーされ、誰もが憧れる銀色の徽章を手にした方ではありませんか。堂々と威張って下さっていいのです」

「でも私がクリアーしたレンジャー課程は、苛酷な男性レンジャー課程から、二つ三つの重要な課程が省略されていたわ」

「それは男性と女性の絶対的体力差を考慮しての科学的判断であって、甘やかしでもなければ差別でもありません」

「また姉弟《きょうだい》喧嘩《げんか》か。こりゃあ異動を真剣に考えねばならんな」

大田原陸将が渋い顔をした。実は双澤夏子一尉は滋賀県彦根市の旧家、双澤家に嫁《とつ》いでいる大田原の実の姉の子であった。姪《めい》なのだ。

幼い頃から負けん気の強い双澤夏子が東大を出たあと防衛大に進んだのも、その辺に理由があるのだろう。

「それでは私、準備がありますので」

陣保は挙手をすると、司令官室を足早に出た。

「本当に優秀な男だ。中学教育を受けただけ、とはとても思われん。何事も防衛大卒の遥かに上を行っとるわ」

呟いた大田原陸将は、ジロリと上目使いで姪を見た。

ここ米軍「キャンプ座間」に司令部を置く中央即応集団とは、「初動が最も重要」とされる対テロ対ゲリラなどの事案に対し、緊急即応展開することを目的に創設された防衛大臣の直轄部隊だった。ただ「情報公開用」の即応集団「司令部」は、陸自朝霞基地に設置となっている。

即応集団の編成は「国内事案即応部隊」と「国外事案即応部隊」に大きく分けられ、国内事案部隊は司令部二〇〇名、緊急即応連隊一一〇〇名、第一空挺団二〇〇〇名、対テロ対ゲリラ特殊作戦軍三〇〇名、戦術ヘリコプター団九〇〇名、化学防護隊二〇〇名など約四七〇〇名で構成されていた。

もう一方の国外事案部隊は、国際活動教育隊一〇〇名、海外任務待機部隊二六〇〇名など合わせて約二七〇〇名である。もっとも、これらの数字は「情報公開用」であって、実際の数字や装備は明らかではない。

それはともかくとして、海外任務待機部隊を除く各部隊は日常、東京に間近な首都圏各地の陸自基地で厳格な訓練を重ねつつ待機し、防衛大臣の命令で即応展開できる態勢となっていた。**したがって防衛大臣の『事案理解・解析能力』『決断力』『語学力』などが極めて重要となってくるため、一期や二期の短い任期で養成されるものではない。**

海外任務待機部隊は、北海道の陸自部隊を主力とすることを原則としている。

司令官室を出た陣保陸曹長は、考え込む様子を見せながら廊下を歩いた。

司令官室から、さほど離れないところで彼の足が止まり、そして踵《きびす》を返した。

陣保は再び、司令官室のドアをノックした。

「陣保です。入ります」

「入れ」

陣保がドアを開けて司令官室に入ると、双澤一尉はまだデスクの前に、姿勢正しく立っていた。大田原陸将の渋い顔つきも、変わっていない。

「どうした？」

「許可を戴きたく参りました」と、陣保はドアを背にしたまま動かなかった。

「何の許可だ。敦賀への動き方は、陣保に全て任せる。自己判断で一五名を統率してよし」

絶対的信頼を寄せていると判る、大田原陸将の口調だった。

「いえ。そういうことでは……」

「では、何だ」

「敦賀に、双澤一尉も行って戴くことを許可ください」

「なにいっ」

陸将は目を見開き、陣保の方を見ようともしなかった双澤一尉も驚いてようやく振り向いた。

「まさか、単独で一五名を指揮することが、心細くなったのではあるまいな」

「図上演習の際、双澤一尉は時に私が息を飲むような、鋭い発想をなさることがあります。そのパワーを是非、お借りしたいと思います」

「本心で言っとるのか」

「本心です。待機組の一五名は、領仁一曹に預けさせて下さい」

「う、うむ……」

陸将は天井を仰いだ。しかし、それは一瞬のことだった。

「よろしい。双澤一尉に敦賀派遣隊の統括を命じる」

「有難うございました。失礼します」

陣保は一礼して、司令官室を出た。

大田原陸将は目の前の姪、いや、双澤一等陸尉に対し手厳しい口調で言った。この人は、まかり間違っても、公私の情を混同する人物ではなかった。

「双澤一尉も退がって準備にかかれ。栄光ある打撃作戦小隊が更に輝きを増すよう、敦賀行きの一六名を手ぬかりなく統括しろ」

「了解。では退がります」

双澤一尉はビシッと挙手をすると、陸将の前から退がった。

二〇〇名の司令部要員の中に含まれている打撃作戦小隊は、双澤一尉、陣保陸曹長、領仁一曹を加えて三三名。対テロ対ゲリラ殲滅《せんめつ》を目的として編成され、中央即応集団の中でも粒よりの精鋭で構成された「初動打撃小隊」であった。それこそ初動を命としているのだ。

この小隊は大田原陸将直轄で、事案の深刻さによっては彼の権限によって出動命令を発することが出来、防衛大臣へは直後報告で可とされていた。異例である。日本の「国防」も、ようやくここまで進化した、という感があった。だが、部隊始動の「上」への直後報告には問題や危険もつきまとう。

それでも可とした理由は二つあった。

一つは、出動に俊速性が求められることから、**日本政府にありがちな腰の重い議論**を待っている暇《ひま》がない、ということ。**腰の重さを慎重さという言葉で、ともすれば偽装したがる政治家が日本には多い。**

二つ目は、前《さき》に述べたことに関わってくるが、選挙で当選したり落選したりで任期浅くに替わる政治家防衛大臣に、国防という重大緊急事案にかかわる俊速的判断が、技術的に正しく出来る訳がないということ。

以上の点から、日本政府は重い腰をしぶしぶ上げて、対テロ対ゲリラ「初動打撃小隊」の編成を認めたのだった。だが、〝初動打撃〟という形容を小隊名とすることは**近隣国に対し刺激的すぎる**、と難色を示し、ああだこうだと二か月の議論を経て「打撃作戦小隊」に落ち着いたのである。このあたり、相変わらずの日本の政治家先生たちであった。金好《かね》きな**コガネムシ**であるのに、国防については**ヨワムシ**なのだ。

陣保陸曹長は、地下の教練場へ戻った。

激しい銃声がしていた。訓練装置の銃声とは言え、実際と変わらなかった。

五郎は領仁一曹に訓練を中止させ、二列に並ばせた。

「今から名前を呼ばれた者は、これより双澤一尉及び私と行動を共にする。これは訓練ではない。出動である。この出動は、警察・海保等へは原則として事前通報されない。名前を呼ばれなかった者は、領仁一曹のもと、別命あるまで座間で待機せよ。では、名前を呼ぶ」

隊員たちの間に、緊張が走った。小隊創設後、はじめての出動であった。

五郎が一五名の名前を呼び終えたところへ、双澤一尉がやって来た。

五郎は彼女の前に規律正しい姿勢で立ち、選抜した一五名の名を報告した。隊員たちの見ている前では、双澤一尉への接し方に特に気を付けている五郎だった。とりわけ、敬意を表することには、気を配った。これは真に大事であった。

「以上のメンバーで実行したいと考えますが、許可願えますか」

「そのメンバーで実行に移ってよし。出動は一時間後の……」

時刻を口にする双澤一尉の表情も、緊張していた。

「了解」

と応じる五郎の顔つきも、さすがに固かった。が、速い呼吸で進み出した準備であった。

日はすでに沈み、濃い闇がキャンプ座間の大空を覆っていた。

三

中央即応集団の戦術ヘリコプター団に所属するCH・47JA大型輸送ヘリが待機基地である千葉県木更津《きさらづ》駐屯地から飛来し、レンジャー一七名と武器弾薬などの諸装備を収容搭載してキャンプ座間を離れた。

司令官大田原京介陸将は、CH・47JAの赤色灯が高度を上げて雲間に隠れるまで、ひとり身じろぎもせずに見送った。

大田原は、二週間何事も生じなければ、彼等をいったん座間へ戻すつもりでいる。だが、彼の胸中には今、ただならぬ不安が湧き上がっていた。どうにも抑えの利かぬ大きな不安であった。〝嫌な予感〟でもあった。

「さてと、防衛大臣に対しては、いつを直後報告とするかな」

彼は呟いて腕時計を見、司令官室へ足を向けた。

CH・47JAのエンジンの轟音は、暗夜の空にまだ残っていた。この大型ヘリは、乗員三名を除いて五五名を輸送でき、最大全備重量は二二・七トン、航続距離は約一〇〇〇キロである。

司令官室に戻った大田原陸将は、腕組をして壁に掛かった時計を睨みつけた。政治家防衛大臣への直後報告を、〝いつ〟とするかは案外に難しい問題であった。

大田原は国防を職務としている制服を着用しており、文民である政治家防衛大臣は高級スーツを着ている。その差が、考え方や判断の差とイコールであることを、大田原は認識していた。

だから直後報告に対し、返ってくる大臣の意見は予測できた。

彼はニコチンカットの外国煙草を吸い、紅茶を自分でいれて飲み、およそ一時間を室内で費した。

図体のでかいCH・47JAの速度は、時速二六〇キロ。着陸予定基地である福井県鯖江《さばえ》市吉《よし》江町《えちょう》の、陸自第一〇師団鯖江駐屯地へ着くまでには、暫《しばら》くの時間が必要だった。

鯖江の駐屯地へはすでに、大田原から「うちの隊員一七名が訓練で出向くので宜敷く」と連絡が行っている。あとは陣保陸曹長が万事心得て、必要な協力たとえば車両の提供などを鯖江駐屯地から取り付ける筈だった。

「自宅だな……それとも赤坂の料亭あたりか」

大田原は一人言を漏らし、ようやく受話器に手を伸ばした。

就任一年目の防衛大臣・駒伊《こまい》重芳六六歳が、あまり酒が飲めないことを、大田原は知っている。だから駒伊と制服組幹部との夜の交流は、日頃からあまりなかった。

大田原はとりあえず、世田谷区成城《せいじょう》の駒伊邸へ電話を入れてみた。

大臣はいた。しかも自ら受話器を取り上げた。

「中央即応集団の大田原でございます。大臣でいらっしゃいますか」

特徴のある嗄《しゃが》れ声が大臣の声だと判りはしたが、大田原は穏やかな口調で確認した。

「や、大田原陸将。駒伊です」と、ゆったりとした口調の大臣だった。

「夜分に申し訳ありません。いま、宜しいでしょうか」

「構いませんよ。大田原陸将は私の重要なパートナーです。深夜であろうと早朝であろうと、時間を気にしないで下さい。何かありましたか」

「直後報告のため、電話をさせて戴きました」

「直後……えっ……君、まさか」

「はい。打撃作戦小隊三三名のうち、一七名に出動を命じました」

「なんてことを。どうして事前に耳打ちしてくれなかったのですか。一体何があったと言うのです」

大臣の声が大田原の予想に反した早さで甲高くなった。とんでもないことをしてくれた、と言わんばかりであった。

「ご存知のように、打撃作戦小隊は初動こそを命とする、粒よりの少数精鋭集団です。その初動のとき到来と読んで、即時対応のため出動を命じました」

「出動を命じた理由《わけ》を、私に理解できるように説明して下さい。そうでないと、官邸から叱られるのは私なんですからね。独断専行は止《よ》せ、と」

「お言葉ですが大臣。打撃作戦小隊に限っての私の出動命令権限は、日本政府の協議によって決められたことです。瞬即対応を重視しての政府決定ではなかったのでしょうか」

「いくら政府決定とは言っても大田原さん、こういう大事な権限行使には矢張り事前の意思疎通が必要ですよ。そういったことに配慮してこそ、人と人の間、組織と組織の間に〝和《わ》〟というものが生まれてくるのではないですか。日本の国においては〝和〟は大事です。独断専行から生まれるのはトゲだけですよ」

「和、ですか」

「おや。大田原陸将は、和をお嫌いですか。ほのぼのとした和の心がけを忘れないことによって、国家間の信頼関係が成り立つのではないですかね。和によって中国とも韓国とも北朝鮮とも仲良くできますよ」

「はあ」

これは駄目だ、と大田原は思った。この調子だと、日本はこれからが本当に危ない、とも思った。大臣の応答が余りにも**非学習的**であったため、大田原の失望は大きかった。**非学習とは国防の大原則を知らぬこと**を意味している。

「ともかく大田原さん、出動命令を出した訳を、平易に聞かせて下さい」

「承知しました……」

大田原は、外務大臣の実家で生じた下働きの老女殺人事件、ホテル・サルエバ・コンチネンタルに於けるハリウッドスター狙撃事件と首なし殺人事件、国籍不明潜水艦による敦賀半島北方の領海侵犯事件、などが矢継ぎ早に生じ、それらの事件の特徴から、不穏な気配が背後に感じられることを強調し、とりわけ原子力銀座と言われている敦賀半島とその付近が心配であることを、物静かな調子で語った。駒伊大臣のような人柄の政治家には、過熱気味に喋ると、かえってまずいという計算が大田原にはあった。

「うーん」

聞き終えて、駒伊大臣は先ず呻《うめ》いた。

「大田原さんねえ。あなた大きな勘違いをなさっておられますよ」

「勘違い……ですか」

「はい。外務大臣の実家の事件も、ホテル・サルエバ・コンチネンタルに於ける事件も、確かに重大事件ではありますけどね。あれは警察が対処する事件と判断して間違いありませんよ。陸自最強の評価がある打撃作戦小隊を動かすなど、とんでもないことです。まあ、潜水艦による領海侵犯事件は、少し薄気味悪いですけどね。でも、一段落したことですし」

「一段落？……どういうことですか」

「知らなかったのですか。国籍不明潜水艦が領海の外へ出ましたのでね。**官邸から追尾中**

止の命令が出たのですよ。どこの国の潜水艦であったにしろ、追尾であまり刺激するのはよくない、と官邸は判断したようです。つまり〝和〟を重視したのでしょう」

「そのような情報、中央即応集団司令部へは、入ってきておりません」

「それはいかんなあ、それはいかん。よし、私から情報部門へ厳しく注意しておきます」

「この機会に大臣にお願いがあります」

「聞きましょう」

「中央即応集団は大臣直轄部隊です。大臣の手元に届きました重要情報のうち、中央即応集団に不可欠と判断されるものは、念のため私宛にも通告願えませんか。情報部門からこちらへ直接に情報が入っている、いないに拘らず」

「大事なことですな。約束しましょう」

「有難うございます」

「ともかく大田原さんが打撃作戦小隊を動かしたことを、首相に電話して謝っておきます。あなたは直ちに、一七名に対しキャンプ座間へ戻るよう指示を出して下さい。一七名が銃を構えなければならないような大事《おおごと》など絶対に生じませんよ。断言します」

「大臣。せめて三、四日でも、彼等を任務に就かせてやって戴けませんか。たとえ大事《おおごと》が生じなくとも、彼等にとってはいい訓練になります」

「いい訓練……」

「そうです。いい訓練です。訓練ならば、大臣からわざわざ首相に電話なさる必要はありませんし、謝る必要もございません」

「なるほど」

「ただ打撃作戦小隊は、いざというとき極秘のうちに動く部隊ですから、たとえ訓練であっても、誰彼に知られるのはよくありません。極秘、という一種特有の暗がりの中で動く経験こそ、よき訓練となる訳ですから。ですから大臣、今日より三、四日の間、打撃作戦小隊が動いていることを忘れて下さいませんか」

「誰にも言わないでくれ、という意味ですな」

「そうです」

「よろしい。訓練と認めましょう。そして打撃作戦小隊の動きに関しては、知らぬ存ぜぬでいましょう。あなたとはこれからも仲良くせねばなりませんからね」

「感謝します」

カチャッと駒伊大臣が電話を切った。

大田原陸将は歯を噛み鳴らしたあと、椅子の背もたれに上体を投げ出すようにして、大きな溜息を吐いた。

とりあえず第一関門は突破した、と大田原は思った。それにしても何と心細い日本の政治家の認識であろうか、と彼は思った。政府が議論して決定した筈の中央即応集団司令官の権限を、その司令官の判断で行使しようとすると、政治家のブレーキがかかるのだ。

もっともこれは、大田原も予想していた。

この国の心貧しい政治家たちが、「国防」と「侵略戦争」の意味の大きな違いを理解するには、あと三〇年や四〇年はかかるだろう、と大田原は本気で思った。

「その時まで日本という国があればいいのだが……」

彼は呟いて、座っていた椅子から力なく立ち上がった。

敦賀半島に何事も生じないように、と大田原は願った。当然であった。鍛えに鍛えた優秀な一七名だった。一人たりとも、手傷を負わせたくはなかった。皆が可愛く、出来れば何事も生じないうちに「座間へ戻れ」と命令を出したかった。

駒伊大臣の「大事《おおごと》など絶対に生じませんよ」という「断言」と、大田原陸将の「何事も生じないように」という「願い」との間には、天と地ほどの開きがあった。

駒伊の「断言」は、国防という困難な課題に対する無知からくる情実であった。

国防を識《し》る大田原陸将の「願い」は、怒濤《どとう》のテロ・ゲリラ部隊に対しても一七名は決して退《さ》がらないと熟知していることからくる恐れであった。大田原は真に戦争を嫌い恐れている自分を知っていた。

打撃作戦小隊の隊員に求められる要件は、凄まじかった。射撃、格闘、パラシュート降下、通信、爆破、応急手当、特殊車両・船艇の操縦、水泳潜水、耐寒耐熱、渡河、ロッククライミング、サバイバル及び英会話などの技術・能力が、S、A、B、C、D、Eの六段階評価で、A以上という厳しさだった。評価Sは、スペシャルを意味している。

四

同じ夜。

警視庁刑事部捜査一課「特殊凶悪犯罪捜査係」のガランとした部屋には、本郷幸介警部が一人いるだけだった。

部下たちは、一日の仕事を終えて引き揚げた訳ではなかった。本郷の指示を受けて、再び出かけたのだ。今日、ホテル・サルエバ・コンチネンタルで生じたハリウッドスターの狙撃殺害事件と首なし殺人事件の調べは、永田神社から頭部が見つかった他は、ほとんど進んでいなかった。その頭部は切断面の照合とDNA鑑定によって、ホテル・サルエバ・コンチネンタルの客室にあった首なし死体のものと確定されている。顔立ち及び肌の色から見て、日本人あるいは中国人、韓国人、北朝鮮人と思われた。

「ふむう……」

本郷は、机の上の二枚の顔写真を手に取り、顔に近付けて見比べた。疲労で目はかすんでいた。先程から、もう何度も同じ行為を繰り返している。一枚はアカデミー賞主演男優賞を受賞したローイ・ウェインの端整な顔写真だった。眉間に撃たれた穴が赤黒くあいていた。死顔は穏やかだった。この事件は、ホワイトハウスが動き出す程の、深刻な事件になりつつあった。すでに日米に亀裂が走り始めていた。

アカデミー賞の対象となったローイ・ウェインの主演映画「皇帝ナポレオン」は、本郷も観ていた。ナポレオンの生涯を一人で演じたローイ・ウェインの素晴らしい演技力、魅力に感動し、彼のファンになっていた本郷だった。

「まったく、どのような不幸が待ち構えているか判らん世の中だなあ……われながら、この日本という国が嫌《いや》になってきたよ。まったく……」

本郷は呟いて溜息を漏らし、ローイ・ウェインの顔写真を机の上に戻した。もう一枚の写真は、手離さなかった。

「それにしてもこの顔、どこかで見たような……」

本郷は、かすんだ目をシバシバ瞬いて、写真を目に近付けたり離したりを繰り返した。

「こりゃいかん。目が乾いとる」

彼は机の引出しから涙目薬を取り出し、一滴ずつ両目に注《さ》した。

彼は席を立ち、自分でコーヒーを入れて、また席に戻った。

安物のコーヒーであったが、五臓六腑に染みわたった。

「うまい」

彼は、胴体のない顔写真を、また手に取った。涙目薬が作用したのか、それまでよりはっきりと見えた。

「ひょっとして、この顔……」

彼は机の上の電話を手に取って、ダイヤルを回した。掛けた先は公安部だった。刑事警察と警備・公安警察は伝統的にしっくりといっていない、などとよく言われるが、実際はそれほどでもない。面白おかしく語りたがる第三者が、ために喧伝《けんでん》している傾向が見られる。

公安部の受話器があがって、「はい、公安・武森」と響きのよい声が本郷の鼓膜を打った。

「あ、本郷だが」

「酒は駄目だ。こちら、まだ仕事中」

「馬鹿。忙しいのは、こっちも同じだ」と、本郷は苦笑した。

公安の武森圭次は、本郷と同期入庁組で、よく盃を交わす仲だった。今日も遅い昼食を共にとり、武森が「今日は俺が奢《おご》る」と支払っている。

「今日の昼飯時にチラッと見せてくれた似顔写真《モンタージュ》だがな」

「ああ、あれか」

「もう一度見てみたいんだ。FAXしてくれないか」

「構わんが、何か心当たりがあるなら言ってくれ」

「むろん、そのつもりでいる。ともかくＦＡＸしてくれや」

「判った。いま送る」

本郷の席の後ろ、窓際にあるファクシミリが直ぐに音を立てた。彼は鮮明に送信されてきたモンタージュを、机の上の写真と並べてみた。

「かなり似とるな。こいつだ。間違いない」

送信されてきたモンタージュは、山梨県警から警視庁公安部へ矢張りファクシミリで問い合わせてきたものであった。モンタージュの下に、次の文章があった。

「このモンタージュは、外務大臣・尾野村建造氏の甲府市にある実家で生じた下働きの老女殺人事件の犯人と思われる三人のうちの一人のものです。あとの二人については目撃者の視認レベルが薄弱なため、モンタージュを作成するには至っておりません。尾野村建造氏は強烈な反共主義者で知られた人物であり、もしや警視庁公安部にこのモンタージュに関わる思想的犯罪情報がありはしないかと考え、参考までにＦＡＸさせて戴きました。宜敷く御願い致します」

目撃者が誰かについての記述はなかった。

本郷は、再び公安の武森圭次に内線電話を掛けた。

「武森、どうやらつながりそうだ」

「え、本当か」

「こっちへ来れるか」

「直ぐに行く」

本郷は受話器を置いた。彼は目撃者が誰なのか、気になり出していた。甲府の事件が、屋敷内で生じたことは、本郷も報道などで知っている。だが、目撃者について、これまでニュースに流れたことは一度もない。

「はて……」と、本郷は首をひねった。目が光り始めていた。

ドアを勢いよく開けて、公安の武森圭次が現われた。均整のとれたスラリとした体に、紺の背広をりゅうと着こなして臙脂《えんじ》のネクタイを締めた、一見巨大銀行の少壮取締役といった印象だった。

「見てみろ」と、本郷は机の上を顎の先でしゃくった。

「こいつあ……」と、公安刑事は目を大きく見開いた。

「モンタージュは永田神社の境内で見つかった首だ、とほぼ断定できそうだろう」

「似とる。そっくりだ。間違いない」

「お前に一つ二つ頼みがあるんだがな」

「なんだ」

「このモンタージュが何を着用していたか、目撃情報の提供者は誰か、この二つを山梨県警から聞き出してくれないか」

「それなら、もう摑んでるさ」

「お、そうか」

武森は背広の内ポケットに手を滑り込ませ、手帳を取り出して開いた。

「目撃情報によれば、モンタージュが着用していたのは、カーキ色の作業衣だ」

「一致したな。ホテルの首なし死体も、カーキ色の作業衣だ」

「ということは、甲府の事件に絡んでいるとみられる怪しい三人の内の一人は、殺害された、ということになる」

「その三人とやらを犯人とすれば、連中の間に何かあったのかもな」

「仲間割れ？」

「さあてなあ。仲間割れ程度で、首なしにした仲間の死体をわざわざ高級国際ホテルの豪華客室に運び込むだろうか。しかもその客室には、首相宛の大統領親書を携えて来日し射殺されたハリウッドのアカデミー賞俳優で、米財閥オーナー家の三男ローイ・ウェインが泊まる予定だった」

「あのホテルの豪華客室は、最新のロックシステムを採用し容易には侵入できないことで知られていたと思うが」

「その通り。さすが公安、よく知っとる。その豪華客室へ易々と首なし死体を運び込んだ奴は、高度なサイバネティックス cybernetics によほど長《た》けていると見ていい」

「変な表現になるが、並の犯罪者に出来ることではない。ローイ・ウェイン狙撃事件と絡んでいる見方を取れば実行者は……」

「知的にも体力的にも鍛え抜かれた、お近くの国の正規工作員あるいは不正規工作員《テロ・ゲリラ》」

「だとすれば目的は？」

「日本国攪乱《かくらん》、あるいは……」

「あるいは？」

「占領」

「おいおい」

「いや、現在の日本という国の救い難き国家的社会的脆弱《ぜいじゃく》ぶりを見れば、その可能性は大いにある。日本を嫌い目の仇《かたき》にしている近隣の二、三か国が申し合わせて押し寄せてくれば、今の陸・海・空自衛隊の能力では、必死で闘ってはくれても恐らく三日とは持つまい」

「確かに、ひとたまりもないだろうなあ。自衛隊は余りにも小規模な部隊だからねえ。俺も真実そう思う」

「在日米軍はたぶん手を出さない。それどころかホワイトハウスは、近隣二、三か国連合による日本打倒を、事前了承する可能性もある。警視庁本部の警部が、こういうことを言っちゃあいかんかな、おい」

「なるほどホワイトハウスは、民族自律の精神を急激に喪失し国家的社会的に頽廃混迷を深めつつある日本などよりも、自律思想の強固な近隣二、三か国連合の方に魅力を感じるかも知れんなあ。米政界実力者の中には、日本なんかと付き合っていると自国の利益にならんと、明らかにそういう考え、そういう動きを見せている人物が、幾人もいる」

「うん。確かにいる」

「話を本題へ戻さんか」

「戻してくれ」

「モンタージュ作成の協力者なんだが、甲府生まれ甲府育ちの人間で、陸上自衛隊の基地で営繕係をしている陣保五郎という二九歳の独身男性だそうだ」

「陸自基地の営繕係？」

「そうらしい。地元甲府市の駐在所の近くに生家があって、その駐在所の矢城孝作という巡査部長や外務大臣の両親とも交流があり、まったく心配ない人物だとか」

「ふーん」

「陣保五郎のことを参考までに調べようとした山梨県警の刑事が、五郎ちゃんは大丈夫じゃや、と外務大臣の父親にこっぴどく叱られた、と聞いている」

「五郎ちゃん？」

「そう呼ぶほど、家同士の交流が深い、ということだろうな」

「そうか……で、五郎ちゃんは何処の陸自基地の営繕係なんだ」

「公安で所得情報から調べてみようと先ず甲府税務署に接触してみたが、該当はなかった。つまり五郎ちゃんの居住地は甲府ではなかった。そこで次に甲府市役所市民課へ接触してみたところ、住民票は生徒課程四年の自衛隊学校所在地へ異動されていると判明した。同じ場所に、入隊者の寮が併設されていることも判った」

「それで？」

「調べは、そこで頓挫《とんざ》してしまったよ」

「どういう事なんだ。そこまで判れば、あとはその後の所属隊を辿《たど》るなりして当人に会うことだって出来るじゃないか」

「住民票は、現在も其《そ》の場所に止まったままなんだ」

「え……」

「陣保五郎は甲府の中学校を出て直ぐ、陸自の四年制自衛隊学校に入った。つまり、その自衛隊学校所在地に彼は現在も居住していることになっているんだ。しかし、現実には、彼はそこにいない。いないことまでは摑めた」

「統合幕僚監部の人事担当部門にでも接触してみたらどうだ。やんわりとした感じでさ」

「接触したが駄目だった。部隊機密に抵触する恐れがあるとかで」

「部隊機密に抵触？……中学を出て入った隊員が、それほど重要な部隊機密を背負った立場にいるとでも言うのか」

「さあな。ともかく、こちらが驚くほど固い応対だったよ」

「どういう事だ、一体……」

本郷が腕組をして首をひねったとき、武森圭次のポケットで携帯が鳴った。

それを取り出して耳に当てた武森が、「判った。戻る」と答え、本郷に軽く手を上げて部屋から出ていった。

本郷はモールス信号を打電するかのように、人差し指の先でデスクの上をトントントンと軽く突つきながら、「部隊機密……部隊機密……」と小さく呟いた。

第四章

一

打撃作戦小隊の一七名を乗せた中央即応集団のCH・47JA大型輸送ヘリは、着陸予定基地の鯖江駐屯地にあと二〇キロ、と近付きつつあった。

それまで何か考え事をしがちの様子を見せていた陣保五郎陸曹長が、手にしていた四つ折の地図を開いて、隣の双澤一尉に囁きかけた。

双澤一尉が即座に二度呟き、陣保陸曹長は立ち上がって、薄暗い中を操縦室へ向かった。

ヘリは巨体を震わせ、轟音を発して飛行していたが、水平姿勢は安定していた。

パイロットに地図を見せて何事かを告げ、陣保は直ぐに双澤一尉の隣へ戻った。

彼は仁王立ちで、完全武装の部下たちを見まわした。出動の理由その他必要な注意事項については、ヘリが座間へ迎えに飛来する前に、全て部下たちに通告済みだ。説明ではなく、通告だった。

陣保は今、部下たちに伝えるべき追加の一点について、口を開いた。

「地図を見よ」

部下たちが迷彩戦闘服のポケットから手早く四つ折の陸図を取り出して開いた。

「予定を変更して陸図上のA地点へロープ降下《ダウン》。降下後は予定のB地点を目指す。以上」

それだけだった。機内は再び、エンジンの轟音だけとなった。隊員たちからの質問はなかった。

双澤一尉が腰を下ろした陣保陸曹長の肘を指先でチョンと突つき、丸窓の外を指差して見せた。

陣保は丸窓に顔を近付けた。いつ降り出したのか、丸窓の外は吹雪《ふぶ》いていた。一寸先も見えない暗夜の空に覆われている筈なのに、雪は驚くほどはっきりと白く視認できた。晩秋初冬に訪れた、初雪だった。

「外は雪だ。知っておけ」

陣保が告げると、隊員たちは丸窓へ鼻先を持っていった。

それは彼らが最初に確認できた〝困難〟である筈だった。しかし、彼らの黒くスミを塗った顔つきは、べつに変わらなかった。厳冬の北海道第二師団名寄《なよろ》駐屯地で、定められた耐寒訓練を積んできた一人一人だった。

「確かこの時期、名寄ではもう氷点下五度、六度というのが珍しくなかったわね」

思い出したように双澤一尉が、陣保の耳元で囁いた。彼女も男性レンジャーと同様、名寄で厳しい耐寒訓練を積んできた。

陣保が黙って頷く。ひと口に耐寒訓練と言っても、雪中行進・夜営、雪中登山、凍湖潜水、雪中サバイバル、雪中銃撃戦など多様であった。もちろん耐えられずに脱落していく訓練隊員もいる。その脱落者も二度目のチャレンジになると、不思議と力を発揮した。これがいわゆる「初期恐怖の克服」というやつだ。このように〝克服〟を何度も積み重ねるにしたがって、レンジャー隊員は常人が驚愕するような不屈の精神力を形成していく。

「目標A地点上空に到着二分前」

機内スピーカーが、パイロットの声を伝えた。

「準備せよ」

陣保陸曹長の命令で、レンジャーたちは一斉に立ち上がり、先ず左側の者が右側の隊員の迷彩バックパックに異常がないかをチェックし、次いで交替した。

バックパックとは、携行装備品などを入れたリュックサックを考えればよい。

陣保は暗い丸窓の外を見た。

ヘリは白い壁に取り囲まれつつあった。雪の渓谷に向かって高度を下げ始めているのだ。徐々にゆっくりと。

と、機内で赤色灯が点滅してブザーが鳴った。

「降下用意」

陣保の号令で、ヘリの降下扉が開かれ震えあがるような寒風が吹き込んできた。同時にロープが下げられた。

「もう一度言う。これは訓練ではない。出動である」

隊員たちは無言だった。

ヘリがホバリングした。谷底近くにまで高度を下げていた。この地形を降下予定A地点に選んだのは、ヘリのエンジン音をなるたけ拡散させないためだった。民家までそれほど離れていないことへの、配慮である。今はまだ、配慮できる余裕があった。平和的余裕が。

「降下」

陣保の命令で、隊員たちは次々と降下を始めた。降下地点が照明で照らし出されている訳ではなかった。出動は、いわば実戦である。その実戦降下に於いて照明などを用いていたなら、それこそ恰好の餌食《えじき》だった。

一七名全員が、薄く雪に覆われた微かな雪明りの渓谷に降下を終えると、ヘリは夜営に必要な物資を投下して引き揚げていった。

陣保は中央即応集団司令部へ、鯖江駐屯地入りの予定を変更してA地点へ降下した事実だけを、無線で言葉短く報告した。

「有難い。止《や》みそうだ」

彼は暗い空を仰いだ。雪は小止《こや》みになっていた。

双澤一尉が腕時計のボタンを押した。

文字盤がボウッと明るくなって夜光針が浮き上がった。狙撃を心配するほど文字盤が明るくなることはない。

磁石付きの腕時計だった。

彼女が暗いなかぼんやりと薄白い稜線を指差すと、隊員たちもそれぞれ腕時計を見、そして夜の雪中行進がB地点へ向けて始まった。厳冬の北海道名寄駐屯地で耐寒訓練を積んできた、また現在も定期的に実施している彼等精鋭にとって、晩秋初冬の初雪の夜の敦賀半島は、顔をしかめる程でもなかった。

「大丈夫ですか」

「女だと馬鹿にしないで」

「そういう意味では……」

微かな雪明りのなか最後尾で肩を並べる陣保と双澤一尉の間で、短い囁きが交わされた。

が、陣保はそのあと直ぐ厳しい表情となって、彼女から五、六メートル退がった。レンジャー教官資格を有する陸曹長の顔つきだった。

先頭を行くのは、旧日本軍や米英軍の軍曹に相当する二等陸曹いわゆる二曹の青葉務《つとむ》二七歳である。

判断力の的確さを買って陣保五郎が信頼している、部下のうちの一人であった。

彼等は、前を行く隊員との間を常に五、六メートルあけ、また、なるべく一列に重ならぬよう左右にズレるかたちで黙々と行進した。対テロ対ゲリラ要員である彼等にとって〝集まること重なること〟は常識になかった。一斉射で撃ち倒されてしまうからだ。戦場で心細いがゆえに仲間に密集したがる〝ハムスター部隊〟の生命線は、短いとされている。

一七名は稜線に登り詰めると、それに沿って半島の北端B地点を目指した。

行進は着実なペースだった。

二

その時刻、防衛大臣・駒伊重芳は不快感を嚙みしめながら、自邸の書斎であまり飲めもしないスコッチをチビリチビリと舐《な》めていた。不快感が彼にグラスを持たせていた。彼は自分に何の「事前」報告も寄こさず、打撃作戦小隊の一部に出動を命じた大田原陸将の姿勢を、まだ納得できないでいた。

駒伊は真面目で実直な性格で知られている。長上《ちょうじょう》の命《めい》とか長幼の序といった言葉を大切にした、高名な社会学者の家庭で生まれた政治家だった。規則よりも、やわらかな慣例を大切にする家庭でもあった。母親の躾《しつけ》が、特にうるさかった。

「無視しよってからに……」

駒伊はスコッチを舐め、グラスの端をカリッと嚙んだ。大田原陸将が定められた規則に正しく従って出動命令を出した、とはどうしても評価できない駒伊だった。

自分は無視された、という思いの方が強かった。

「やはり黙ってはおれん」

よしっ、という顔つきになって、彼は机の上の受話器を手に取った。

彼がプッシュしたダイヤルボタンは、内閣総理大臣・皆村順太郎の携帯だった。政務携帯と呼ばれる公用で、番号を知っているのは閣僚と与党の一部幹部だけだった。通話できるのは午後五時以降、翌朝の九時までの間に生じた緊急事態の時だけで、それ以外の時間帯は電源が切られ、定められた通常の事務ルートとなる。

また、首相が所持するこの政務携帯の番号は、内閣編成・改造のつど変えられた。

「はい、皆村です」

やや暗さを感じさせる皆村の声が、駒伊の耳に入ってきた。

「夜分に申し訳ありません。防衛省の駒伊ですが今、よろしいでしょうか」

「これは緊急用です。深夜早朝気になさらないで下さい。どうしました?」

「お詫《わ》びせねばならぬ事態を、生じさせてしまいました」

「お詫び？……防衛大臣がこの携帯で、お詫び、という言葉を用いるのは国家的一大事の時ぐらいですよ」

「はあ、その一大事が……」

「なにっ」

米国大統領の親書を携えたハリウッドスターが狙撃殺害されて打撃を受けている最中《さなか》だけに、皆村の声の響きはたちまち硬くなった。

「一体どうしました」

「それが……私に報告が入らぬうちに、部隊が出動してしまいまして」

「おっしゃっている意味が、よく判りません。私が理解できるよう、もっと噛み砕いて言ってくれませんか」

「セントラル・レディネス・フォースのですね……」

「え、なに？」

駒伊がいきなり中央即応集団のことを英語で言った。下手な発音だった。あまり飲めもしないスコッチを舐めていたものだから余計、呂律《ろれつ》が回っておらず、皆村首相には聞き取れなかった。

本人も、そうと気付いて「あ、失礼しました」と謝ってから、言い直した。

「中央即応集団の大田原司令官が、打撃作戦小隊の一部に対し、私に事前の相談もなく、自分の判断で出動を命じたのですよ」

「出動……」

「はい。訓練ではなく出動です」

「確認しますが、打撃作戦小隊というのは、苛酷な特殊訓練を積み上げてきた初動緊急即応小隊のことでしたね」

「そうです。初動の切り札とされている精鋭です」

「大田原司令官が自分の判断だけで出動を命じた理由は？」

大田原に「無視された」という思い込みが強くなりつつある駒伊は、問われて更に感情を高揚させながら、出動命令の背景を説明した。

聞き終えて、皆村首相は「うーん」と唸った。

「まるっきり間違った出動命令でもなさそうじゃないですか。大田原司令官は〝用心のために〟という判断を優先させたんじゃないのですか。国家防衛の第一線に立って大きな責任を背負っている人ですからね。それと、打撃作戦小隊に限っては、大田原司令官に緊急初動権限が認められているではないですか。そうでしょう」

「で、ですが総理……」

「緊急出動を発令したあと司令官は防衛大臣に対し、直後報告する、という義務を課せられている筈です。その直後報告はあったのですか」

「ありました」

「では大田原司令官は、規則通りに動いているではありませんか。直後報告を受けた防衛大臣は、その出動が妥当なものかどうか充分に分析しその結果、これはまずい、という断固たる確信が持てれば、出動部隊に基地へ戻るよう大臣命令を発すればよいのです」

「発してもよろしいのでしょうか」

「だから直後報告を受けたあと充分に分析し、これはまずい、という断固たる確信が持てれば、です。それが文民統制《シビリアン・コントロール》というものではありませんか」

「はあ」

「駒伊さん。この件は防衛大臣であるあなたに任せます。いや、これはあなたの仕事ですよ。悪いが駒伊さん。私は今、明日の難しい国会審議を乗り切るため関係閣僚や関係省庁の人に来て貰って、最後の詰めをしているのです。これで解放してくれませんか」

「あ、そうでしたか。遅くまで御苦労様です。それじゃあ、これで」

「大臣判断を誤らないようにして下さいよ。頼みましたよ」

「大丈夫です。大丈夫……それではこれで失礼いたします」

「よろしく」

首相が電話を切り、駒伊は静かに受話器を置いた。

駒伊はグラスの底に残っていたスコッチを飲み干した。

「まずかったか」と、彼は呟いた。首相がどこで政務携帯を受信したかは、駒伊には判らない。官邸か、それとも公邸か、あるいは赤坂の料亭あたりか。いずれにしろ、その場に閣僚や官僚が国会審議打合せのために、いたというのだ。その連中に、今の電話でのやりとりを聞かれていた可能性がある。

「一体全体こんな物のどこが旨いのかね。まったく」

顔をしかめて呟きながら、駒伊はグラスにまたスコッチを注《つ》いで「まずかったか」と繰り返した。打撃作戦小隊の出動が、首相のそばに集まっていた閣僚や官僚たちによって、一気に〝外〟へ広まることを彼は恐れているのだ。

〝外〟とは、閣僚や官僚たちからスクープを得ることを狙っている政界担当記者たちのことである。いま首相のそばにいる連中の政治家仲間や官僚仲間も〝外〟になる。

駒伊はスコッチの入ったグラスを片手に、ゆったりと造られている書斎をウロウロと歩き回った。彼は自分が政治家であるにも拘らず、これまで付き合ってきた**政治家仲間の口の軽さ**には辟易《へきえき》していた。

「これ、オフレコだよ」「ここだけの話として聞いておいてくれ」「君にだけは話しておくけどな」といった冠《かんむり》を付けて、重要機密がいとも簡単に外部へ流出するのが、この国の政界の常識だった。

ところが駒伊は、そういった〝辟易群〟に自分も片足を突っ込んでいるとは認識していない。

日本の政治家の「重要機密漏らし病」は、その重要機密に関わるほど自分は大物、と相手に思わせたい時に発病する。概してその症状は重い。

したがって日本の政治家の口に対する、米英など先進主要国政府の信頼度は非常に低かった。とくにアメリカ政府の、日本の国会議員に対する『機密維持能力』評価はゼロ点に近い。まったく信頼されていない。

「よし。基地へ引き揚げさせるか」

駒伊は決断して、天井を仰いだ。自信に満ちた顔つきになっていた。

彼はデスクを前にして肘付椅子に座ると、グラスに残っていたスコッチを顔をしかめながら飲み干して手放し、受話器に手を伸ばした。

中央即応集団司令部に、大田原陸将はまだ居た。当然だった。双澤一尉ほか一六名に緊急初動を命じておきながら、自分は帰宅する訳にはいかない。どのような連絡・報告が彼等から入ってくるか判らないのだ。

現に、「鯖江駐屯地への着陸予定を変更し、敦賀半島A地点へ直行」の報告が入ったばかりである。

鯖江駐屯地に対し「訓練部隊の着陸予定地点を変更させた」との通告を済ませて、まだ数分と経っていない。

駒伊防衛大臣は、大田原に切り出した。

「大田原さんが出した出動命令の件ですがね。やはり首相の耳へ入れました」

「えっ、話されたのですか」と、駒伊が予想していたよりも大きな大田原の驚きだった。

「大事《おおごと》になってから首相の耳へ入れるよりも、早目にお知らせするのがスジだと判断したのです。だって大田原さん、直後報告を受けた件を首相に報告するかどうかは、防衛大臣である私が決めるべきことですから」

「それはそうです。国防情報の伝達は常に緊急を維持すること。それが大原則です」

「だから私は、その大原則を遵守して首相の耳に入れたのですよ」

その大原則を認識したのは、いまこの瞬間であったが、駒伊は滑らかに答えた。

「ですが大臣。その大原則遵守の前に一つの重要な点について、熟考せねばなりません。それは、大原則を遵守したがゆえに、高度な機密が外部へ漏れる恐れはないか、ということです」

駒伊はギョッとなった。大田原は言葉を続けた。

「国防情報というのは、伝達を戦略的に一呼吸か二呼吸遅らせた方が、絶大な効果をあげる場合があるのです。とくに組織上層部で情報が動き回るようになると、意外なところから国防機密が漏れたり致します」

駒伊は喉が詰まった。急に額に汗が滲み出していた。

「その心配がなければ、首相の耳に入れた、とする大臣のご判断に私は異を唱える積もりはございません」

「そりゃあ、大田原さん。防衛大臣と内閣総理大臣との間で、一つの情報が素早く動いただけですから」

「そうですね。組織のトップから国のトップへ一つの情報が動いただけですからね。どうも失礼いたしました」

「そこでね、大田原さん。首相へ報告したあと、私は決心したのですよ。防衛大臣として決意したのです。出動を命じた小隊を、直ちに基地へ引き揚げさせて下さい」

「え……」

「これは防衛大臣命令です。出動を命じた小隊に帰還命令を出して下さい。直ちにです」

「総理が、そのように言われたのでしょうか」

「防衛大臣である私の命令です」

「………」

「お願いしましたよ」

駒伊は、そっと受話器を置いた。額だけではなく掌《てのひら》にも汗が滲み出ていた。

「大丈夫。情報漏れなんて、ある筈がない」

駒伊は自分に言って聞かせると洗面所へ行き、歯をみがいて書斎横の寝室に入った。

三歳上の妻は、すでに静かな寝息を立てていた。

スコッチが利いて、駒伊の瞼《まぶた》は直ぐに下がった。

彼は夢を見た。最大派閥の長である首相の信頼を得て、政界に於ける自分の存在が次第に大きく重くなっていく夢であった。何年経っても皆村順太郎が首相という奇妙な夢で、その中にあって自分だけが、法務大臣、外務大臣、官房長官といった重要ポストに次々と就くのだった。そのたびに皆村首相が、「次はあなたに総理の座を譲るから」と言ってくれた。

久し振りに、気分のよい夢だった。長い夢だった。

その夢が幕を下ろしたので目をあけると、カーテンのすき間から朝の光が射し込んでいた。

隣のベッドに、早起きの妻の姿はなかった。

上体を起こした駒伊は両手を突きあげて、大きなあくびをした。

「次はあなたに総理の座を譲るから」という皆村の声が、はっきりと脳裏に残っていた。

「夢で終ってくれるなよ」

駒伊は呟いてベッドから下り、カーテンを開いた。外気が冷えているのか、窓ガラスが微かに曇っている。

しかし快晴で、雲一つなく青空が広がっていた。

駒伊は窓際のソファに腰を下ろした。

と、スリッパの音が、寝室のドア越しに伝わってきた。小走りの音だった。

ドアがあいて、新聞の束を手にした妻が「あなた……」と、飛び込んできた。

まさしく飛び込んできたのだった。息を乱している。駒伊邸の、リビング・ダイニングルームから寝室に至る廊下は、かなり長い。

「あなたのお仕事の記事が大きく……」

「なに……」

妻がセンターテーブルの上に、朝刊を広げて置いた。

駒伊は「あっ」と声をあげた。最大部数を出しているA全国紙の第一面トップに「陸自対テロ部隊緊急出動敦賀へ」の文字が、大きく躍っていた。

駒伊は、くらっと眩暈《めまい》を覚えながらA紙をテーブルの下へ跳ね落とし、次にあった全国紙二位のB紙を見た。

第一面トップに更に大見出しで「陸自中央即応集団対テロ部隊緊急出動」とあった。

駒伊は膝から力が抜けていくのを覚えた。顔色は青ざめていた。

「あなた、対テロ部隊というのは、隠密行動を取らねばならないのではありませんか。女の私にだって、それくらい解りますよ。それを、こんなに大きく新聞に報じさせて、面倒な結果を招きはしませんか」

「うるさい。私の仕事に口出しをするんじゃない」

「そうですか」

妻は、眉間に深い皺《しわ》を刻んでから、さっさとした動きで寝室から出ていった。

駒伊は記事に目を通した。A紙記者もB紙記者も、この記事を書くのに、電話接触さえしてこなかった。それは極めて確かな先から情報を得たであろうことを物語っていた。閣僚とか官僚といった。

A紙B紙の記事の中で、取材を受けた中央即応集団司令部は「訓練です。あくまで訓練です」で押し通していた。大田原司令官の名は、表に出ていなかった。

A紙B紙とも「そういえば夜中、山の上の方でヘリの音がしていたような……」という地元敦賀半島の住民のコメントも載せていた。

それだけであった。閣僚・官僚の発言は、どこにもなかった。news source は「政府筋によれば……」とぼかしている。

二紙を読み終えた駒伊の頭の中は、真っ白だった。これで自衛隊制服組との信頼関係は崩れてしまった、と思った。

彼は少しよろめきながら、寝室を出た。A紙B紙以外を読む気にはならなかった。

彼が書斎へ行ってデスクの前に座ったとき、電話が鳴って駒伊の心臓がドキリと躍った。

彼は息を一つ大きく吸い込んでから、受話器を取り上げた。

「おはようございます。大田原でございます」

「駒伊です」

「や、おはようございます」

「朝刊、もう読まれましたでしょうか。とくにA紙とB紙ですが」

「先程見ました。ですがニュースソースは……」

「ニュースソースなど、何処のどなた様であろうと宜しいのです。われわれ中央即応集団司令部も、すでに基地へ帰還した打撃作戦小隊の隊員たちも、極めて冷静ですのでご安心ください」

「そうですか。冷静ですか。よかった」

「即応集団では、戦術情報が外部へ漏れた場合の即応の仕方についても、訓練し学んできておりますので、それによってうろたえる事など一切《いっさい》ありません」

「なるほど」

「ですが大臣。今朝の新聞報道によって、出動を明らかにされてしまった打撃作戦小隊は当分の間は動けないことを、ご了承ください。沢山の報道の目が、このキャンプ座間の周辺で光っていますので、動けばそれこそ公開行動になってしまい、秘匿性がカギとなる初動打撃の成果などはあがらないでしょう」

「そ、そうですか。いや、そうですね」

「では、これで失礼いたします」

物静かに話していた大田原陸将に、先にガチャンと電話を切られて、青ざめていた駒伊の顔色が「無礼な……」と今度は真っ赤になった。熟慮を欠いた思慮《しりょ》の浅い政治家・駒伊の、明らかな負けであった。

三

べつだん何事もなく日捲《ひめく》りが一枚捲れて月が変わった途端、福井県の敦賀、小浜《おばま》、高浜《たかはま》などの若狭《わかさ》地方は朝の早くから激しい吹雪に見舞われ、みる間《ま》に積もり出した。

雪には馴れている筈のこの地方の人々も、地球温暖化が国際問題となっているなか一二月に入って直ぐのこの吹雪には驚かされた。二、三メートル先さえ見えない。横なぐりの猛烈な吹雪であった。もっとも、吹雪というのは大体、横なぐりと決まっている。

その横なぐりは午後三時を過ぎかけても一向に衰えを見せず、人も交通機関も完全に沈黙してしまった。

若狭の海は大荒れに荒れ、複雑に入り組んだ海岸線に叩きつけられた波は、高さ十数メートルの飛沫《しぶき》を舞い上げた。

上空低くを覆う厚い雪雲と吹雪は、太陽の光を全く遮断してしまい〝午後三時の暗夜〟

は陸上と海上の広範囲に及んだ。

そういった悪天候下でも、福井県大飯町《おおいちょう》の大島《おおしま》半島先端にある近畿電力大飯原子力発電所は、急増してきた暖房用電力の需要に対応するため、一号機、二号機、三号機、四号機の全機がフル稼働していた。出力は合せて四七一万kW。

そのほとんどを京阪神方面へ送電している。

発電所の中枢部に当たる中央制御室の運転技術者たちは、この日も冷静に任務を遂行していた。

「常時一一名」態勢で、三交替二四時間、原子力発電の安全監理に当たっている彼等運転技術者たちは、充分以上の訓練を積んできた其の道の専門家であった。

「外は大雪だ。今日は帰れないねえ」

一人が計器盤から目を離さずに言った。

「海の魚たちも、凍っているかもな」

別の一人が、やはり計器盤を見たまま小さな声で言った。

「こんな日に網を打ったら、大漁かもよ」

「かもなあ。魚はコチンコチンで動けないだろうからねえ」

「そんな馬鹿な」

さらに別の一人が短く口を挟んだので、彼等の間にひっそりとした笑いが生じた。

だが、誰ひとりとして計器盤から視線を逸《そ》らさない。ちょっとした油断も大敵であることを彼等はよく知っている。

三人の運転技術者の短いやりとりは、それで終りだった。緊張の連続だと、かえってミスが生じやすい。そこで短いリラックス会話を入れて、〝緊張維持能力〟の回復を図るのだった。が、一一名が一斉にリラックス会話をすることはない。

彼らは一号機から四号機までの発電機が、正常に作動していることを確認できていた。自分たちの運転技術、監理能力に静かな自信を抱いてもいた。

彼らにとって、原子力発電は、恐ろしいものではなかった。発電の原理、発電機の機能及び安全の仕組を熟知していることによって、恐ろしいもの、という見方は彼らの頭の中からは完全に消えていた。

彼らは落ち着いた平穏な気分で、任務に当たっていた。

近畿電力大飯原子力発電所は、必要な緊張感は維持されつつ、平和に満ちていた。

しかし……。

このとき原子力発電所の〝物揚岸壁《ものあげ》〟から少し先の、大荒れの海面には小さな変化が生じていたのである。

物揚岸壁とは原子力発電所に必要な発電燃料・諸物資・設備機器などの荷上げ用岸壁で、三〇〇〇トン級の貨物船が接岸・碇泊できた。見方によっては、この物揚岸壁こそが発電所の正面玄関だった。

〝午後三時の暗夜〟に覆われた夕方のように薄暗い岸壁は、ぶち当たった大波でドオーン、ドオーンと繰り返し大音を発している。

暗い海面――とは言っても、薄ぼんやりとは視認できるが――その揺《ゆ》り籠《かご》のように揺れている岸壁の僅か五〇〇メートルほど先の海面、そこに竿竹様のものが突き出ており、それが時おり回転していた。

それは誰が見ても、潜水艦の潜望鏡《ペリスコープ》以外には見えないものだった。

物揚岸壁には、誰もいなかった。自然の猛威が、この岸壁を警備するという任務を省略させていた。いや、この吹雪と大荒れの海が、発電所に安心を齎《もたら》していた。このような悪天候下では、何処の誰であっても悪さは出来ないだろう、と。

敗戦後、数十年、超大国アメリカの傘の下でどっぷりと平穏の有難さを享受してきた、日本というこの国の、それが性善説であった。本来は、それでいいのだった。それこそが人間の自然なあり方なのだ。平穏というのは、当たり前でなくてはいけないのであった。

だが、現実は、そうはいかなかった。その平穏を阻害する余りにも多くの要因が、社会の隅に息を殺して潜んでいた。

その要因の一つが今、物揚岸壁の僅か五〇〇メートルほど先で、頭を持ち上げようとしていた。

潜望鏡が沈んで、潜水艦が浮上した。船首を押し寄せてくる波に向けての浮上だった。スクリューは当然、回転させているのだろう。

比較的小さな潜水艦だった。三〇〇〇トン級の貨物船が接岸できる物揚岸壁から五〇〇メートルほど先の海とは言っても、海岸近くゆえ深さはそれほどない筈だった。

その海を巧みに潜航してきた潜水艦だ。大荒れの海面に対しても、あざやかな定点浮上の操舵技術を見せていた。

と、甲板上の口が開いて、何かを抱えた人が次々と酷寒の海に向かって飛び込んだ。

その数、二一。その誰もが海面には浮上せず、潜水艦は開けた口を再び閉じて潜航姿勢に入りつつ、たちまち物揚岸壁から遠ざかった。

二一の頭が浮上したのは、物揚岸壁からほんの少しばかり離れた位置にある猫の額ほどの砂浜だった。

その砂浜へ、ミニ水中バイクの推力と大波の力によって二一人が叩きつけられた。

彼等は、この砂浜に何十度となく上陸した者のごとく、見事に馴れて敏捷《びんしょう》だった。

砂浜に叩きつけられた瞬間、水中バイクを手放した彼等は正面の崖に向かって突進していた。全員が、黒いドライスーツを着用していた。

崖下には、巨岩が横たわっている。

彼等はほとんど一斉に、その巨岩の後背へ飛び込んだ。強力な引き波が、すでに砂浜の掃除をし終えていた。一台の水中バイクも、そこに残ってはいなかった。

「まずい。野江がさらわれた」

一人が言った。ここは日本だから当たり前のように日本語だった。そして人名と覚しき「野江」も、日本人の名として不自然ではなかった。顔つきも皆、日本人に見えた。

「さらわれただと?」

別の一人が矢張り日本語を用いて舌打ちをし、岩陰から顔を出して目を細め薄暗い海を見た。

荒れる薄暗い海面に、確かに人の姿が一つあった。それが大波の上に押し上げられるようにして、再び砂浜に向かってきた。泳ぐような姿勢を取ってはいなかった。砂浜へ飛び込むことに備えてか、両手を高々と上に上げていた。水中バイクは、すでに手放していた。

「駄目だな、あいつは」

岩陰から顔を出していた男は、そう言いながら右手をそばにいた男に差し出した。

手を差し出された男は、背負っていた防水型バックパックからすでに取り出していたものを、相手の手に握らせた。暗視スコープを備えたミニ・サブマシンガンだった。銃口にはサイレンサーが付いていていた。

大波に乗ってきた人物は、砂浜へ上手い具合に叩きつけられたが、立ち上がりかけたところをまたしても引き波に足を払われ、そのまま海まで引きずられた。

パシャシャシャシャシャン……とサイレンサーを装着したサブマシンガンが特有の鈍く下品な音を発し、海面で次の大波に乗ろうとしていた人物の頭部が、砕け散った。大波が一瞬のうちに、頭を失ったその屍を飲み込む。

「行くぞ」

射撃した男がサブマシンガンを脇にいた男に返し、ドライスーツのまま岩陰から飛び出すや崖にへばり付くようにしてある急な小道を、駈け上がった。全く迷いのない動き方だった。崖に小道がへばり付いていることや、その小道が何処へ通じているのかなどについて、あらかじめ調べがついている者の動き方だった。

バックパックを背にした二〇名の男たちは崖の上にあがると、立ち止まることなく午後三時の吹雪の中を、雑木林に挟まれた小道に従って進んだ。

彼らは吹雪に気後《きおく》れしていなかった。俊敏なその動きは、この地の自然の特徴を把握している地元民のようだった。

薄暗い雑木林の中の小道を二〇〇メートルばかり進んだ所で、先頭の男の足が止まった。

小道の脇には三本の竹――長さ一メートルほどの――が互いに支え合うように交叉して地面に、いや雪面に突き立てられていた。

「ここだな」

先頭の男が顎をしゃくると、後ろに続く三、四人が素早く彼の前へ回って、雑木林のなか三、四メートルのところへ入って行き柔らかな雪を手で搔《か》き払い出した。

やがて、地面が顔を覗かせた。

男たちはバックパックから小さなスコップを取り出し、突き立てられた三本のまわりの地面を掘った。

雪と同様、地面も柔らかだった。凍ってはいなかった。明らかに、二、三日前にでも一度掘られ、埋め戻されたもののようだった。

彼らの小さなスコップの先が、二〇センチと掘るか掘らぬうちに、固い物に当たってコツンと音を立てた。
四、五〇センチ四方ほどの四角いアルミ製の箱が、次々と掘り出された。
中に入っていたのは白い防寒用作業衣、耳当て付きの白い防寒帽、弾丸、小型無線機などであった。

それは男たちの仲間が、前もって準備しておいてくれた、としか言いようのない光景だった。

ドライスーツを脱いだ彼らは吹雪の中で、着用していた厚い肌着の上に防寒用作業衣をつけ、不要となったドライスーツをアルミ製の箱に詰めて谷底へ転がした。

「倉岡は先頭に立て。矢辺は最後尾だ。各人の間隔は四、五メートルを維持。出発だ」

それまで列の先頭に立っていた男――リーダーらしい髭面、長身の男――の、ともすれば吹雪に掻き消されそうな命令に、他の一九名は「おう」と低く吠《ほ》えるようにして応えた。二〇名が一列になって行進を再開した。装備を充実させたせいか、雪面に残る彼らの足跡は、それまでよりも深くなっていた。

四

首相官邸、午後七時。

首相・皆村順太郎は、官邸執務室に届けられていた夕刊各紙を見ていった。社会面に「敦賀の漁船・消息を絶つ?」が、ようやく報じられていた。各紙とも、目立たぬ地味で簡単な扱いだった。それよりも一二月に入った途端の大雪の方が、トップ扱いで報じられていた。吹雪が原因の各地の死者が、交通事故も含めて二四人にも達したことが、敦賀の漁船わかさ2号の消息不明よりも、重大視されたようであった。なにしろ一二月に入った途端の猛吹雪は、二十数年ぶりとからしい。

「ほんと、近頃の自然は怒り狂っとるなあ」

皆村は、雪で真っ白と化した北陸の町の報道写真を眺めながら、首を小さく横に振ってみせた。

「宇宙開発だ、火星探査だ、なんて言ってる場合じゃないかもねえ。足元の地球という星をもっと大切にせにゃあ」

ぶつぶつと漏らしながら、新聞の束を机の端へ押しやった皆村は、「さあてと……」と言いながら腕時計を見て腰を上げた。

まもなく警察庁長官・西力剛《にしりきつよし》五二歳が、狙撃殺害されたハリウッドスターのローイ・ウェインが携えていた米国大統領親書を、届けてくれることになっている。それに時間を合せるようにして、駐日アメリカ大使とイギリス大使が本国の指示を受け来訪することになっていた。話は「日本の対テロ政策についての意見交換」と決まっている。つまりは、ローイ・ウェイン事件に対する一種の政治的圧力だ。

皆村首相は官房長官・庄野和年を執務室へ呼び付けようとして、デスクの上の受話器に手を伸ばした。

と、電話が鳴った。

「はい、皆村です」

「庄野です。ただ今、重大情報が一つ飛び込んできました」

「重大情報？」

「今から一〇分ほど前より、大阪を中心とする京阪神地方で広域にわたり大停電が発生。交通機関や企業活動、市民生活など大混乱に陥っている模様です」

「そいつあ、いかんな。大規模と言うからには、真っ暗闇なんだろう？　で、原因は何です？」

「京阪神地方へ電力を供給している福井県大飯町の原子力発電所で何かトラブルがあった模様で、いま近畿電力が原因を調べています」

「福井県と言えば、猛吹雪に見舞われているんでしたな」

「はい。それが原因ではないか、と近畿電力では見ているようです。つまり原子力発電装置そのものの事故ではないだろう、という事のようで」

「近畿電力と原子力発電所との連絡は、即座に取れたのでしょう。原因など調べるまでもなく、直ぐに判るんじゃないの？　それほどの大規模な停電なら」

「経産省の塚田大臣が、原子力安全・保安院を動かし始めたようですから、まもなく原因は掴めましょう」

「積雪の重みで送電線が切れたか、あるいは送電線が突風で触れ合ってショートしたか……ま、そんなところであってほしいな」

「はあ」

「塚田大臣に、あまり大騒ぎしないように伝えておいて下さい。政府が騒ぎ過ぎると余計に市民のパニックが広がって、余計なトラブルの発生を促すことにもなりかねませんから」

「そうですね。マスコミ対策も用心して戴きましょう」

「真っ暗闇の中で、略奪、暴行、殺人などの粗暴犯罪が勃発《ぼっぱつ》しないことを祈りたいですねえ」

「いやあ、それは大丈夫ですよ総理。日本人は、そういった体質ではありませんから、欧米のように〝この機会に暴れてやれ〟という現象は起こらんでしょう」

「うん。私も、そうは思っていますがね」

「警察庁の西力長官が、おっつけ見えるでしょうから、念のため、そういった心配についても話しておかれたらいかがですか」

「そうだねえ。そうしましょう。それがいい」

「それでは総理。私もなお情報収集に努め、何かあったらまた御報告します」

「はい。よろしく」

電話を切った皆村首相は、眉をひそめ、不安な表情をつくった。

彼の脳裏には、陸自の打撃作戦小隊の一部が〝勝手に動いた〟、とする駒伊防衛大臣の不満そうな報告が甦《よみがえ》っていた。その後の状況については、昨夕のA紙及びB紙の夕刊を読めば見当がついた。駒伊大臣からは、その夕刊報道についての特段の報告はない。皆村も、夕刊報道については全く心配していなかった。むしろ、穏やかに一件落着した、とさえ思っている。

皆村は腕時計をチラッと見て防衛省の大臣執務室へ、電話を入れてみた。

駒伊大臣は、いた。

「皆村です」

「あ、総理……」

「京阪神地方が大規模な停電に陥っている情報。すでに耳に入っているのでしょうね」

「ええ。ほんの少し前、兵庫県伊丹《いたみ》市にあります陸自第三師団司令部からの情報として、統合幕僚長から報告を受けました」

統合幕僚長とは、陸・海・空を代表する制服組のトップである。大臣に次ぐ、ナンバー2と言ってもよい地位だ。

「大規模停電の範囲内にある基地は、機能しているのですか」

「第三師団・一三基地の機能の多くが、重大な支障を被っています。非常用発電で対応できる部分にも当然、限界はありますし」

「停電の原因となっている福井県大飯町の原子力発電所ですが、向こうは確か……」

「第一〇師団のエリアです。司令部は名古屋ですが、大飯町の原子力発電所に最も近い陸自基地は、福井県の鯖江基地です」

「その鯖江基地を動かして、停電の原因を掴めませんかねえ」

「停電の原因をですかあ。原子力発電の専門知識など、鯖江基地にはありませんし、発電所の様子を窺《うかが》うにしても先ずは、福井県警に動いて貰った方が順序として宜しいのではありませんかねえ」

「そうか。先ずは福井県警に動いて貰うのが、道理だな」

「はい。それでも人手が足りないようであれば、県警に協力するというかたちで、鯖江基地が動き出せばいい訳でして」

「そうですね。そうしましょう。まもなく警察庁長官が官邸に見えますので、言ってみますよ」

「よろしく御願いします」

「それからね駒伊さん。あなたが〝勝手に動いた〟と憤っていた陸自最強の対テロ対ゲリラ打撃作戦小隊ですが、今どうしています？」

「ああ、あの小隊なら既に座間キャンプに戻っていますが」

「今回の、あの小隊の動き、まさか正しかったのではないでしょうねえ」

「正しかった？」

「つまり正当な動きだったのではなかったのか、と少し気になり始めているんですよ」

「どうしてですか」

「どうしてって……京阪神地方の大停電ですよ。原子力発電所に何事もなければ幸いなんですがね」

「大丈夫ですよ。警備の厳重な原発に、不測の事態が起こるなど考えられません」

「警備と言ったって、警備会社の警備員と多少の警察官が張り付いている程度でしょ……」

「でも彼等は訓練されたプロです。任せて大丈夫なプロですよ」

「ま、いずれにしろ西力警察庁長官が官邸に見えたら、福井県警の機動隊にでも動いて貰うよう言ってみましょう」

「そうなさって下さい。福井県警の動きに鯖江基地が協力できる準備だけは、整えさせておきます」

「ええ、頼みます。私としては、事態対処法に基いた発令など出す必要がないことを祈るばかりですよ」

「あまり深く考え過ぎないで下さい。それでなくとも総理の職務は、激務なのですから」

「ひとつ宜敷く」

「判りました」

受話器を置いた皆村首相は、「ぷふわあ……」と大きなアクビを一つして、目尻に大きな涙の粒を浮き上がらせた。実際、体の芯に重い疲れが溜まっていた。

皆村が口にした事態対処法とは、「わが国に対し武力攻撃が発生した事態又は武力攻撃が発生する明白な危険が切迫していると認められるに至った事態」に対処するための法律である。なぜ対処するのかと言えば「わが国の平和と独立を守り、国及び国民の安全を保つため」だ。欧米先進国の法学者や軍事研究家から「基本理念なき法律」あるいは「幼稚な基本理念の法律」と、失笑を買っている法律である。この法律には、〝事態〟に対する〝国民の義務〟が謳《うた》われていない。そのようなことを明文化すれば「国民を〝事態〟に対決させようと言うのか」とヒステリーを起こす集団が必ず台頭するからだ。と、そう言われている。

「なんだか腹が空《す》いてきたなあ」

皆村は呟くと、デスクの引出しから手鏡と電気カミソリを取り出し、鼻の下にカミソリを当ててから、もう一度「ぷふわあ……」と思いっきりアクビをもらした。

五

首相・皆村順太郎が二つ目のアクビをもらした時刻、つまり午後七時過ぎ。警視庁刑事部捜査一課「特殊凶悪犯罪捜査係」の係長である本郷幸介警部は、部下の稲木敬吾巡査部長と共に、広大な米軍座間キャンプの正門前に立っていた。正門の外灯が明る過ぎて眩しい。

本郷と稲木が所属する組織の名に〝凶悪〟の二文字が入っているのは、異例であった。普通は、こういった形容は組織名の一部分にしろ用いない。これは日本の治安の〝形状〟

が瀬戸際にまで追い詰められていることの、証《あかし》と言えた。ひと昔、ふた昔前の〝形状〟とは、深刻に違ってきているのだ。

「行くか稲木」

「はい」

本郷と稲木は、乗ってきた覆面パトカーから離れ、基地正門の眩しい外灯に向かって歩き出した。

その皓皓《こうこう》たる照明のもと、ゲートに仁王立ちとなった米軍衛兵が、身じろぎもせず本郷と稲木を待ち構えていた。

だが二人が衛兵に英文の身分証明書を見せ、本郷が一言二言話すと衛兵は表情を緩めて頷いた。

稲木が覆面パトカーに戻ってそれをゲートまで滑らせ、本郷が助手席に乗った。

覆面パトカーは、ゲートを潜った。呆気《あっけ》なかった。衛兵との交渉に二分と要していない。

実は、警察庁の要請を受けた外務省が、在日アメリカ大使館を通じて米軍側へ働きかけてあったのだ。

稲木は衛兵から貰った地図に従って、車内灯を点けながらゆっくりと覆面パトカーを走らせた。しかし二人は、これから会おうとしている人物との、事前の接触はしていなかった。それをすれば、面会拒否の態度を取られる恐れがある、と読んでいた。だから、アメリカ大使館の協力を得て基地内へ入る手筈を整えたのだ。

「ようやく此処まで辿り着けたな稲木」

「はい。でも会ってくれるでしょうかねえ」

「いま、それを考えても始まらんよ」

「在日アメリカ大使館を通じて米軍側へ働きかけたことが、かえってマイナスにならないでしょうか」

「われわれの動きが、米軍側から相手に知らされているのでは、と心配しているのか」

「ええ、まあ……」

「その心配はないだろう。日本の政治家や役人と違って、守秘約束とか守秘義務ということにかけては、アメリカさんは一流だよ」

「私も、そうだとは思っているのですが。あっ、あの建物のようですね」

稲木が、静かにブレーキを踏んで、地図とすぐ先の建物とを見比べた。それは陸自中央即応集団司令部のある建物だった。司令官・大田原陸将が詰めている建物だ。

「ここから歩こう」

「そうしましょう」

稲木が車を止めてエンジンを切り、二人は覆面パトカーの外に出て、静かにドアを閉めた。

稲木がドアをロックする。その時の状況の緊急性によって判断は当然分かれるのだが、乗員が警察車両から離れる場合はドア・ロックが大原則だった。

　二人は司令部に向かって歩き出した。

　稲木が切り出した。

「京阪神を襲っている大規模停電ですが、何だか嫌な予感がしますね」

「うむ。深刻な事態が続発しなければいいのだが」

「原子力発電所からの送電が止まっているということですから、ひょっとすると……」

「先日の朝刊に載っていた、この基地の対テロ対ゲリラ部隊の出動と関係あるのでは、と心配しているのだな」

「ええ。ですがあの部隊は直ぐに、この基地へ戻ったと、その後のニュースで伝えていましたしねえ」

「京阪神の大停電は猛吹雪が原因の単純なもの、と思っておこうや。警視庁警察官の我々がそれ以上のことを、あれやこれや考えても仕方がないだろう。目の前の任務を詰めていくことの方が大事だ」

「それはそうですね」

　二人は司令部の建物の前で足を止めた。

　覆面パトカーで移動中だった二人に大停電を知らせてきたのは、警視庁本部の無線だった。そのあと二人は、車載ラジオのニュースで、大停電の事実を確認していた。

本郷と稲木は、司令部棟に足を踏み入れた。

途端、いかにも屈強そうな体格の隊員が、二人に機関拳銃を突きつけて立ちはだかった。

「どなた？」

きつい語調だった。本郷と稲木は、相手が肩から下げている機関拳銃に少なからず驚いた。要するにミニ・サブマシンガンだった。

「われわれは警視庁の警察官で、私は警部で本郷、連れの者は巡査部長で稲木と言います」

本郷は穏やかな口調で答えた。

「ゲートの承認を得て来たのですか」

相手の厳しい口調は変わらなかった。機関拳銃の銃口は本郷の左胸にピタリ向けられていた。引金には右手人差し指が掛かっており、今にも発砲しそうだ。

「もちろんです」

「で、用件は？」

「ローイ・ウェイン狙撃殺害事件を知っていますでしょう」

「知っています」

「その捜査の件で、大田原司令官のお知恵を借りに来ました」

「身分証明書を」

「これです」

本郷は本来の身分証明書と、キャンプ・ゲートに対応するために作成して貰った英文の証明書とを、相手に示した。

「腋《わき》の下に拳銃を吊っていますね。こちらで預かります」

「それは出来ません。警察官にとって、これは……」

「部外者の武器携帯は、ここでは認められない。たとえカッターナイフ一本であっても」

隊員の口調が一層、険しくなった。

本郷は稲木と目を合わせて頷くと、彼と自分の自動拳銃を相手に手渡した。郷に入りては郷に従え、であった。仕方がなかった。

機関拳銃の銃口がようやく下がって、隊員が背後の警備室に向かって言った。

「野河、大田原司令官にお伺いしてくれ」

「了解」と、警備室の中から野河某の応答があった。

本郷は、「ここには誠の男の世界がある」と思った。彼はまぎれもなく、相手の隊員に強靭な男の精神を感じていた。どこか、なつかしい気がした。真の気骨を見失った意地悪くて気色の悪いフニャフニャした男が目立つ世の中だけに、熱いものを覚えさえした。

大田原陸将は、本郷と稲木との面談を承知した。

本郷と稲木は案内されて、司令官室を訪ねた。

「ようこそ。さ、おかけください」二人は大田原陸将に、にこやかに迎えられた。

名乗り合うことも、名刺を交換することもなく、初対面の雰囲気は流れ消えて、双方は応接テーブルを隔て真顔で向き合った。自然と、そうなった。

「で、ロー・ウェイン事件の捜査で、私に協力してほしいとか?」

「はあ、ひとつ是非にも……」と、本郷は先ず丁重に深々と頭を下げた。

「あれはひどい事件ですな。この国の恥を世界に知らしめた事件です。それで、私にどのような協力をせよと?」

「その前に確認させて戴きたいのですが、こちらに山梨県甲府市出身の陣保五郎さんとおっしゃる隊員がおられますよね。苦労して、ようやくのこと此処まで辿り着けた我々なのですが」

「その陣保五郎に会う許可がほしい、ということですかな」

「実は、そうなのです」

「申し訳ありませんが、陣保に会って戴く訳には参りません」

「どうしてですか」

「その理由について、話すつもりはありません」

「首都警察の刑事と一隊員との面談を、何故お許し戴けないのですか。重大事件の捜査協力者に是非なって戴きたいと願う一隊員との面談を」

「お言葉ですが、彼、陣保五郎は一隊員、と気易く呼べる存在ではありません」

「え……」と本郷は、思わず稲木と顔を見合わせた。

「陣保五郎さんは、何か機密任務にでも就いている方《かた》なのですか」

「それについては答えられません。イエスともノーとも」

「せめて四、五分の面談でも」

「無理です。上官として許可できません」

「そこを何とか」

「私がもし許可したとしても、たぶん本人が応じないでしょう。断固として」

「うーん、困った……」

「困った、のは我々の方ですよ。いま、このキャンプ座間の周辺には、大勢の報道記者の目が潜んでいます。お二人ともきっと、彼等のチェックに間違いなく引っかかっていますよ。彼等が、お二人の素姓を突き止めるのに、それほどの時間は要さないでしょう」

「警視庁の刑事が訪ねてきた、と彼等が知れば、こちらに迷惑がかかるのでしょうか」

「ええ、大変な迷惑を被《こうむ》ります。陣保五郎のみならず、我々の組織全体が」

「そうですか」と本郷は溜息を吐いた。彼には、コールマン髭の大田原陸将が決して反発的な態度を取っているのではないことが、判っていた。陣保五郎が、単なる司令部要員でないらしいことも、判ってきた。

　本郷も稲木も銃を身に付けて、治安任務を遂行する立場にある。それだけに、頑として面談を許可しない〝軍人大田原〟の心の内が、少しは読めるのだ。この頑《かたく》なさの奥は相当深い、と。

　本郷は稲木を促して、「残念です」と立ち上がった。

　大田原陸将もソファから腰を上げた。本郷は言った。

「報道記者がたとえ我々に接触し始めても、我々は此処へ来た目的を絶対に喋りませんので、ご安心ください」

「そうですか。それを聞いて安心しました」

　コールマン髭がこの上もなく似合っている大田原が、ニコリとした。

　本郷と稲木は、司令官室を辞した。二人が会いたいと願う陣保五郎は、このときドーム屋根を持つ別棟一階の陸曹長室で腕組をし壁と向き合って立っていた。

　壁には、精細な大日本地図が貼ってある。

「ひょっとすると……」

　彼は、地図の一点を指先でバチッと弾いた。福井県の大島半島の先端、近畿電力の大飯原子力発電所がある地点だった。

第五章

一

近畿電力の原子力事業本部は、福井県敦賀市に活動拠点を置いていた。昨年の春に、大阪から敦賀へ原子力事業本部の二〇〇名が全員そっくり移って来ている。その方が、いざ、という時に若狭一帯の原発へ素早く対処できるからである。

だが、この日、取締役事業本部長・尾滝一平五八歳は、猛吹雪で社員が被るかも知れない危険を回避するため、徒歩で四、五分の所にある独身寮の入居者を除いては、早目に帰宅させていた。

オフィスに残った者六〇名。うち技術系社員が四六名、事務系社員が一四名だった。

本部長室の窓際に立って、ガラスに当たり音立てている雪粒を睨みながら尾滝一平は「くそっ」と漏らした。ひと一倍責任感の強い彼は、一刻も早く大飯原子力発電所へ行きたかったが、動けないのであった。航空機も列車もバスもタクシーも止まっている状態なのである。

事業本部には中型ヘリもあれば充分な数の車両もあったが、動かせる訳がなかった。無理をすれば、事故に見舞われる恐れがある。

と、照明がスウッと薄暗くなっていったので、尾滝はギョッとなって天井を仰いだ。明りは直ぐに回復した。敦賀市は敦賀半島の原発から電力の供給を受けているので、吹雪に叩かれてはいても市街地は明るかった。

敦賀半島には近畿電力の原発三基、総発電量一六六・六万kW。さらに日本原子力発電㈱の原発二基、総発電量一五一・七万kW。合わせて三一八・三万kWがあった。これらは中部電力、北陸電力のエリアへ送電されているほか、関西へも送電されているが、大停電に陥っている京阪神の現状に対しては焼け石に水だった。

尾滝事業本部長は溜息をついて執務デスクの方へ戻り、肘付椅子に疲労濃い体を投げ出した。

椅子が、鋭く鳴った。

彼はデスクの上の受話器に手を伸ばした。今のところ電話は通じていたから、大飯原子力発電所の執行役員で所長の杉並良夫五七歳とはすでに何度も話し合っている。

尾滝の指先が所長室直通の電話番号をプッシュし、着信音が鳴るか鳴らぬうちに「はい」と応答があった。

「尾滝ですが、どうですか？」

「あ、尾滝さん、いま大阪の社長からも電話を頂戴したところですが、まだ原因が摑めておりません。なにしろこの猛吹雪ですから、屋外の調べが満足に出来ない状況で……」

「そうですなあ。こちらから応援を出したいのですが、こちらも矢張り動けなくて」

「無理に動くのは危険です。ともかく吹雪が弱まるのを待ちましょう」

「屋内の諸設備やシステム等は大丈夫なのですな」

「それは大丈夫です。こちらは幸い充分な非常用発電の能力がありますので、屋内チェックの徹底はつい先程完了させましたから」

「おお、それだけでも大きな、ひと安心です」

「そうですね。原発本体に異常があれば、それこそ一大事ですが」

「それじゃあ、また電話しますよ」

「その電話ですが、停電に対する電話局の対応能力によっては、今後つながらなくなる恐れもあります。心得ておいて下さいますか」

「承知しています。ところで、いつもの杉並所長らしくない声なので、気になっていたのですが、風邪でも引きましたか」

「そりゃあ、この猛吹雪のなか、何度も外に出ましたからね。体は震えっぱなしですよ。

「声だって変わりもしましょう」

「そうですな。大事にして下さい。ではまた掛けます」

尾滝本部長は受話器を戻した。黒いシミのようなものが、胸の奥にポツンとこびり付いていた。なんだか不安であった。

彼は立ち上がって、再び窓際に立った。窓ガラスに当たった雪が、ビシッバシッと音を立てて砕け散る。窓から漏れる明りを吸って光るその粒は、尾滝には宝石のように見えた。外は、風が唸っていた。まるでライオンが吠えているように聞こえた。

「風邪をひいても、あんなに声変わりするだろうか」

尾滝は呟いたが、すぐに考え過ぎかも、と思い直した。風邪をひいた時の声の変わりようなど、人によって違うのは当然、と思った。

それでも矢張り、胸の奥の黒いシミは消えなかった。

「掛けてみるか……もう帰宅なさったかも知れんが」

呟いた彼はデスクに戻って引出しを開け、名刺ファイルを取り出した。

一ページ目の一番はじめに「福井県警察本部長・面高《おもたか》弘志」の名刺があった。昨年三度に亘って福井県庁で県主催の「原子力発電所警備安全対策会議」が実施されたとき、面高県警本部長とは隣合せに座り、熱心に意見を交換し合い、その後も電話でのやり取りが四、五回はあった。

た。

腕時計に視線を走らせた尾滝は、名刺を見て県警本部長席直通の電話番号をプッシュし

着信音が二度鳴って「はい」と受話器が上がった。名乗らないのは仕事柄だろうか。

「私、近畿電力の尾滝ですが……」

「や、尾滝さん。お久し振りです……おっと、そのような、のんびりとした挨拶を交わしている場合ではなかったのですな。実は、私もいま尾滝さんに電話を入れようとしていたところなんですよ」

「私に、ですか」

「京阪神大停電の復旧、どうなんです？」

「はあ、それが……」

「見通しは立っていない、ということですか」

「大飯原子力発電所の所長は、原発本体にも送電システムそのものにも異常はない、と繰り返し電話で断言しているのですが」

「電話は通じているのですな。原発本体にも送電システムにも異常がない、ということは原因は屋外の設備にあり、ということでしょうか。つまり、この猛吹雪が原因であると」

「今のところ、そう疑うしかなさそうなんです。ただ、心中ひっかかっていることが一つありまして」

「心中ひっかかっていること?」

「電話接触を重ねてきた大飯原子力発電所の所長の声なんですよ」

「は?」

「執行役員である杉並所長の電話の声が、私が聞き馴れている彼の声と、全く違うのです」

「なんですって。それ、間違いありませんか」

「間違いありません。私の部下も杉並所長と電話接触していますので、あとで確認してみますが」

「その、声の違う所長の話の内容はどうなんですか。たとえば、技術的な話になると、ボロが出てくるとか」

「話の内容には、不審な点はありません。技術的な話にも、専門用語の使い方にも、全く不自然さはありません。不自然なのは声だけです」

「そのことが心配で、私に電話を下さったのですね」

「はあ。なんだか、じっとしておれませんで」

「お気持はよく判ります。首都東京が日本の頭脳なら、京阪神は日本の心臓ですし、その心臓の殆《ほとん》どの部分が現在《いま》、真っ暗闇の中で大パニックに陥っているのですから」

「大阪や神戸で暴動などが起こっている、という情報は入っておりませんか」

「いや。今のところ入ってきておりません。実はつい先程、警察庁から福井県警に対し、大飯原子力発電所に対し行動を開始するよう、要請があったのですよ」

「あ、そうでしたか。この猛吹雪の中、大変でしょうが、もし動けるようなら発電所の様子を見に行って戴けませんか」

「確かにこの猛吹雪の中を動くのは大きな危険を伴ないます。しかし、原子力発電所の所長の声が違うとなると、放《ほ》うっておく訳にはいきません。万難を排して、機動隊を向かわせてみましょう」

「有難うございます」

尾滝は面高県警本部長との話を終えると、本部長室を出た。

こちらに背中を見せて、若い部下三人に何やら指示を与えている白髪の男がいた。

「貴棟《きとう》君」

尾滝が声をかけると、白髪の男は「はい」と振り返った。白髪に比して、まだ若い顔立ちだった。表情の年齢は、四十歳そこそこというところだろうか。

「手が放せるようなら、ちょっと来てくれんか」

そう言って手招いた尾滝は、本部長室の自分の席に戻った。

技術安全対策部長の貴棟憲久は、すぐにやって来た。

「君。大停電の直後すぐに、杉並所長に電話接触してくれただろう」

「ええ」

「そのとき所長の声を変だとは思わなかったか」

「あ、思いましたよ。あれ、かなり違うなあ、と」

「やはりそうか……」

「杉並所長とは、たまにとは言え盃を交わす間柄ですからね。声が変わっている、と気付かぬ筈がありません」

「じゃあ、なぜ私に、そのとき言ってくれなかったんだ」

「自分の気のせいじゃないか、と思ったんですよ。電話ですからね。それにこの吹雪ですから風邪でもひかれたかな、とも思いました。いずれにしろ、たいして気にしなかったというのが正直なところです」

「うむ」

「本部長も大停電が発生したあと、何度も杉並所長へ電話を入れておられた筈ですが」

「うん。でな。私も変だなあ、と思っていたのさ。君と同じく、気のせいかも、と思ったりね。しかし、電話に出た人物がもし杉並所長とは全くの別人であれば、こいつぁ一大事だ。そうだろ」

「そりゃあ、一大事ですよ。あ、なんだか私も不安になってきました。いやあな気分です」

「福井県警の機動隊がな、万難を排して大飯発電所へ動いてくれそうなんだ。この猛吹雪じゃあ、その結果を待つしかないわさ」

「敦賀から大飯までの幹線道路は、各所で積雪がすでに一五〇センチを超えたと言います。まるで魔物ですよ、この猛吹雪は」

「幹線道路の各所で、積雪が一五〇センチを超えたということは、必ず積雪二メートルの所もあるに違いない。本当に化け物だな、この降り方は」

「地球の何もかもが狂い始めているのです。**巨大地震、巨大津波、皮膚が焼ける程の猛暑、窓ガラスが弾け割れる程の酷寒**、来年あたり、それらが矢継ぎ早に我々を襲い始めますよ、きっと」

「県警の機動隊は、大飯へ辿り着けないかもしれんなあ。事故ってくれなければいいが……」

「本当ですね。二次トラブルが心配です。福井県知事に頼んで、自衛隊にも出動して貰ったらどうですか」

「原因究明も復旧作業も我々近畿電力マンの仕事だ。発電所の様子を覗いて貰うだけの仕事なら、県警の機動隊で充分じゃないかね。自衛隊へも出動を頼むわ、の大騒ぎをした途端、パッと明りが点いたら、なんだかみっともないしなあ」

「ええ、まあ」

「ともかく、動けない我々としては、もう暫く大飯発電所の動きを見守ってみるしかない」

「杉並所長の声が変わっている点、念のため県警に知っておいて貰った方がいいのではありませんか」

「それは伝えたよ」

「じゃあ、発電所の他の幹部に電話を入れて、杉並所長の存在自体について確認してみましょうか」

「京阪神という日本の巨大政治経済基盤の殆どを真っ暗闇にして、大パニックに陥らせてしまった発電所だぞ。どの職員も皆、目の色を変えて右往左往しているというのに、そんな妙な問い合せが出来るか。もし杉並所長の耳にでも入ったりしたら、我々との信頼関係は吹っ飛んでしまう。あの人は、近畿電力には欠かせない原発技術の第一人者なんだ。送電システム全体についても人一倍詳しい」

「そうですねえ」

尾滝は白髪の貴棟を退がらせると、腕組をして室内をウロウロと歩き回った。

その時刻、同じように室内を歩き回っている人物が遠く離れた神奈川県に、もう一人いた。但し、この人物に〝ウロウロ〟という形容は当てはまらなかった。左手は腰に当て、右手は顎の先に触れ、何事かを決断しようとしているかのような顔つきだった。眼光は鋭い。

陣保五郎陸曹長だった。

「この日本という国は病み始めている。国家システムも民族体質も……今に大変な事態になるぞ」

ポツリと呟いた陣保五郎は、隣室――上官、双澤夏子一等陸尉の執務室――への連絡口となっているドアをノックした。

「どうぞ」

「失礼します」

陣保がドアを開けると、双澤夏子一尉は、誰と話していたのか受話器を置いたところであった。

「ちょうどよかった。司令官に呼ばれたわ。行きましょう」

「私も司令官室へ行こうと思っていたところでした」

「私と？」

「当然でしょ。余程の急ぎでない限り、双澤一尉の頭ごしの行動は取りません」

「よく言うわね。大田原司令官とはいつもストレートにつながっている癖《くせ》に」

「打撃作戦小隊規範第六条の三。小隊の副指揮官である陸曹長は指揮官である一等陸尉をよく補佐し、かつ即応集団司令官と……」

「わかってるわよ。さ、行きましょ」

西洋人女性のように端整な鼻筋をいささかツンとさせて双澤夏子一尉は、執務室を出ていった。

陣保は首を小さく振って苦笑し、双澤一尉のあとに従った。追いつかれまいとしてか、彼女の歩みが急に速くなり、迷彩服の下で豊かな乳房がそよ風に吹かれる山百合のごとく眩《まぶ》しく揺れた。

陣保と双澤一尉の間が、大きく開いた。

このとき途中の部屋から領仁四朗一等陸曹が姿を見せたので、陣保の歩みが止まった。

「まもなく小隊全員を動かすことになるかも知れない。それとなく準備を整えておいてくれるか」

「今夜中にか、動くのは」

「たぶんな。日本海側の各地の積雪情報を、さり気ない雰囲気で気象庁と接触して詳しく把握しておいてくれ」

「了解」

「それと、キャンプ座間の周辺は、報道記者の目が光っている。その目に引っ掛からないよう、念のため隊員たちに注意喚起を頼む」

「わかった」

陣保は信頼する部下であり盟友である領仁一曹の肩をポンと叩くと、彼から離れて急いだ。

双澤夏子一尉の姿は、もう長い廊下から消えていた。この棟を出て司令部棟へ入って行ったのだろう。

たくさんの報道記者の目が光っているこのキャンプ座間から、いかにして小隊が出動すればよいか、陣保の考えはすでに決まっていた。

彼が司令官室に入っていくと、大田原陸将と双澤一尉は厚いカーテンを閉じた東側窓際の巨大な楕円テーブルを前にして立っていた。

テーブルの上には山河・平野・森林・道路鉄道空港・港湾などが精細に造られた「日本国」が乗っかっていた。むろん米軍基地、自衛隊基地の所在も、この模型で一目瞭然だった。

「陣保陸曹長……」

と、大田原司令官が暗い目で彼を見た。

「ほんの四、五分前に入ってきた情報だが、京阪神が遂に通信途絶に陥ったよ」

「やはり……」と、陣保は頷いた。

「こうなると大停電の原因は、どうやら吹雪ではなさそうだな陣保」

「人為的な停電ですよ。しかも、ふざけ半分な舐《な》めたやり方です。はじめに送電システムをダウンさせて、京阪神を大パニックに陥らせ、次に電気通信網とリンクしている通信システムをダウンさせている。赤子の首を絞めるように、京阪神の首を絞めて楽しんでいるのです」

「次は原子力発電所中央制御室の制御システムに手をつけるかも知れんぞ」

「可能性は大いにあります。原発本体はとんでもなく分厚い鉄筋コンクリートに包まれていますから、至近距離から砲弾を撃ち込まれても、ビクともしませんが、制御システムを破壊されると、ひとたまりもありません」

「そうだな。破壊された結果、原発が制御不能に陥れば、炉心の溶融《メルトダウン》が始まり手が付けられなくなる」

「この停電騒ぎ、場合によってはそこまで行くかもしれませんよ」

「もう一つ入った情報だが、福井県警の機動隊が大飯原子力発電所の様子を見る目的で、猛吹雪のなか行動を開始したらしい」

「えっ。全ての交通機関が一メートルさえ動けない吹雪の中をですか」

「うむ。一体どのような手段で動く積もりなのかねえ」

「福井県警機動隊の主力は、福井市とその近郊に常駐しているのでしょう。大飯は県内とは言っても相当に遠方です。とても行けやしませんよ。無茶です」

この時、司令官の執務デスクの上で電話が鳴った。

大田原陸将は踵を返して、受話器を取り上げた。

双澤一尉が楕円テーブル上の〝日本〟を指差して、囁き声で言った。

「福井市は此処《ここ》、大飯原子力発電所はこの半島の先端の此処……確かに無茶だわね。猛吹雪相手には、遠すぎるわよ」

「どういった連中が大停電を引き起こしたかも判っていないのです。いま迂闊《うかつ》に大飯へ近付くのは危険です。もし相手が訓練に訓練を積み重ねた外国のテロ・ゲリラチームなら、機動隊はひとたまりもなく皆殺しにされてしまいます」

「そうねえ。相手は障害を見つけたとたん反射的本能的に発砲する修練を積み重ねているだろうし、日本側は警察も自衛隊も〝発砲してはいけません〟という大原則を敷いた上で訓練されているし……これじゃあ勝負にならないわね」

「だからアメリカの政治家達は公然と日本を、**闘志を持たぬ国家**、などと揶揄《やゆ》するのです。**闘志を持たぬ国家**、と……」

大田原陸将が戻ってきたので、双澤一尉と陣保陸曹長の囁きが止《や》んだ。

大田原が、言った。眉間に皺を刻んでいた。

「駒伊防衛大臣だった」

「何か指示命令が下りたのですか」

「打撃作戦小隊に大飯原子力発電所の様子を、見に行って貰いたいそうだ」

「えっ。福井県警の機動隊が行くのでは？」

「やはり雪に閉じ込められて、どうにもこうにも動きがとれないそうだ。東京からだと、なんとかルートを見つけられるのではないかと」

「随分と早い方針変更ですね。福井県警が動く、という情報に接してから一〇分と経っていませんよ」

「県警本部長は、単なる事故による停電ではない、と読み始めたのではないだろうか。我々に比べ訓練や装備の脆弱《ぜいじゃく》な機動隊を差し向けて、万一のことがあってはいけないと」

「機動隊の装備及び訓練の準軍隊化は、時代の流れとして必要になってきそうですね。自衛隊は動きが窮屈な異端児ですが、警察機動隊が幾ら強くなっても文句を言う人はいないと思います。対テロ対ゲリラの猛烈な訓練を、我々が手伝ってあげてもいいです」

「私も賛成だわ。**全国の警察機動隊をいい意味で準軍隊レベルにまで強化する**ことは、時代の流れに即していると思うの。必ず全国の警察機動隊を対象にね。一部じゃあ駄目」

双澤一尉が陣保の見解を支持すると、大田原は両手十本の指を広げて「まあ、まあ……」と、目の前の空気を押さえる仕草をして見せた。

「駒伊大臣は、自衛隊のＰＲ効果も大きいから是非、打撃作戦小隊に動いて貰いたい、と言っておられるんだ。政治的判断とでも言うのかなあ」

「PR効果ですって？ まさか我々の動きを盛大に新聞発表するつもりじゃないでしょうね。自己の政治的評価を上げることを狙って」

「発表については、ない、と断言しておられた。事後に発表するにしても、相当な時間を置いてから我々の了解を得た上で、とも言っておられた」

「小隊が動くとなると、米軍の新型の全天候輸送ヘリに頼るのがいいでしょうね」

「なるほど。その方が報道記者たちの目を欺《あざむ》けるな」

「積雪の調べは、領仁一曹にやらせています。彼のことですから、大飯近くまでのルートを必ず見つけてくれるでしょう」

「よし。私はキャンプ座間の米陸軍司令部にこれから接触してみよう。これまで交流を培《つちか》ってきたんだ。たぶん協力してくれるだろう」

「協力してくれますとも。**闘志を持たぬ国家日本**がようやく、一人で動けるようになったか、とね」

「馬鹿」と双澤一尉が怖い顔をして、陣保の上腕部を指先で突ついた。

陣保が、ニヤリと返した。

二

その頃、原発のある福井県大飯町では、防衛大臣も警察庁長官も福井県警本部長も知らないことが起きようとしていた。

近畿電力大飯原子力発電所がある大島半島の先端へは、大飯町と半島とを最短距離で結ぶ大橋を渡る必要があった。原子力発電所建設当初に設けられた橋である。町側の橋の袂《たもと》にはヨットハーバーが設けられており、陸の台車の上へ引き揚げられた数十艇のヨットは、ほとんど**水没**いや**雪没**しかかっていた。

そのヨットハーバーの前の道路の雪だけ、辛うじて除雪されており――しかし再び積り始めているが――そこに二〇名ほどの男たちが、五台のワゴン車と二台の小型投光車の明りの中で屯《たむろ》していた。

なんと驚いたことに、投光車から少し離れて一台の大型除雪車が、エンジンを鳴らしていた。ときおり車体をブルンと寒そうに震わせているところを見ると、かなり使い込まれた年代物のようだ。

男たちは、警察官だった。近在の警察署三署が話し合って、大飯原子力発電所の様子を見に行こう、ということになったのである。

大飯町をはじめとして、この地域も停電に見舞われていた。

三署にしてみれば、「近畿電力の何かの役に立てるのでは」とでも考えたのであろう。この界隈では、地域住民と原子力発電所は比較的円満に交流している。

「さあ、出発しましょう」

誰かが号令を発し、警察官たちは四台のワゴン車に分乗し、車列は吹雪の中をゆっくりと動き出した。先頭は年代物の除雪車、次いで投光車、そして四台のワゴン車の順だった。一台のワゴン車の中には万一に備え、予備のガソリン、食糧、耐寒寝袋、予備の通信機など、必要な物ひと通りが積み込まれていた。

雪を掻き分けてゆっくりと進む車列の後は、たちまち雪に覆われていった。

普通なら、原子力発電所までは車で大橋を渡って二〇分ほどの距離であった。リアス式海岸や崖や山の連なりで地勢は複雑だったが、大飯の町から比較的近い存在だった。だから、発電所で軽作業に就く地域住民も少なくはない。大都会のきらびやかで無駄な夜の明りも人々の生活エネルギーも工場の生産エネルギーも、皆、彼等の一生懸命な労働の恩恵を受けているのだ。

車列は割合スムースに大橋を渡り切った。橋の下へ雪を蹴散らせばいいので、除雪しやすいのだ。

警察官たちは、目的地まで二時間から三時間程度、見ていた。海岸に沿った道路部分が多いので、雪を突き落としやすく、したがって一時間半ほどで着くかも、という希望的観測もあった。

彼等は、吹雪よりも恐ろしい現場へ向かっている、とは誰一人思っていなかった。

発電所へは、任意としてではなく、任務として向かっているため、彼等の腰には三八口径のニューナンブという拳銃が下がっていた。実弾は五発装塡《そうてん》されている。当たり前だが、予備の実弾は所持していなかった。

〝当たり前だが〟というのは、そもそも日常の彼等は——上司も含めて——予備の実弾、という思想を強固には持ち合わせていなかった。充分な予備の実弾、という思想を持つこと自体が、どちらかと言えば不埒《ふらち》なのであった。**戦前**の日本という国も、**戦後**の日本という国も、そのような体質の国だった。いつもギリギリだった。**闘志を持ってはならぬ国家**だから、何《なに》も彼《か》もがいつもギリギリだった。ギリギリである事が美しい、と**錯覚**してもいた。

車列は最初のトンネルの入口に差しかかった。出発してから三〇分を要していた。

トンネルの入口を半ば塞いでいる雪を除雪すると、真っ暗な空洞が現われた。

除雪車を運転していた中年の男——民間人——が、運転席から降りて、後ろの投光車へ向かった。

この投光車には若い警部が乗っていた。彼が指揮者であった。

警部に向かって除雪車の運転手が言った。

「向こうの雪を崩さぬ内に、一斉にトンネル内に入ると排ガス事故を起こしかねませんので、ここで暫く待っていて下さい」

「あ、そうだね。了解」

警部が笑顔で答えた。地域住民の一人、という笑顔だった。

除雪車の運転手が、投光車の明りを背に浴びて戻って行く。

その明りの中で蝶のように乱舞する無数の白い粒は、勢いを全く弱めていなかった。

除雪車が、トンネルの中に向かって、ノソリと走り出した。


神奈川県、米軍「キャンプ座間」。

米陸軍司令部棟と将校用一号隊舎、通称「ブラックホール」との間にあるヘリポートに今、米軍の最新鋭大型全天候輸送ヘリが二機、爆音凄まじく同時に着陸しようとしていた。

司令部棟と将校用隊舎《ブラックホール》の間にある広いスペースにはヘリポートが五か所設けられており、うち二か所が着陸用照明を点灯している。

二機のヘリが、前後して着陸すると、ブラックホールから完全武装の一群が飛び出し、ヘリポート脇に積まれていた相当量の物資を素早く積み込むや、二機に分乗して飛び発った。あっという間の出来事だった。

一群は双澤夏子一尉が指揮する、陸自中央即応集団打撃作戦小隊のフルメンバーであった。誰もが、レンジャーハットではなく、防弾ヘルメットをかぶっていた。

二機の米軍大型輸送ヘリは、暗夜の空に爆音を轟かせ、機首を福井県に向け速度を上げていった。

先行一番機には陣保陸曹長、領仁一曹ほか一五名、後続二番機には双澤一尉を含む一六名が乗り込んでいる。

彼等は積雪に対応する白い戦闘服を着用してはいなかった。防寒用迷彩服であった。陣保陸曹長の判断である。白い戦闘服を着用したからと言って、待ち構えているかも知れない何者かの目を欺けるとは限らない、というのが陣保の考えだった。それに迷彩服の方が、雪中夜間展開している部下を、指揮する立場の者として視認しやすい。夜間に於いては、これは非常に大事だった。

「また、引き返せ、の命令が出るんじゃないでしょうね」

隣の陣保に領仁は囁いて苦笑した。多数の部下の前では、陣保に対する領仁の口調は当然改まる。

「命令が出たら引き返すさ。それが我々だ」

「この前は、引き返すことの方が、体力を消耗しました」

「うん。迎えのヘリが来る迄《まで》の寒さは、半端ではなかったからなあ」

隊員たちは、ヘリの側壁に背を向けるかたちで、横に長く黙然と座っていた。

積雪地帯へ出動するというのに、彼等の顔にはスミが塗られ、真っ黒だった。これは面相を隠すことに目的があった。雪の中に展開するからと言って、顔を真っ白に塗ったりはしない。

ともかく、陣保の判断や発想は常に斬新だった。「従前」ということに、縛られることがなかった。そのためにアカデミックな双澤一尉と衝突することもある。

飛行時間が刻一刻と過ぎていく。

ヘリが大きくバウンドして、ミシミシと機体が軋《きし》んだ。

陣保は立ち上がって、天井下に横に伸びている手すりを片手で摑んだ。

「聞いてくれ」

と、彼は部下たちを見まわした。

「今回の任務は、私の勘だが場合により実弾が飛び交うことになるかもしれない。原子力発電所の重要さは、改めて説くまでもない。京阪神の広い範囲を襲った大停電は、何度も繰り返し言ったがプロ中のプロ集団が引き起こしたものに違いない。我々は、その連中と恐らく衝突することになろう。気を抜くと撃たれるぞ。そう肝《きも》に銘じておけ。判ったか」

オウッという返答が、陣保に向かって一斉に返った。〝事態〟に向き合った時の、この返答の仕方こそがレンジャーの「伝統」であり「気力」であった。

「起こるかもしれない我々の発砲行為が適法であったかどうか、という議論と判断は〝上〟に任せておけばよい。我々は護るべきものを護るだけだ。そうだな」

再び力強い返事が、陣保に返った。

「実弾は充分過ぎるほど積み込んだ。装備もお前達も優秀だ。原発防衛シミュレーションは過去に飽きるほど繰り返してきた。自信を持って冷静に、かつ適正に任務を遂行してくれ。期待している」

陣保は、腰を下ろした。ヘリが、今度は横滑りに流れ、直後ドオーンと二度バウンドした。次第に、豪雪突風地帯へ近付きつつあるのだろう。

「このサブマシンガンにとっての最初の仕事が、原発防衛ですか」

領仁一曹が、膝の上の自動小銃《サブマシンガン》を掌で撫でた。この部隊のために定められたドイツ製の優秀な自動小銃だった。陣保は、故障が少なくない国産の銃を、徹底して敬遠した。発砲途中の故障は、任務の失敗につながり人命にもかかわる。

とくに初動打撃作戦では、火器の優秀さが命であった。いくら隊員が優秀でも火器がお粗末なら、結果はでない。危険が付いてまわる。

打撃作戦小隊に於いては、陣保の頑とした主張が通り、ドイツ製のサブマシンガンがフルメンバーに支給されていた。国産の銃は、基地内警備で用いられている9ミリ機関拳銃くらいであった。

「領仁一曹。いま原発防衛と言ったが少し違うな」

「あ、原発奪還、と言い直すべきですか」

「うむ。今回の任務は〝初動打撃作戦〟ではない。我々は、恐らくすでに出遅れている。待ち構えているであろう相手に、奪還作戦を展開することになろうよ」

「こういう場合、出遅れると言うことが、どれほど危険を膨らませるか、日本の政治家さん達は……」

「おい、それを言うな。我々はスペシャリストなんだ。誇りを持て」

「そうでした。すみません」

「本当はなあ領仁。俺の心配は別の所にあるんだ」

「京阪神の大停電は、他の目的を実行するための、目くらましではないか、と？」

「お前も、そう考えていたのか」

「真の狙いは東京？」

「そうだ。今は皆が京阪神の大停電に注目している。京阪神はなんと言っても日本の基幹地域だからね。このような状況下では、東京を狙いやすい。それでなくとも日頃からスキだらけの首都東京なんだ」

「それは言えますね。ようやく我々を大飯原子力発電所へ向かわせる気になった政治家さん達ですが、それでも内心は〝何も起きてやしないって。吹雪が原因の単純停電だってば〟くらいにしか考えていないかも知れません」

「俺は東京の大停電が心配だ。関東電力の原子力発電所へ、すでに次の手が忍び寄っているかも知れない」

「その心配を、大田原司令官に言ったのですか」

「いや。だが、司令官も私と同じ心配を抱いておられる筈だ。心配を抱いていても、政治家たちが、そうと気付くまでは黙っているつもりなんだろうと思う。そのために対処が遅れて重大事に陥ったとしてもだ」

「気持は判りますが、それだと職務怠慢では」

領仁は、声をひそめた。ヘリが、また揺れる。

「職務怠慢は、政治家さん達に向かって言ってやってくれや、領仁」

「確かになあ」

「いま、どの辺りを飛行中なのか、パイロットに確認してみてくれ」

「そうですね」

領仁は立ち上がり、手すりに摑まりながら機首へ向かった。

陣保は、一人の隊員の視線を捉えた。

「横内二曹、大丈夫か」

「大丈夫です。落ち着いています」

「隣の疋田《ひきた》三曹。気分はどうか」

「いつも通りです。ご安心ください」

「一番若い土井垣陸士長、どうだ」

「少し膝が震えています」

「怖いか」

「怖さはありません。が、膝は震えています」

「両手は」

「大丈夫です。心臓も躍っていません」

「皆にもう一度言っておく。相手は日本製のものを身につけ、日本語を話し、日本人と変わらぬ風貌をしている可能性がある。日本人として不自然でない名前を用いることも考えられる。町田、小野路、玉川、中野、高田などと呼び合って、我々の油断を誘うようなことがあるかもしれない。それを心しておけ。いいな」

「了解」

一斉に返ってきた力強い返答であった。

領仁が戻ってきた。

「あと二〇分ほどで降下地点です。揺れが急にひどくなるので用心してくれ、とのこと」

「皆、あと二〇分ほどで降下地点だ。全員実弾装填。揺れがひどくなるので注意しろ」

ガチャ、カチーンと鋼《はがね》の触れ合う音がして、隊員たちのサブマシンガンに実弾が装塡された。

「次、無線チェック。定めに従って名乗れ」

陣保の指示で隊員たちが名乗り出した。彼らが装着しているヘルメットと一体式の無線装置は、フルメンバーの間で交信が出来た。

陣保のイヤホーンに次々と隊員の名前が飛び込んでくる。イヤホーンとは言っても、耳穴脇の皮膚に軽く触れている骨膜感受式（骨伝導式）のものだった。イヤホーンの音声を骨膜が鋭く感受し、聴覚へ伝える最新の無線装置である。

これだと耳穴を塞がないため、聴覚機能が阻害されない。

一番機の全員が名乗り終えた時、機体はゴオオッという音に包まれ、左右に激しく揺れ出した。

打撃作戦小隊の三三名が乗り込んだ全天候大型ヘリが、吹雪に弄ばれて大揺れに揺れている頃、東京の夜空はそれまで広く覆っていた雲が切れて、チラホラ星が見え出していた。

ただ、風はやや強かった。

赤坂のＴＢＳに近い老舗料亭「ぽん奴《やっこ》」。

その新館の地下駐車場へ、黒塗りの高級乗用車が次々と滑り込んでいた。

「ぽん奴」の本館は老舗にふさわしく、どっしりとした和風建築であったが、それに接する新館は、客室数を増やす目的で鉄筋コンクリート六階建となっていた。

この夜、本館の日本庭園に面した座敷には、政界の重鎮と言われる前首相をはじめ、ひと癖もふた癖もある錚錚《そうそう》たる顔ぶれが集まり出していた。平均年齢が七十歳に近い、いわゆる古参大物政治家たちだった。**「旧型老政治家集団」**という噂きがある顔ぶれでもあった。

ただ現役閣僚の姿はなかった。

「揃いましたね」

前首相・松江修之助は、座卓の前に居並ぶ〝同士〟九人の顔を見回した。皆が皆、現首相・皆村順太郎を表舞台から引きずり降ろそうとしている**『政治的利権大好き連中』**だった。同じ与党内にあるというのに。

実は、皆村順太郎を首相の地位に押し上げたのは、彼ら「旧型老政治家集団」であった。その目的は彼らの〝老思想〟による徹底した院政。確かに首相になるまでの皆村順太郎は、若く大人しく前例に従順な人物だった。

ところが首相になった途端〝老思想〟を無視して自分の道を力強く歩み出した。

いわゆる守旧派長老たちの政治にウンザリしていた国民は、巧みに新鮮さを演出する皆村順太郎に熱狂した。

守旧派政治家集団は、自分たちの方を振り向いてもくれない皆村に怒った。こうして皆村を封殺するため、彼らの密会が繰り返されるようになった。

「えー、それでは……」

前首相・松江修之助は言葉を探したが出てこなかった。密会のたび同じ前置《まえおき》を喋っているので、いささか食傷気味だった。

「失礼いたします。主人《あるじ》の倉持兼造《くらもちけんぞう》でございます」

障子の外で神妙な細い声がした。主人《あるじ》、とはまた時代がかっている。が、この言い方、守旧派政治家集団の誰もに気に入られていた。

「や、御主人、お入りになって結構です」

入ってもいいよ、と松江修之助のオーケーが出るまではビール一本座敷に運び込んではならぬ約束事になっていた。

障子が開いて、眼鏡を掛けた白髪頭の小柄な男が膝を滑らせ、座敷に入った。そして、障子を閉め、「いつも当店を可愛がって戴き有難うございます」と、畳に額が触れるほど頭を下げた。ピタリと両手をついている。

この卑屈なほどの腰の低さがまた、守旧派長老たちに気に入られていた。

「今宵は先生がたに是非とも御許し戴きたいことがございまして、家内を差し置いて図々しく私が出張《でば》らせて戴きました」

「そう言えば、いつもは初めに女将《おかみ》が、宴の終りに御主人が顔出し下さるのでしたな。で、御許し戴きたいこと、といいますのは？」

前首相・松江修之助が、にこやかに訊ねた。政治家というよりは、幼稚園の園長さんに似つかわしい、優しい笑顔だった。ただ、それは笑顔のつくり方のみについて言えることで、脂肪をたっぷりと含んだ丸い顔の鼻先にギラギラと滲み出ているアブラの粒は、とても園長さんとは言えなかった。

「実は先生がた、この〝ぽん奴〟は本日をもちまして創業満一〇〇年を迎えることとなりました」

「おお、創業満一〇〇年ですか、それは目出度《めでた》い」

「うん目出度い」

「一〇〇年とは素晴らしい。たいしたもんだ」

と、老政治家たちは口を揃えた。

「とは申しましても先生がた、戦前戦中の長い時期、実際は店を閉ざしておりましたので、戦後の営業再開から数えまするとと満六〇年となります。これは営業再開の日に当時の店の前で撮りました、今は亡き先代夫婦つまり私の両親の写真でございます」

倉持兼造は、B5判程度に引き伸ばしたモノクロ写真を先ず前首相・松江に手渡し、次いで一人一人に頭を下げながら配って回った。

「今とは構えは違うが、当時としてはなかなか立派な造りの店だね」

「御主人のお母さん、なかなか美人だったんだ」

「ぽん奴が、今ほど立派な店になって、先代も天国で喜んでいましょうよ」

老政治家たちは、口ぐちに述べて目を細めた。

「ところで、御主人の御両親はどちらの御出身ですか。江戸っ子？」

松江修之助が訊ねた。

「いいえ、江戸っ子ではございません。両親とも加賀藩士の家系の生まれでございまして」

「ほう。お侍の家すじですか。で、先程お許し戴きたいこと、と言われましたが」

「ぽん奴では、六〇周年を静かに迎えることとし、特別なことはいっさい致さぬことに致しました。ただ、今宵此処にお集まりの一〇名の先生がたは、ぽん奴にとってこの上もなく大切な御方ばかりでございますことから、ぜひとも例外扱いをさせて戴きたく、もし御許しを戴けるようなら先生がた限定で写真裏に筆書き致してあります板長《いたちょう》の特別料理を出させて戴きたいと思っておりますが……」

「どれどれ」

松江修之助をはじめ、皆はモノクロ写真をひっくり返した。なるほど達者な筆書でメニューが書かれてあった。印刷ではなかった。

「大変な豪華料理ですね。私に異存はありません」

前首相が満足気に言うと、他の顔ぶれも間を置かずに同調した。

「それでは皆様との御縁《ごえん》が今後も長く続きますように、との意味を込めまして、お一人様五円にて用意させて戴きます」

「おやおや、有難いですが、それはいけません。これだけの特別料理を五円で食したとなりますと、法的にうるさいことになりかねません」

松江修之助が言ったが、表情は満足気であった。

「ぽん奴の六〇周年を一〇名の先生がただけに、親しく祝って戴きたいと思っている料理でございます。どうか五円の値段を承知して下さりませ。その代わりと申しましては何ですが、お帰りの際お一人様ずつ、それ相当の額の領収書をお渡し致しますので大切に御保存下さいませ」

「領収書を?……うん、それなら大丈夫か」

松江が皆の顔を見まわすと、老政治家たちは頷いた。

「有難うございます。それでは、これで退がらせて戴きます」

倉持兼造はもう一度平身低頭、額を畳にこすりつけると座敷から廊下へ退がって障子を静かに閉めた。

障子がトンと微かな音を立てて、座敷と廊下とが完全に遮断された途端、「ぽん奴《やっこ》」の主人《あるじ》、倉持兼造の顔からスウッと笑みが消えて目が据わった。

彼は先ず、調理場脇の帳場へ入っていった。

女将である妻の多加子がいた。

「どうでした」

「五円料理でやってくれ」

「承知しました」

女将は調理場に続く短かな廊下——床近くまで暖簾《のれん》の下がった——に入っていった。

倉持兼造は帳場を出て二階へ上がった。二階は全室、家族の生活の場となっていて、きちんと玄関が設けられ、セキュリティも整って、家族以外は入れなかった。

兼造は自分と妻が使っている部屋へ入っていった。縦に三部屋続いていた。一番手前はソファの備えがあるリビングルーム、次が夫婦の寝室、一番奥が兼造の書斎だった。

兼造は書斎に入り、デスクを前にして座った。妙な書斎だった。書斎としての体裁は整ってはいたが、窓が無かった。壁に取り囲まれた部屋だった。

兼造は無表情に、デスクの上に載っていたラジカセのスイッチを入れた。

すると、驚くべき声が、スピーカーから流れてきた。

「皆村さんは、国民の声が総理選出に生かせるような制度を考えるよう、内閣官房長官に指示したそうですよ」

「なにが国民の声だ。総理総裁選というのはタレントの人気投票じゃないんです。皆村君は自分が国民に人気があると思って、図に乗っとりますな」

　吐き捨てるように言ったのは、松江修之助の声だった。盗聴されていたのだ。

「皆村さんは、総理の選出と党総裁の選出とを、分けて考えようとしているのですね。総裁は党のトップだが、総理は国のトップだからその選出には国民の意思が反映されるべきだと」

　と誰やら、しわがれた声。

「冗談言っちゃあいかんよ。政治が判っとらん国民に、総理を選べる道理がないんです。総理も総裁も矢張り与党議員によって選出されるべきですよ。これまで通り派閥の論理を生かして、秘密打合せのもと選ばれるべきです。年功序列を乱しちゃいかんですよ。国民に任せて御覧なさい。滅茶苦茶なことになりますよ。若い議員がいきなり総理になったり、派閥の長が片隅に追いやられてしまったり……日本政治の伝統が死んじゃいますよ」

「でも国民による総理選出制度は現閣僚たちによって、どうやら具体化されそうですよ」

「皆村君には一刻も早く、総理の座から身を引いて貰いましょ。来年の九月か十月がいい。次の秋には辞《や》めて貰いましょうや」

「京阪神大停電の責任を取らせたらどうですか。あの大停電は政治責任だ、と」

　と、甲高い声。タンが喉にひっかかっているのか、ゴロゴロと鳴っている。

「私の実家は福井県の小浜ですけどね。市会議員やっとる兄から、此処へ来る直前電話を貰ったんだけど、近畿電力大飯原子力発電所に近い警察三署が合同で、発電所に向けて二〇名ほどの警察官を差し向けたそうです」

「無茶な。雪に呑み込まれて、動けなくなってしまいますよ」

「県警機動隊も動いてくれない、自衛隊も動いてくれない、でシビレを切らしたのでしょうな」

「原発のことを、ろくに知らない警察官が動いても仕方がないでしょうに」

「復旧の手伝いではなく、ともかく発電所の様子を見よう、ということで動いたのでしょう」

「雪崩にでも、巻き込まれなければいいが」

「雪崩よりも、怖いのは吹雪ですよ。除雪したとしても、すぐに降り積もりますから退路を絶たれてしまいます」

盗聴している主人《あるじ》の倉持兼造は、どこへ掛けるのか受話器を取り上げダイヤルをプッシュした。

相手が出て、話が始まった。兼造は加賀藩士の家すじだという事で、当たり前だが日本語だった。

だが、彼は妙なことを電話の相手に伝えた。

「大飯の原子力発電所へ、地元の警察官二〇名が動き出したようだ」

「なに」

「動き出してから、まだ、さほど時間は経っていないと思われる」

「地元の警察官というと、携帯武器はせいぜい三八口径のニューナンブだけだな」

「そう思って間違いない。平和日本の警察官達だ。予備の弾丸《たま》は持っていないと考えてよい。弾倉の五発っきりだろ」

「判った。直ぐに伝えておく。陸自の対テロ対ゲリラ部隊は、先日の夕刊記事にあったように、動いてはいまいな」

「どうやら、動いてなさそうだ。前首相松江ほか与党の高齢実力者集団の口から、まだその件は出ていないからね」

「我こそは権力者、と鼻高々な裏金爺さんたち、モウロクしているのに今宵《こよい》も芸者遊びかね」

「まもなく綺麗どころが来るよ。彼らの頭の中には、国民のための政治なんてないさ。あるのは裏金と名誉に対する執着と政治ごっこだ」

「なさけない国だな。この日本という国は……」

「まったくな。われらの母国の方が輝いて見えるよ」

「本当だ。それじゃあ切るぞ」

「ああ、また連絡する」

加賀藩士の家すじである筈の倉持兼造が、〝われらの母国〟という言い方をした。電話の相手も「全くだ」と応じている。では兼造は日本人ではなかったのか。どこの国の人間だというのか。

しかもである。兼造は、日本政界の実力者である守旧派長老たちが頻繁に集う赤坂の老舗料亭の、経営者なのだ。


「思いのほか早く着いたなあ」

十数名の警察官たちが、ワゴン車から降りて吹雪の中に立った。

「短時間のうちに激しく降り積もったので、雪が柔らかく除雪しやすかったのが救いですな」

「それに海岸沿いの道路では、雪を簡単に海へ突き落とせたし」

「しかし見て下さい。我々が来た道は、もう雪で隠れてしまってますよ。退路を絶たれたようで気持悪いですな」
五、六〇メートル先まで先行していた除雪車と二台の投光車が、なぜかバックで戻ってきた。
指揮者の警部が投光車から降りて、皆に伝えた。

「この先の坂道道路から向こうは、除雪されたばかりのようで積雪は僅かに二、三〇センチです。しかも立入禁止のロープが張られています。どうしますか」

「あの坂道道路から先は、原子力発電所の管理地ですからねえ。でも我々も此処まで来たのですから、立入禁止のロープの先へ進むべきではありませんか」

進みましょう、進みましょう、という意見が続いた。

「判りました。では原子力発電所の様子を我々の目で直接確認することにしましょう」

警察官たちは、立入禁止のロープの直前まで車列を進め、そこから歩き出した。

坂道道路を登り詰めたあたりで、道は二手に分かれていた。右手へ行けば原子力発電PRセンター、左へ行けばトンネルを抜けて原子力発電所であった。

トンネルの入口は、道路を直角に折れたところにあった。これは車両テロの猛スピードでの突入を防ぐため、わざと直角にカーブさせてあるのだった。トンネル内も、蛇行した造りとなっている。

「おかしいなあ、復旧作業で右往左往している気配は感じられませんね」

「トンネルの外側だからでしょ。ともかくトンネルを抜けましょう」

「いつもならトンネルの入口でガードマンが張り番しているのに、見当たりませんな」

「この猛吹雪ですからねえ」

警察官たちは手にした懐中電灯のスイッチを入れ、トンネル内に入った。

それほど長いトンネルではなかった。

トンネルを抜けた彼らの誰もが、「あっ」と思わず声を漏らした。

向こうの、どの建物の窓からも、皓皓と明りが漏れていた。

「停電じゃなかったんですかね。それとも復旧できたのかなあ」

「自家発電ですよ」

「あ、そうか。ここは発電所の本家本元ですからな。しっかりした非常用発電装置があって当然ですわ」

「いやに静かですなあ。除雪は綺麗にやり終えてますね」

「それにしても、復旧工事をやっているようには見えませんよ。建物内部で復旧作業に当たっているのでしょうか」

「そうかもしれませんな。ともかく訪ねてみましょうや」

彼らは一番近い建物目指して、歩き出した。
三、四〇メートルほど行ったとき、先頭を歩いていた警部がいきなり、声もなく仰向けに雪の中へドスンと倒れた。
「どうしたんですか警部さん」

除雪車の運転手が、警部の上体を抱き起こした。

「どうしました」

「気分が悪いのですか」

と、警官たちの懐中電灯が、警部に向けられた。

刹那《せつな》、「わっ」と彼らは叫んでいた。

警部の額から上が、抉《えぐ》られたように吹き飛んでいた。雪の中に飛び散った鮮血を、懐中電灯の明りが捉える。

何が何だか、訳が判らない警察官たちだった。ちょっとしたパニックに、彼等は陥った。

すると今度は、立ち上がりかけた除雪車の運転手が「うーん」と短く呻《うめ》いて前のめりに倒れた。

「どうした」

警察官たちの懐中電灯が、除雪車の運転手に向けられた。

這いつくばるようにして倒れている彼の背中にあいた穴から、血があふれ出していた。

「狙撃だ。何者かに狙われているぞ」

ようやく警察官の一人が大声で叫び、皆が一斉に雪に埋まるように姿勢を低くした。二度とも銃声は聞こえていない。

彼等全員が腰のホルスターから、三八口径のニューナンブを引き抜いた。

「軽はずみに撃っちゃあいかんぞ。銃声はなかったし、狙撃されていると決まった訳じゃないんだから」

そう言った警察官の眉間が、鋭い音を立て、彼はのけぞった。

そばにいた同僚の顔にバシャッと鮮血がかかる。

「そ、狙撃だ。間違いない。いったんトンネルの向こうへ退がろう」

警察官たちは身をひるがえし、姿勢を低くして我れ先にと走り出した。

だが誰もトンネルの入口まで辿り着けなかった。

彼らは次々と倒れた。まるで縁日の射的人形のように、あっけなく倒れていった。

そして静寂。雪中に投げ出された幾つもの懐中電灯の明りが、ボウッと淡白く幻想的であった。その幻想的な明りを縫うようにして、赤黒い鮮血が雪にしみ込んでいく。全滅だった。

足音が現場に近付き出した。

白い防寒用作業衣を着用し、銃を手にした五、六人の男たちが現われ、凄惨な現場で足を止めた。

一人は銃身が短か目の狙撃銃を、他は自動小銃を手にしていた。全て銃口には、サイレンサーが装着されている。

「それにしても驚いたな。誰一人として撃ち返してこなかったぜ。警察官なのに」

「この国の警察官たちは、法律とか習慣とかで、このような時でも安易に発砲してはいけないことになっているんだ」

日本語の会話だった。しかも警官隊の訪れを、知っている会話だった。このとき風が急に止まって、それまで横殴りに降っていた雪が、垂直に降り始めた。

「じゃあ、深刻な異常事態に対していつ発砲できるんだ」

「現場指揮官がな、直ぐ上の上司に相談し、その上司が幹部会議にかけて、発砲が決まるらしい」

「は？　冗談だろ」

「いや、まんざら冗談ではないらしい。この国では治安維持のためであっても、警察官が発砲すると、国中が凄まじい反発を起こすんだと」

「じゃあ自衛隊はどうなんだ」

「敵の姿が見えてから、発砲すべきかどうか、国会で与党と野党が大騒ぎしながら決めるらしいんだ。今回は肩や脚を狙って何発だけ撃とう、という具合にな」

「じゃあ簡単だな。この国を占領するのは」

「うん、容易に占領できるだろうよ。現にこうして我々は、いとも、簡単に原子力発電所へ潜入できたんだからな。大都会はもとより海も海岸も空港もスキだらけだよ、この国は……要人を拉致《らち》しようと思えば簡単に出来る。まったく面白い国だ」

「どうする、警官の死体」

「放っとけ。どうせ雪が掻き消してくれる。おっと拳銃だけは貰っとくか」

「よしきた」

「この国の警察官や自衛隊員に比べれば、敵を発見したら必ず先に撃ち殺せ、と教育されている我々は恵まれているかもな」

「恵まれている、というよりは普通なんじゃないのか」

「普通?」

「敵と対峙《たいじ》したとき、待《ま》ちに入ってしまうと我々の方がやられてしまう。先制制圧は戦いの基本だ」

「まあな……」

雪は、日本語を話しながら拳銃を拾い集める男たちの背や肩に、激しく積もり出していた。

「こいつ、まだ息がある」

そう言った一人が、拾い上げたニューナンブの引金を倒れている警察官に向かって二度引いた。

パーン、パーンと乾いた銃声が、雪の間を走り抜ける。

「たじろがずに撃つ」という撃ち方に馴れ切っている者の残忍さであった。

いや。『彼ら』にとってそれは、残忍さ、などではなく、ごく普通、なのかも知れなかった。

第六章

一

二機の米軍ヘリは、大島半島の南東側の海上を、大揺れに揺れながら超低高度で飛行していた。一五分前から赤色灯を消し、無灯火飛行に入っている。

熟練した米軍ヘリのパイロットは、すでに前方に大島半島を捉えていた。南東側の海上から進めば、半島の背骨である山地を越えると原子力発電所だった。

その山地の手前の、ある場所が降下地点である。

パイロットがブザーを一度だけ鳴らした。

「投下用意」

陣保の指揮で、暗視用ゴーグルを装着した完全武装の隊員たちが一斉に立ち上がる。

必要な物資を投下する口が開き、突風と雪が機内に吹き込んで、大きな機体がミシミシと軋みながら安定を欠いた。

物資の投下口は、物資を投下したあと即、隊員の降下口となる。

パイロットがブザーを二度鳴らした。

「投下」

陣保の命令で、隊員たちは次々と物資を投下した。ヘリが対地ライトを沈黙させているため、眼下は真っ暗だ。その暗い中へ、たちまち全物資の投下を終えると、次に何本もの降下用ロープが闇の底に向かって放たれた。

「行けっ」

陣保が顎をしゃくり、打撃作戦小隊の隊員たちは、突風に吹き上げられるロープを物ともせず、火器とバックパックを含めた己れの全重量を一気に闇の底へ落下させた。ゆっくりと降りていると、突風に弄ばれかえって危険だからである。

一番最後に、陣保が操縦席へ怒鳴りつけるようにして英語で感謝の言葉を述べ、爆音に押されて降下した。

降下地点には、ほとんど積雪がなかった。平坦な松林から弓形の小さな砂浜に続いている一帯は、だからその周囲を——雪の壁——に囲まれていた。そのため、目立たない、という点では隊員たちに幸いしていた。入江状の湾は、海岸へ打ち寄せる波を小さく大人しくさせてもいた。

実は松林と砂浜の境目あたりの地中には、原子力発電所で沸かした湯を半島内の漁村へ送るためのパイプが、何本も走っていた。

原子力発電所の建設を受け入れてくれた地元に対する、近畿電力の無償のサービスだった。そのパイプの熱が、土を温め雪を溶かしていた。

この給湯パイプの存在を、積雪の少ない地点を探していた領仁一曹が、原子力発電所の資料文献から突き止めたのである。

「それにしても凄まじい積雪ですね。まわりを雪の壁に取り囲まれていますよ」

そばにやってきた双澤一尉に、陣保は辺りを見回しながら言った。

「よくぞこの場所が見つかったことね。雪の中に沈まなくてよかったわ」

「領仁一曹の殊勲ですよ。何をやらせても、彼は徹底していますから」

「あら。風が止んで、雪が真っ直ぐに降り始めたようよ」

「有難い。突風の有る無しで、動くのが随分と楽になります。声もよく伝わりますしね」

「そうだわね」

「領仁一曹ほか二、三人を、用心のため先行させましょう」

陣保は、投下した荷物を隊員たちと共に一か所に集めている領仁がこちらを見たので、手招いた。

陣保の命令を受け、領仁は三人の部下を連れて雪の壁の向こうへ姿を消した。

二〇分……三〇分と時間が過ぎていく。

「これほど垂直にボトンボトンと降る雪は、はじめて見るわ」

「雪国の人たちも、滅多に見ない降りでしょう。見て下さい、一粒の雪の大きいこと」

「ほんとう。ひとひら、とか、一粒、と言うよりは一握りと言ってもよさそうな雪ね」

「不気味ですよ。これは」

とたん、双澤一尉と陣保はハッとしたように、領仁たちが先行している方角へゴーグルに隠された視線を向けた。

二人だけではなかった。隊員たちも一斉に、同じ方角へ顔を向けた。

「聞こえましたか」

「聞こえたわ。微《かす》かだけれど、パーン、パーンと二発」

「皆も聞こえたか」と、陣保は隊員たちを見た。

「聞こえたような気がします。銃声に似た、二発でした」

「先行している領仁一曹、そっちはどうだ。銃声に似た微かな音を捉えたか？」

「はっきりと捉えました。どうやら山頂の向こう側からのようです。銃声と判断して間違いありません」

「現在位置は」

「原子力発電所に続く坂道道路の手前付近に到達。少し先に四、五台の車両が停《と》まっており、うち一台は大型除雪車と思われます」

「四、五台もの？……で、人の姿は」

「車両の外《そと》には見当たりません。エンジンの音が聞こえてこないことから、車内にも人はいないと思われます。ヒーター無しでは、辛棒できないでしょうから」

「近付いて確認しろ。我々より先に原発へ近付いた連中がいたのかも知れない」

「その連中が何者かに撃たれたかも、ということですか。判りました、車に接近します」

陣保は領仁との交信を終えると、二七名の隊員たちに向かって幾つかの手振り命令を発した。

隊員たちが数チームに分かれ、雪の壁の向こうへ素早く散開した。

陣保の命令を受けた領仁一曹は、三名の部下に対し無言のまま三方を指差して見せた。

三人の部下は、三方へ姿を消し、領仁だけが真っ直ぐに車両へ接近を始めた。暗視用ゴーグルに隠された彼の目は、鍛え抜かれたスペシャリストとしての静かな炎《ひ》を放っていた。

自動小銃の引金には、ほとんど人差し指が掛かっている。彼ら打撃作戦小隊の隊員は、安全のためという甘ったるい理由で、引金から遠い位置に人差し指を置くことを厳禁されていた。彼らは引金に触れるか触れない究極の位置に人差し指を置き、その極限状態の中で安全を追求・維持する猛訓練を積んできた。

薄雪の積もった道路を、姿勢低く車両に近付きつつあった領仁一曹が、不意に足を止め片膝をついた。

垂直に降る雪の向こう、先頭の大型除雪車のすぐ先で、チラリと何かが動いたような気がしたのだ。

「村瀬陸士長……」と、領仁は囁いた。

「村瀬です。いま除雪車の先で人の動きらしきものあり」

「やはりそうか……」

「これより位置を変えて、確認します」

「頼む」

この二人の交信は言うまでもなく、小隊のフルメンバーに届いている。

「確認できました。動きは一人。白い防寒用作業衣を着て、自動小銃を手にしています。髪黒く、長身」

「なんだと……自動小銃」と、領仁は更に声を押さえた。

「自動小銃は、カラシニコフ突撃銃を小型化したものに酷似。所持する人物の顔は日本人、あるいは中国人、韓国人、北朝鮮人とも。暗視用ゴーグルは装着していません」

「ほかには、いないか」

「いません。あ、除雪車に近付いていきます。注意して下さい」

「こちら領仁。陣保陸曹長、指示を仰ぎます」

「そいつの所持している自動小銃を確かめたい。制圧せよ」

「了解。制圧します」

領仁は自動小銃を肩から斜めに下げて背中へ回すと、フットホルスターから9ミリ大型自動拳銃を抜き取り、腰のケースに入っていたサイレンサーを装着した。

「これより俺が目標を制圧する。村瀬陸士長ほかは、自動小銃所持の二人目、三人目の出現に備え、視認した場合は直ちに制圧行動を取れ」

了解、と三人が応答した。

領仁は二〇メートルほど先の、最後尾のワゴン車に接近した。

「こちら村瀬。目標が除雪車の運転席に入りました」

「領仁、了解」

領仁は、垂直に降るドカ雪に守られながら、最後尾のワゴン車から次のワゴン車へ、そして投光車の背後へと進んだ。

こういう場合には、有難い雪のカーテンだった。しかも目標は、暗視用ゴーグルを装着していない。

「こちら村瀬。目標が煙草ケースを二、三箱ばかり手にして、除雪車の運転席から出ました。無線機の所持については確認できません」

聞いて領仁は左手で雪をひと掴みし、投光車の背後から離れて除雪車へ向かった。

左手に自動小銃を手にした男が、こちらに背中を向け、白い防寒用作業衣のポケットに煙草ケースを詰め込んだところだった。

領仁は「へい」と声をかけたいところを我慢して、左手で固めた雪をやんわりと相手の背に投げた。

彼は、相手がフル交信状態の無線機を体に装着しているかも知れないことを、警戒していた。

「へい」と声を掛ければ、その声は男の仲間にまで届く恐れがある。

背中に雪を当てられて、男は振り向いた。

シイッ、と領仁は人差し指を口の前に立てて見せた。

白い防寒用作業衣の男は衝撃を受けたのか、一瞬顔を強張らせたが、直ぐにニヤリとした。

日本の警察や自衛隊は決して撃てない、という仲間内の話でも思い出したのであろうか。

彼はニヤリとした顔つきのまま、左手で持っていた自動小銃を両手で持ち銃口を領仁に向けようとした。落ち着いた動作だった。

領仁は大型自動拳銃の引金を引いた。

バシッバシッバシッ……鞭《むち》で木の幹をしばくような鈍い音がして、雪の中に三発の薬《やっ》莢《きょう》が舞い上がった。

左右の胸と腹部を射抜かれた男が、もんどり打って倒れる。象の鼻で横っ面を張り飛ばされたかのような凄まじい倒れ方だった。

「目標制圧終了。これより戻ります」

「了解。車両も確保せよ」

「そのつもりです」

陣保への報告を済ませた領仁のもとに、村瀬陸士長ほかが集まった。

「薬莢を探してくれるか。三発撃った」

薬莢は、思いのほか簡単に見つかった。

四人は死者が着ている白い防寒用作業衣の下に雪を詰めて流血を鈍らせるとワゴンに載せ、除雪車だけを残して引き揚げた。

二

領仁らが持ち帰った遺体と自動小銃のうち、先ず銃に双澤一尉や陣保のペンシル型懐中電灯やヘルメット・ライトの明りが当てられた。

「なるほど。カラシニコフ突撃銃をそのまま縮小した銃、と断言しても不自然ではないな」

「それにしても、よく出来ているわね。どこで造られたのかしら」

「刻印はどうなっとる」

陣保はペンシル型懐中電灯と顔とを、一層自動小銃に近付けた。

「なんと、メイド・イン・ジャパンと刻まれとる」

「なんですって」

「ここですよ、ここ。見て下さい」

陣保は引金のちょうど上のあたり、機関部のすぐ下を指先でトントンと叩いてみせた。

「あら、本当。メイド・イン・ジャパンとなっているわね。驚いた」

「徹底して身分素姓を隠すつもりなのでしょう。おい領仁、念のために遺体の靴から衣服から、みな調べてみろ」

「了解」

領仁と隊員たちは、靴から作業衣から肌着までを調べてみた。

どれも日本製だった。というよりは、不自然なほどはっきりと、日本製と判る産地表示があった。但し、メーカーは判らなかった。

遺体は通信機も装着していたが、これはひと目見て雑なものと判る出来で、しかもメイド・イン・アキハバラとなっているのには皆が苦笑した。フル交信状態にはなっていない。

続いて車両の点検に入ったが、すぐに地元警察署の車両と判明したので、隊員たちは沈痛な空気に包まれた。

「すみませんが、双澤一尉から大田原司令官へ盗聴防止電波で現状報告を入れて下さいませんか」

「そうね」

双澤夏子は、小隊の高性能無線機を用い、司令部通信室を経て大田原司令官へ、ストレートに報告した。

「そうか。やはり現地の状況は〝凶〟と出たか」

双澤一尉の報告を聞いた大田原司令官の声は、暗かった。

「凶は凶でも、まだ端っくれの凶だと思います。原子力発電所に一体何名の者が〝日本製の自動小銃〟を手に我々を待ち構えているか」

「初動制圧ではなく、何者かが待ち構えているであろう場所へ、君たち精鋭を差し向けてしまったことを後悔しているよ。すまない」

「どうなさったのですか。いつもに比べて、いやに声が暗いですけれど」

「暗くて当然だろ。大変な所へ君達を行かせたんだから」

「でも、いつもの司令官なら、それが任務だと割り切った受け答えをなさいますのに」

「ともかく充分に気を付け、任務に当たってくれ。必要な場合は救援の部隊を必ず差し向ける」

「救援？　何をおっしゃっているのですか。我々、打撃作戦小隊の任務は終始一貫して極秘任務であることが大原則ではありませんか。正規戦で大きな部隊が一斉に行動を開始する、というなら話は別ですけれど、今回の任務で救援の部隊などを頂戴すると我々の動きが国際社会に筒抜けになってしまいます」

「ま、やれるところまで、頑張ってやってくれ。救援の部隊は、私の胸の中で準備しておく。警察車両で発電所へ向かった連中は、恐らく絶望だろうがな」

「司令官……」

大田原陸将が、カチャと電話を切った。

双澤一尉は首をひねって、ゴーグル越しに陣保陸曹長を見た。

「どうしました」

「司令官が何だか変」

二人の足元で、部下たちの懐中電灯の明りの中、領仁がミニ・カラシニコフ突撃銃の分解を始めている。

陣保は周辺に散開警備していた隊員たちを戻し、物資をワゴン車や投光車に積み込むよう指示してから、「で、どう変なのです？」と双澤一尉に訊き返した。

双澤夏子が「私の気のせいかしら」と、切り出した。

話を聞き終えた陣保は山根三曹という、無線担当の隊員に対し、次のように命じた。

「本庁及び陸・海・空の間で飛び交っている無線を傍受してくれ。何か我々の知らない事態が生じていないかどうか、無線から読み取ってみろ」

「了解。読み取りを開始します」

「陸曹長、見てください」

しゃがんで作業していた領仁一曹が、分解していた自動小銃を手に、腰を上げた。

陣保の脇では、無線機を背中から下ろした山根三曹が、双澤一尉と共に交信無線を傍受し読み取りを始めた。

陣保は分解された自動小銃にヘルメット・ライトを当て、両手に取って眺めた。

カラシニコフ突撃銃は、旧ソ連製の代表的な火器である。

なぜ突撃銃と言う名が付いているのかと言えば、歩兵が突撃進行の際にいわゆる歩兵小銃としても、全自動射撃銃としても用いることが出来るからだ。

非常に故障の少ない頑丈な銃であり、分解・組立ての工具が不要で而《しか》も手間が掛からない銃、として知られている。

つまりゲリラ戦には最適の銃であった。

「驚いたな。本物のカラシニコフよりも簡単に分解・組立てができるじゃないか」

「こいつあミニ・カラシニコフというよりは、まったくの新式銃と言った方がいいかもしれません」

「問題は威力だな」

「カラシニコフ突撃銃は三〇〇メートルの距離からでも、歩兵用防弾ヘルメットを射ち抜きます」

「このミニ・カラシニコフにもその威力が備わっていると、厄介だな」

「確かに」

「よし。隊員たちのサブマシンガンからサイレンサーを外させろ」

「かなりの発砲音になりますよ」

「サイレンサーは銃の威力を僅かだが減弱させる。隊員の生命を守るためだ。威力増でミニ・カラシニコフに対抗しなければならない」

「了解。サイレンサーを取り外させます」

「陣保陸曹長……」と、双澤一尉が声をかけた。

陣保は「はい」と、無線機のそばにしゃがんだ。無線機のスイッチは、すでに切られていた。

「我々の知らないうちに、大変なことが起きているようよ」

「大変なこと？」

「新潟県にある関東電力の原子力発電所が、相当数の陸上自衛隊員に占拠され、東京を含めて首都圏が大停電に陥っているの」

「なんですって」

ついに心配していたことが起こった、と陣保は思った。

「どこの所属の陸自隊員が、原子力発電所を襲ったというのです?」

「交信無線の読み取りからは、そこまでは判らないけど」

「その連中は、陸自隊員じゃないですよ。徹頭徹尾、陸自隊員になりすました外国人ゲリラに違いありません」

「じゃあ大田原司令官はすでに、防衛大臣の命令を受けて中央即応集団を出動させているかもね」

「交信無線からは読み取れないのですか」

「駄目。パニックに陥った交信無線ばかりで」

「案外、中央即応集団を動かす程のことはない、といった政府の生ぬるい判断で、新潟県警機動隊あたりが出動しているんじゃないですかね」

「それで大田原司令官の声が、暗かったのかしら」

「ともかく、我々は目の前の任務を果たしましょう」

「そうね」

陣保は隊員たちに向かって手ぶりで「ゴー」を指示した。

「全員、ヘルメット・ライトは消せ。頭を狙われるぞ」

隊員の幾人かがワゴン車と投光車に分乗してゆっくりと先導を開始し、乗り切れない者は最後尾の車に、徒歩で従った。

大型除雪車のところまで来ると、また三人ほどが運転席に乗り、除雪車を先頭にして行進を始めた。

五台のエンジン音は、突風が止《や》んだことで結構やかましかった。山を越えて原子力発電所にまで届く、というほどの心配はなかったが、トンネルの入口付近では用心する必要がある。

そのトンネルが黒い口をあけている手前まで来た。

五台の車両は、エンジンを停止した。

周囲の様子を窺っていた陣保が領仁に「いけ」と、顎をしゃくって見せる。

頷いた領仁一曹が先程の三名を従えて、ボトボトと泥玉のように降る雪の中をトンネルの入口目指して走った。

その四名をバックアップするため、他の隊員たちの銃口が全方位へ向けられる。

と、一陣の風《こ》がヒョウッと山から吹き下りてきたかと思うと、ボトボトと重く降っていた雪が急に小止《こや》みとなった。

陣保陸曹長がチッと舌を打ち鳴らす。大降りな雪は、姿を隠すための恰好の盾《たて》だった。

「陣保陸曹長……」と、双澤一尉。目は右手向こうの山の斜面を見ている。

「行くつもりですか」と、陣保もその斜面へゴーグルに隠された視線を向けた。

「あの辺り、積雪が少ないでしょう」

「ひょっとすると地中に、給湯パイプが走っているのかも知れませんね」

「山越えでトンネルの出口の上付近に達し、そこからバックアップするわ」

「じゃあ頼みましょう。そのかわり決して無理しないように」

「また子供扱い？」

「あ、失礼。では宜敷く御願いします」

双澤一尉は五人を従えて、陣保のそばから離れた。

領仁一曹ほか三名が、トンネルの中へ入ると、陣保は残った隊員たちに前進を命じた。

一隊は相互の間を出来るだけ空け、三、四名ずつトンネルの中へ入った。

陣保は、最後尾に張り付き、暫くトンネルの出入口から動かなかった。トンネルの左右から挟み撃ちにされたなら、それこそ万事休すだからである。

「陣保陸曹長、こちら領仁。トンネルの出口付近に多数の人間が倒れています」

「原子力発電所はどうだ」

「窓から明りが漏れていますが人影は見当たりません。静かです」

「一番近くに倒れている人間までは、何メートルくらいか」

「八、九メートルでしょうか」

「では周囲に用心してその人間を確認しろ」

「了解」

陣保の命令を受けた領仁は、部下にバックアップを命じ、自ら這うような低姿勢でトンネルの外に出た。

彼は倒れている人間のそばに片膝をついた。

(警官だ。ちくしょう、酷《ひど》いことをしやがる……あ、拳銃がない)

領仁は、左手二、三メートルのところに倒れている人間にも、近付いた。

やはり警察官だった。ニューナンブは奪われたのか、なくなっていた。

「こちら領仁。倒れているのは警察官で、しかもニューナンブは奪われています」

「遺体はそのままにして前進。第一班、第二班を率いて掃討を開始せよ。第三班、第四班は待機して別命を待て」

陣保は指示しつつ、トンネル入口からようやく離れ、出口へ向かって走った。

彼はトンネル出口付近に累累と転がっている遺体を見て、下唇を痛いほど嚙みしめた。目もかすんだ。握りしめた拳がミシミシと音を立てた。

(一体誰なんだ。日本人から闘う本能や気力を奪い去ったのは、一体誰なんだ)

陣保は怒りで体が震えてくるのを、抑えられなかった。

「こちら領仁。ゲートに接近。ここから見える建物の入口付近に従業員や警備員と思われる人体が散乱。ピクリとも動きません」

「こちら双澤一尉率いる五班。ただいまトンネル出口の上部近くに到達。ゲートに接近中の第一班、第二班が見えています」

「双澤一尉は現在位置でバックアップ態勢を取っていて下さい。第三班、第四班はこれよりゲートの反対側へ向かいます」

「了解。充分に気を付けて」

陣保陸曹長は、上げた右腕を振り下ろした。

隊員たちが、俊敏に動いた。雪の上に点々と足跡を残していく。

陣保たち第三班、第四班は領仁たちを左手の向こうに見つつ二〇〇メートルばかり直進し、巨木の角を左へ直角に折れて、なお二〇〇メートルばかり走り片膝ついた。

三号原発、四号原発への入口となるゲートが目の前にあった。建物を挟んで領仁たちと向き合う位置だった。領仁たちが目指したゲートは、一号原発、二号原発へ通じる入口である。

「陸曹長、見てください」

陣保の耳元で横内二曹が囁いて、閉じられているゲートの向こうを指差した。

「どうやら死体だな。警備員とか従業員だろうか」

「一〇人以上は転がっています。ひどいことをしやがる」

「それよりも右手一〇〇メートル程のところを見ろ」

「あ、大きな石碑がありますね」

「問題はその石碑の背後だ。少なくとも二、三人が身構えている」

「え……」

「横内二曹は三班を率いて大きく迂回し、その連中の背後に回って叩け。同時に私と四班がゲートを乗り越え建物内へ突入する」

「判りました」

横内が四名の隊員と共に陣保のそばから離れた。

陣保はフットホルスターの9ミリ大型自動拳銃にサイレンサーを装着し、またホルスターに戻した。

原発の警備と防衛に関し、数え切れぬほど図上演習を繰り返してきた彼らであった。ここ大飯原発の建物、道路、海岸、山地などの図面は、ほとんど彼らの頭に入っていた。キャンプ座間を発つ直前にも、確認している。

雪がまたボタボタと大降りになり出した。

突然、建物の遥か向こう——領仁たちのいる方角——から、激しい銃声が聞こえてきた。

「こちら領仁。建物内部より銃撃を受け応戦中。村瀬陸士長が左肩を負傷」

「村瀬。こちら陣保だ。傷の具合はどうか」

「村瀬です。軽傷で心配ありません。応戦中です」

「判った」

と、ボタボタ降る雪の向こう——石碑の方角——でも激しい銃声が生じた。

被弾した石碑が、赤い火花を散らしている。

「行くぞ」

陣保は高さ一・八メートル程のゲートを身軽に飛び越え、そのあとに五名の隊員たちが間隔を空けて続いた。

六名は除雪された雪が土堤状に積み上げられている陰に飛び込み、それに沿うかたちで建物入口へ全力で走った。

占拠者《ゲリラ》の主力は中央制御室にいる、陣保はそう確信していた。

先頭を行く陣保が建物入口にあと二、三〇〇メートル、と迫ったとき、ミニ・カラシニコフを手にした二人の男が外へ飛び出し、石碑の方へ走った。除雪され土堤状に連なった雪で、陣保たち六名に気付いていないのだ。

陣保はフットホルスターから9ミリ大型自動拳銃を引き抜くや、土堤状の積雪越しに引金を絞った。

バシッバシッバシッバシッと四発の鈍い銃声が、一秒を要するか要さぬうちに、二人の男の左背中に襲いかかった。

男たちが声もなく、前のめりに倒れた。

三

その少し前、防衛大臣・駒伊重芳は、大臣執務室で目を閉じ、肘付椅子に座っていた。祈るような気持であった。出動した打撃作戦小隊が、京阪神大停電の復旧に何《なん》らかの貢献をしてくれる、と信じていた。皆村首相へは官房長官を通じ、打撃作戦小隊を出動させることを事前に報告済みであった。資源エネルギー庁を総督する経産大臣へは「近県の自衛隊に様子を見に向かわせました」というかたちで事後報告してある。

「もっと早く出動命令を出して下さいよ駒伊さん」というのが、経産大臣・塚田陽平の苦情だった。そのくせ塚田は一度も、出動要請、を口にしていないのであった。「停電は電力会社が復旧させるもの」という認識だった。

駒伊大臣は椅子から立ち上がり、また座った。彼を一層苛立たせているのは、二〇分ほど前に統合幕僚長から齎《もたら》された「京阪神地区で寒さが原因と見られる高齢者及びホームレスなどの死亡が二五五人に達した」という報告だった。短期間に於ける余りにも多いその死者数を、駒伊は自分の責任であるように感じ、追い詰められていた。

「地球は狂ってきた。大雨、豪雪、大地震、大津波、超ハリケーン、極地の氷の融解、ヨーロッパアルプスの氷河の消滅、海面上昇、イタリアベネチアの水没、……そんな狂った地球に自衛隊が敵《かな》う訳がないだろう。バカ……」

駒伊は口元を歪めて呟いた。どこへもぶっつけられない苛立ちで、ちょっとしたパニックに陥っていた。

と、頭上の照明がフワフワワフワと不安定な灯《とも》り方となり、そしてスウッと消えていった。駒伊は「ええっ」と叫んだ。東京もか、という積もりで叫んだのであった。しかし二〇秒ほどで明りは戻った。

ホッとした駒伊は椅子から立ち上がり、背後の窓のブラインドを上げてみた。どのビルにも明りが灯《とも》っていた。

執務室のドアがノックされた。

「どうぞ」

ドアを開けて大臣執務室に入ってきたのは、情報通信参事官・鍋島鉄男五二歳だった。

「大臣、停電です」

「うん。でも直ぐに戻ったろう」

駒伊は天井の照明を指差して言った。ゆったりと落ち着いている態度を見せていた。彼にとって、官僚はライバルだった。いや、日本の政治家にとって、官僚は常にライバルだった。理由は、政治家よりも遥《はる》かに頭が優れているからである。知識豊かだからである。

単純な答えであった。

「これは自家発電です」

鍋島参事官も、天井の照明を指差しながら言った。

駒伊大臣の顔色が変わった。

「じゃあ、他のビルが明りを灯しているのも……」

「自家発電でしょう。ともかくかなり広い範囲にわたって停電しているようです」

「そうか、判った」

「何か解れば、また報告に参ります。私、もう暫く居残りますから」

「うん、頼みます」

不安は駒伊の胸の内で、急激に膨らんでいた。

鍋島参事官が執務室から出て行くと、駒伊は腕時計を見て「まだ居るだろうな」と、経産大臣室へ電話を掛けてみた。

経産大臣・塚田陽平が受話器を取り上げた。

「防衛省の駒伊です」

「あ、駒伊さん。遅くまで御苦労様。また大規模停電ですよ」

「大規模……」

大規模停電という言葉に、駒伊は心臓をドキリとさせた。京阪神に於ける二五五名という死者の数が、脳裏を走った。

「新潟県にある関東電力の原子力発電所が、送電をストップさせたんですよ。いま関東圏が広域にわたって停電に陥っています。通信網はまだ生きていますが」

「原因は何ですか」

「まだ判っていません。関東電力の本社が、原子力発電所と連絡をとったところ、現在調査中、という返事が返ってきたとか」

「向こうは凄まじい豪雪に見舞われているらしいですからねえ」

「関東電力の本社も、停電はたぶん雪が原因だろう、と言っています」

「早い復旧を祈ってます。場合によっては近県の自衛隊を動かしてもいいですよ」

「ええ。その場合はよろしく。要請を出しますので」

駒伊は受話器を置くと、「何が要請だ」と呟いた。過去に例のない豪雪の中へ、自衛隊も警官隊も出せる訳がないだろう、と言いたかった。その一方で、自衛隊を災害出動させて明らかに貢献させ、政治家としての自分の評価を高めたい、という気持もあった。立身出世欲の旺盛な駒伊であった。

駒伊は自分でコーヒーをいれて、啜《すす》った。頭の中で、いやな予感がざわついていた。だからコーヒーの味など解らなかった。

執務デスクの上で電話がけたたましく鳴り、駒伊の右手にあったカップが思わずブルッと震えた。

彼は左手で受話器を取り上げた。

「統合幕僚長の月島です。電話で失礼いたします」

「や、月島さん。どうしました」

「大変な事態を報告しなければなりません」

「え……」

駒伊はコーヒーカップをデスクに置いた。

「たった今、海自から入った情報ですが、新潟県沖九キロを潜航中のわが潜水艦が、領海侵犯潜航中の国籍不明潜水艦二隻を発見。いきなり魚雷攻撃を受けたため、反撃して二隻を撃沈……」

「な、なんですってぇ」

駒伊は大声を出していた。一瞬目の前が真っ暗となった。

「な、なぜ私の許可なく、魚雷などを発射したのですか」

駒伊の声は、高ぶってぶるぶると震えていた。防衛大臣に似合わない小心な彼だった。

「お言葉ですが、どのような方法で許可を求めればよかったのでしょうか」

「だ、だから、所属艦隊司令部と相談し、司令部は直ぐ私に許可を求めてくるとか」

「ですが、相手の魚雷は、待ってはくれません」

「最初の魚雷は回避できたのでしょうが。回避しながら所属艦隊司令部へ急ぎ許可を……」

「駒伊大臣。魚雷を回避するには非常に高度な技術が要ります。乗組員全員が一丸となって回避航法に当たるのです。一発目、二発目を回避できても、三発目、四発目が容赦なく襲いかかってきます。一方的に狂いまくっている、そいつを沈黙させるには、反撃して撃沈するしかありません」

「撃沈した二隻がもし、ロシアや中国の潜水艦だったらどうするのですか」

「冷静になって下さい大臣。どこの国に所属する潜水艦であろうと、領海侵犯すれば見逃せません。領海の最遠ラインでも、国民の生活の場である本土に対し極めて近いのです」

「ロシアや中国なら……ロシアや中国なら倍にして反撃してきます。私は知りませんよ」

「戦後のわが日本は、他国の領海領土領空を侵犯するような、行儀の悪いことは致しておりません。ですからどこの国からも反撃を食らう心配などありません。しかし、自国の領海や領土領空を侵犯されたなら、断固として冷静で正しい対処行動を取らないと、国際社会の物笑いとなります」

「き、きみ……制服組の分際で、防衛大臣を愚弄するのかね」

「制服組の分際と言われますか……」

「あ、いや、言い過ぎた。すまない。失言です」

「この際、政治家である大臣に、はっきりと申し上げましょう。国際社会に出ても、特に外交の分野で戦後の日本がまったく強力な存在となり得ないのは、自国の国土と国民を断固とした姿勢で専守する、という強烈な思想を有していないと知られているからです。どの国もが抱いているこの当然の思想を、わが国は決まって好戦思想と混同して考えてしまい、反戦平和のレッテルで覆ってしまう。このような腰抜け国家を、誰が尊敬してくれましょうか。経済的援助を求める国は、モミ手をして来るでしょうがね」

「きみ。制服組トップとして今言ったこと、忘れないようにして戴きたいね」

「忘れるものですか。新聞記事にして下さっても結構ですよ。その結果、辞表がいるなら出しましょう」

「判った。覚えておこう。国籍不明潜水艦撃沈の件、私から首相へ伝えておきます」

「はい。それでは……」

駒伊は電話を叩きつけるようにして切った。体の震えが、まだ鎮まらなかった。胃が痛かった。

「ううう……よりによって国籍不明潜水艦を二隻も沈めるとは……なんと馬鹿なことをしてくれた」

駒伊は、自分にどのような責任が及ぶかを恐れた。防衛大臣などに就かねばよかった、と後悔した。容易に体の震えが止まらなかった。歯がカチカチと打ち鳴っていた。親ロシア派、親中国派の議員たちから激しく叩かれるかも知れないことを想像しただけで、吐き気を覚えた。

「首相に報告しなければ……」

駒伊は、日本でたった一つしかない最高権力者の政務携帯に、重い気分で掛けた。この時刻、首相が何処にいるのか、駒伊は知らない。

着信音が三度鳴って、「はい」と応答があった。首相・皆村順太郎の声だった。

「駒伊でございますが、いま少し宜しゅう御座いましょうか」

「あ、駒伊さん。結構ですよ、どうしました」

ローイ・ウェイン狙撃殺害事件でこの一両日、米政界や米文化芸術団体などからこっぴどく突き上げられた皆村首相の声は、さすが元気がなかった。

ローイ・ウェインが携えてきた皆村に対する米国大統領親書の内容は、ありきたりな〝友人から友人へ〟といったものであった。しかも皮肉なことに「世界でも珍しいほど平和な、治安の安定した国日本へ、わが国のトップ・スターに行って戴くことになりました」という一文の入った親書だった。

駒伊は重い口を開いた。

「あのう首相。本当に申し訳ありません。私の不徳の致す所でございます」

「え？　何の話ですか駒伊さん」

「はあ、あの……海自の潜水艦がですね、今よりほんの少し前。あっ、正確な時間はいま調べておるところでして」

「私ね駒伊さん。京阪神の大停電に次いで、首都圏の大停電を突きつけられ、いま忙しいのです。これより経産大臣と資源エネルギー庁長官から、新潟県にある関東電力の原子力発電所について、説明を受けるところですので、結論だけを言って下さいますか」

「あっ、すいません。では結論だけを。あの、今より少し前、海自の潜水艦が新潟県沖合九キロで、領海侵犯して潜航中の国籍不明潜水艦二隻に魚雷攻撃され、反撃して二隻とも撃沈しました」

「なにいっ」

さすがに皆村首相は驚いて、甲高い声を発した。

「それで、海自の潜水艦は無事ですか」

「無事です。艦も乗組員も」

「それは何よりです。何よりだ。よかったあ」

「ですが私の事前許可を得ず、また所属艦隊司令部の事前許可も得ず、潜水艦長独自の判断で、魚雷による反撃を加えています」

「事前許可と言ったって駒伊さん、向かってくる相手の魚雷は待ってくれないでしょうが」

「は、はあ。まあ……」

「待って下さい、撃たないで下さい、と叫んで大人しく〝ウン〟と言ってくれる相手なら、何も初めから魚雷を発射などしませんよ。相手は海自の潜水艦を沈めようとして魚雷を発射したのでしょう。しかも我が国の領海内で」

「はあ……」

「駒伊さん。そのように無謀な国籍不明の潜水艦から逃げ切るには、反撃しかありませんよ。しかも相手は、領海侵犯の現行犯です」

「では防衛省としては、ロシアや中国に対し、どのようなコメントの出し方をすればよろしいのでしょうか。御指示ください」

「えっ。領海侵犯潜水艦の国籍は、ロシア一隻及び中国一隻と、もう判明したのですか。それなら外交ルートを使って相手国に強く抗議しましょう」

「あ、いや。ロシアか中国というのは私の推測でして」

「なんだ。どこの国の潜水艦か判らないのであれば、日本としては暫くの間ふてぶてしく沈黙しておればよいのですよ。相手は住居不法侵入の現行犯です。そんな出来の悪い奴を、うちの家族ですとわざわざ名乗ってくる国家などありませんよ。こちらが沈黙しておれば、相手も沈黙を見習うでしょ」

「もし一、二か月が経って、ロシアなり中国なりが問い合せてきたらどうしますか」

「まだロシアと中国にこだわっているのですか」

「ですがロシアや中国は強大な軍事力を有し、量的にも質的にも脆弱な装備しか有さない日本の自衛隊など、ひとたまりもなく……」

「驚いたなあ。駒伊さんの本性を見た感じですよ。もっと、ふてぶてしくなって下さいな。行儀悪くなれ、とは言いません。大切なのは、ふてぶてしく行儀よく、です。一、二か月経って問い合せてきたら〃新潟県沖の本土に極めて近い領海内で海自の潜水艦が巨大な鯨の体当たりを受け魚雷を発射して追い返したことが一度あった〃と、とぼけて見せれば宜しいのです。案外それで双方、仲良くなれるかも」

驚いたな、と駒伊は思った。自分の方こそ、皆村首相の本性を見た感じだ、とも思った。

「経産大臣と資源エネルギー庁長官との話が済めば、私から駒伊さんにＴＥＬを入れます。それまで、より詳しく情報を把握しておいて下さい」

「では、この件、報道へは流さないのですね」

「今は流さない方がいいと思います。暫くの間、あなたが心配するロシアと中国の出方を見守ってみたらいかがですか」

「判りました。そう致します」

「外務大臣へは私から伝えておきますからね。よろしく」と、皆村首相が先に携帯を切った。

第七章

一

陸自中央即応集団司令官・大田原陸将を乗せた移動司令車は、前後を護衛の車に護られることもなく、東京・多摩ニュータウンのほぼ中心地、多摩市落合《おちあい》の青木葉通りに近付きつつあった。

ニュータウンもむろん大停電に見舞われ、闇の底に沈んでいた。

護衛車が付いていない移動司令車だったが、車内には9ミリ大型自動拳銃を腰のホルスターに収めた司法警官の身分である警務担当の司令部員が、運転者を含め三人同乗していた。不気味な殺人事件が続発しているためであったが、欧米における中将・大将の送迎ではこの程度は当たり前だった。日常職務の一環として実施されている。

「自宅へお戻りになるのは四日ぶりではありませんか司令官」と、助手席の隊員。

「いや、五日ぶりだ」

「奥様に申し訳なく思います。お体が余り丈夫ではありませんのに」

「なあに……」

とは言ってみたものの、体の弱い妻みち代のことを、職場に居ても一時《いっとき》さえ忘れたことのない大田原陸将であった。

みち代は若い頃から貧血気味で、心臓もさほど丈夫ではなかった。

だが打撃作戦小隊に出動を命じたり帰還させたり、京阪神と首都圏を見舞った大停電中の不測の事態に備えなければならない中央即応集団の司令官は、サラリーマンのように定刻に職場を後には出来なかった。幾日も帰宅できないことは、年に何度となくある。

移動司令車が、真っ暗な落合・青木葉通りに差しかかった。移動司令車に乗っているということは、大田原陸将はまだ職務中なのだ。四日も家を空けていると、さすがに妻の体調が心配で、部下に強く勧められ様子を見に戻るところであった。妻の体の具合に大事がなければ、直ぐに司令部へ引き返す積もりでいる。

「ん?……」

ハンドルを握っていた二等陸尉（中尉相当）関山弘信三三歳が、静かにブレーキを踏んだ。ヘッドライトの明りは、かなり遠くまで届いていたが、その明りの中に何と迷彩服を着た一人の男が、こちらを見て立っていた。

「何者でしょうか」

と、助手席の一等陸尉（大尉相当）芝芳雄三一歳が、前方を指さし後部座席の大田原陸将を見た。

「さあな。この町も最近は流れ者が増え、物騒になってきたからねえ」

「じっとして道路の中央を動きませんよ」

「ヘッドライトの明りに向かって立っているから、これが特徴ある形をしている移動司令車とは視認できていまいが」

自衛隊の警務職にあるものは、警察官と同様の司法官としての執行権が与えられている。

移動司令車は、ゆっくりと動き出した。青木葉通りに沿った家やマンションの窓からは、全く明りが漏れていなかった。

今の時代、停電など考えたこともない人が多いに違いない。恐らく一本のロウソクの備えさえない家庭が多いことだろう。懐中電灯の明りは、すぐに寿命が尽きてしまう。

「あ、男が左の脇道へ駈け込みましたよ。もう見えません」

関山二尉がそう言いながら、ハンドルを右へ切った。大田原家の所在を知っている者の、ハンドルの切り方だった。

すぐに小さな栗林――暗いので、そうとは見えないが――があって、大田原家はその栗林を背にしてあった。栗林も大田原家の所有である。昔からの、この界隈の地主であったが、今では残っているのは小さな栗林だけだった。祖父の代、父の代と、少しずつ少しずつ切り売りを続けてきた結果の、現在であった。

祖父と父の、仏様のような人の善さが家を凋落《ちょうらく》させた、と大田原は思っている。

移動司令車が大田原家の古く大きな門前で、停止しエンジンを切った。

「我々がしっかりと無線を受信しています。時間を気になさらずに、どうぞ」

「有難う。すまない」

大田原は礼を言って車の外に出た。助手席の芝二尉も車の外に出て、辺りを見回した。

大田原は「あの店のケーキを買ってきてやりたかったな」と思った。目と鼻の先の距離に、自由が丘の洋菓子舗で修業した人がやっている、この上もなく美味しいケーキ屋があった。主人夫婦の人当たりが優しくて、界隈でも評判の店である。

わざわざ遠方から買いに来る人もいる。店の名を「ロコ」と言った。

もっとも、この時刻、店はやっていない。

ロウソクの明りの中で、みち代はまあまあの体調で、大田原をひとまず安心させた。

「お仕事、大丈夫なのですか。私事で許可なく職場を離れるのは、うるさい時代なのでしょう」

「私はトップなのでな、部下が決裁してくれたよ」

「まあ」と、みち代が弱々しく笑う。

「それに移動司令車で来ているので、職務は継続している。心配しなくていいよ」

「紅茶でもいれましょうか」

「いや、私がいれよう」

大田原は自分と妻のために、紅茶をいれ、買い置きの甘納豆を小皿に盛った。

「なあ、みち代。日本はそのうち深刻なことになるかも知れんぞ」

「え?」

「いつか判らないが、この国は、なくなるかも知れない、と言っているんだ。最悪の場合だがな」

「どうなさったのですか。家では仕事のことを絶対に口になさらない、あなたが」

「現在の政治家、とくに政権政党の政治家に関心があるのは、ひたすら金《かね》、金《かね》、金《かね》だ。それもドス黒い金《かね》だ。自分の国は断固とした姿勢で守り通す、という清冽《せいれつ》かつ強固な思想が見られない。これでは余りにも、猛訓練に打ち込んでいる自衛隊員たちが可哀そうだ」

「私はこれまであなたに訊ねたことはないけれど、今夜は訊ねるわね。日本の陸上自衛隊は強いの?」

「現状の弾薬備蓄量や隊員数から見た陸上自衛隊の継戦能力は、決して長くはない。だが隊員には粒選《つぶよ》りが揃っている。非常に有能で訓練にも熱心だ」

「どこの国と闘った場合でも、ある程度は戦えるのね」

「中国にも韓国にも北朝鮮にも同数対決なら陸自は決して負けない。勝つ。しかし、この国には最も必要なものが一つ欠けている。だから戦えば結果的には負けるだろう」

「自衛隊には、海にはイージス艦、空にはF35戦闘機とか、立派な武器があるではありませんの。何が一つ欠けているのですか」

「一番大事なものは、国民の盾《たて》だ。わが国には、その盾が無い」

「え。国民を盾にして闘うお考えなの」

「そうではない。後ろ盾のことを言っているんだよ。表盾となって命を賭《か》けて闘おうとする自衛隊員にとって、国民の後ろ盾は絶対に欠かせない。その後ろ盾さえあれば、自衛隊の継戦能力は、飛躍的に伸びるだろう。必ず」

「戦いになれば国民は自衛隊を見捨てて、われ先に逃亡すると思ってらっしゃるのですか」

「ああ。見捨てて逃亡するかもしれない。どこの国かが大挙して来襲すれば、政治家も公務員も国民も、われ先にと逃亡するだろう」

「この狭い日本。一体どこへ逃亡するの。逃げ場なんてあるの?」

「さあて、どこへ逃亡するのだろうねえ、この狭い日本」

「国民の後ろ盾を持たない自衛隊が全滅したら、逃亡した日本人たちはどうなるのかしら」

「難民として、北海道の北の端へ、ギッシリと詰め込まれてしまうのかなあ。冬には氷点下二〇度にもなる北の端へね」

「いやだあ、あなた。そのようなことに、なる筈がないわよ」

「どうしてだ」

「だって在日米軍がいるじゃない。日米安全保障条約ってのもあるじゃない」

「その二つが、この日本を甘やかせ堕落させてきたのだ。今やアメリカは、現状の日本にウンザリさえしている。まるでチルチルミチルの国だとね」

「日本がどこかの国に攻められても、在日米軍は動いてくれないというの？」

「アメリカの政治家たちは、すでにウンと先を見据えている。そこには中国という巨大国家がある。中国は軍事力の強大化と並行するかたちで、その外交能力を卓越したものにしつつある。非常に残念なことだが、現実の国際社会では軍事力と外交能力は表裏一体なんだ。アメリカは今、舌なめずりをしながら、その中国を眺めている。日本という自立できていない国を、足の下に踏みつけてね。チルチルミチルの国など、もう関心はなくなっている」

「押し寄せてきた外国の軍隊に、日本の国民がパンパンッと撃たれてバタバタ倒れても、アメリカ軍は黙って見ていると言うのですか」

「その可能性が非常に強まってきた、と私は感じ取っているよ。つまり〝それは日本の問題だから日本人が自分で解決してください〟とプイと横を向いてしまうということだ」

「そんな、ひどい……」

「しかも、そういった状況の裏で、アメリカは日本に押し寄せて来た外国の政府と事前に意思の疎通を済ませているだろう」

「私は、いざとなれば日本人は、全力で自衛隊の後ろ盾になると信じています。日本人は立ち上がります。言われなくとも自ら銃を取る人も出てくると思います」

「私も、そうなってほしいと願っているよ。表盾になって命を失った自衛隊員の銃を、後ろ盾の国民が己れの意思で拾い上げ立ち上がってくれることを」

「立ち上がりますとも。女の私だってやるわ。自分の国だもの」

このときTVインターホンが鳴った。停電でも予備の電池で幾日間かは機能する。

「私が出る」

妻が出ようとするのを止めて、大田原はTVインターホンの前に立った。画面に、ペンシル型懐中電灯の明りを自分の顔に当てている芝一尉が映っていた。

かなり緊張した表情だった。

(何かあったな)と感じた大田原は、受話器を取り上げ「いま行く」とだけ伝えた。

大田原は妻の前に戻って、軽く両手を取った。

「行ってくるよ。また三、四日戻れないかも知れない。体に気を付けてな」

「大丈夫よ。主治医の先生も、近くにいらっしゃるし」

「日本に突然大変な事が起こっても、慌てふためいてこの青木葉通りの家から逃げ出すんじゃないぞ。必ず私は、ここへ戻ってくるから」

「はい、この家で待っています」

「君は私が守る。断固として守る。そして、死ぬ時は二人一緒だ」

「そうね。二人一緒ね」

「じゃあ……」

大田原は妻の痩せこけた頬にそっと手を触れて、部屋を出た。

外に出ると、待ち構えていたように、芝一尉が口を開こうとした。

大田原は（しいッ）と唇の前に人差し指を立て、移動司令車の後部座席に座った。

芝一尉も、助手席に座った。大田原は言った。

「この界隈は御覧の通り静かな住宅地だ。だから囁き声でも、他人《ひと》の耳に入りやすい。で、どうした芝一尉」

「さきほど統合幕僚長から直接、この司令車に対し二つの情報の伝達と命令が入りました」

「聞こう。関山君、車を出してくれ」

「結論から申し上げます。先ず海自の最新鋭潜水艦〝すいせい〟が、領海侵犯した二隻の国籍不明潜水艦に魚雷攻撃され、〝すいせい〟は相手に対し正当防衛権を示す国際水中信号を発したのち、反撃を加えて撃沈しました」

「ほう。で、場所は?」

と大田原陸将は全く動じない。

「新潟沖九キロです。報告を受けた駒伊防衛大臣は、事前許可を得なかった魚雷発射であるとして、統合幕僚長と海自トップに対し、厳重処分を厳しい口調で通告したと言います」

「いかにも**自分が一番大事**の駒伊さんらしいな。しかし、海自潜水艦はよくやった。反撃していなければ、恐らく逆に撃沈されていただろう。で、二つ目の伝達情報は?」

移動司令車は青木葉通りに出て、スピードを上げ始めた。

芝一尉が口を開いた。これは何故か自分の手帳を見ていた。

「首都圏大停電を生じさせたとされる関東電力の新潟県柏崎刈羽《かしわざきかりわ》原子力発電所ですが、陸自第一二旅団(司令部・群馬県)に所属する高田駐屯地(新潟県上越市)の中隊一〇〇名によって襲撃され、猛吹雪のなか諸施設が現在激しく炎上中とのことです」

「なんだとう」

国籍不明潜水艦撃沈の報には驚かなかった大田原陸将が、思わず腰を浮かしかけた。

「この情報は新潟県警から市ヶ谷(防衛省)へ齎《もたら》されたもの、ということなのですが、市ヶ谷が高田駐屯地へ確認を入れたところ、当該部隊は現在、豪雪で孤立し雪の重みで家屋倒壊が続発している二つの高齢者村落へ救難に向かっているようで……」

「えっ。当該部隊は駐屯地を出てはいるが豪雪村落へ救援に向かっているというのか」

「はい。ところがその部隊も積雪四メートルの山中で動きが取れなくなって危険な状態とかで、そういった現状については高田駐屯地でもしっかり把握できているそうです」

「となると、当該部隊が高田駐屯地を出たことをキャッチしたテロ・ゲリラ集団が、これ幸いとその部隊名を名乗って原子力発電所を襲ったとも考えられるな」

「そういうことです。しかも市ヶ谷では、この襲撃情報の発信元が新潟県警ではないことも突き止めたそうです」

「やはりな。情報の発信元は恐らく、そのテロ集団自体だ」

「私も、そう思います。充分な無線装置を所持し、発信と受信のテクニックを巧みに使って演出しているのでしょう。訓練を積み上げたテロ・ゲリラ集団ではないでしょうか」

「それで、統合幕僚長の命令は？」

「中央即応集団は直ちに新潟の柏崎刈羽原子力発電所へ部隊を出動させて、正体不明の襲撃者を制圧せよとのことです。その後方に県警機動隊の銃器対策部隊が付きます」

「判った」

「また、出動から制圧までについて市ヶ谷へ逐次報告する場合、通常の通信手段は取らず暗号で頼む、とおっしゃっておられました」

「当然だな」

このとき車載無線が大田原陸将を呼び出した。陣保陸曹長の声だった。

（終ったな……）と思いながら、彼は芝一尉が差し出す送話器を手に取った。

「はい。大田原だ」

「こちら陣保五郎陸曹長です。いま、移動司令車だと司令部無線室から教えられました」

「そうだ。そちらの状況はどうか」

「報告します。大飯原子力発電所を襲撃の二〇名全員を掃討。国籍身分素姓は不明。所持していた銃及び着衣、靴など全て日本製。容貌も日本人と変わらず。但し銃はカラシニコフ突撃銃をそのまま小型化したもので、どう考えても日本製でないことは明らかです」

「そうか。掃討してくれたか。よくやった。で、わが方の損失は？」

一番恐れなければならないことについて、大田原陸将は訊ねた。訊きたくないことであった。心臓が高鳴っているのが判った。

「小隊は双澤夏子一尉及び村瀬卓也陸士長が、跳弾で軽微な擦過傷。心配ありません。但し……」

「但し……？」

「襲撃集団の発砲により発電所の従業員、警備会社の警備員及び常駐警戒任務に就いていた少数の県警機動隊員など合せて一八名が死亡。また地元の三警察署より合同で出動していた二〇名の警察官と民間人一人の計二一名が死亡。以上の三九名については我々が到着前に、すでに射殺されていました」

「なんと酷いことを……」

「なお、発電所内の数か所の地下室や倉庫に逃亡できないよう半裸状態で監禁されていた中央制御室、タービン発電室、送電設備ほかの従業員九六名は無傷で救出。彼らは今、懸命に停電復旧に当たっています」

「そうか。九六名を無傷で救出してくれたか。よくやった。さすがは陣保小隊だ」

「いえ、双澤小隊です」

「あ、うん、そうだったな。夏子も皆も、よくやった。ところでな陣保陸曹長……」

「新潟の事案ですか」

「やはり把握しておったか」

「行けと言われれば行きますが、今、この発電所を離れる訳にはいきません。耐え難い恐怖を味わった発電所従業員の間に、まだ大きな不安が残っています。再襲撃はない、とも断言できませんし」

「心得ている。充分に武装した福井県警の機動隊に、雪を掻き分けてでも行って貰おう。それを待って、新潟へ向かってくれ」

「了解。福井県警機動隊をヘリで運ぶ場合、我々が降下着地したポイントがいいでしょう。地中に何本もの温水パイプが走っていて、ほとんど積雪がありません。発電所敷地内へのヘリの直接着陸は、建物への接触が考えられ危険ですので、たとえ吹雪が小止みになっても避けた方が賢明です」

「うん。そうさせよう。では待機しておいてくれ。それまでは他の部隊を新潟へ向かわせる」

「もし、新潟県警機動隊にも出動して貰うお考えなら、止《よ》した方がいいですね。新潟の原子力発電所を襲撃したのは、ここ大飯発電所を襲ったテロ・ゲリラとつながっている筈です。若狭へ中央即応集団司令部の注意を向けさせ、どのレベルの部隊が動き出すのかを読み、その結果として一気に新潟の発電所を襲ったのでしょう。連中はプロ中のプロです。殺しの専門集団です。新潟県警の機動隊は皆殺しにされてしまいますよ」

「そう痛感したのかね、今回の銃撃戦で」

「はい」

「判った。参考にさせて貰おう」

「命令を、お待ちします」

「うむ」

大田原陸将が、送話器を芝一尉に返すのを待って、関山二尉が訊ねた。

「双澤小隊、やってくれたのですね」

「やってくれた。完璧にな」

「やはり凄いですね、あの小隊は」

「若き伝説のレンジャー教官がいるんだ。あの小隊にはな。だから完璧に任務が遂行出来て当たり前なのだ」

「はあ」

「しかし、犠牲者が……彼らが到着前に、何の罪もない三九名もの人間が、襲撃集団《テロ・ゲリラ》によって撃ち殺されていた」

「許せません。ひど過ぎます……」

暗い車内が、沈痛な空気に支配された。

二

そのころ陸・海・空自衛隊は、ようやく厳戒態勢に入ろうとしていた。それも中央政府の命令・指示によるものではなく、制服組の総長である統合幕僚長と陸・海・空トップの意思疎通によるいわゆる uniformed operations 制服組作戦——制服を着た作戦——であった。通常的活動を一気にハイ・テンションにまで、レベルアップしたものである。

一方、綺麗な活字と練《ね》られた文章で制定されている政府の〝国民を守る仕組〟「事態対処法」は、今のところ全く機能していなかった。

「あれは何だ？」

舞鶴《まいづる》地方艦隊所属イージス艦〝しらなみ〟の甲板を離れて四〇分後、全天候型哨戒ヘリのパイロットはドカ降りの雪に見舞われている暗い海上に目を見張った。表情は固い。

領海内上空で高度は三〇〇メートル。ドカ降りの雪が視界を邪魔しているとは言え、視力の良いパイロットが、視認を誤る飛行高度ではなかった。

暗夜の海上に、無数に点灯しているものがあった。空に向けられた懐中電灯の明りのようにも見える。

「イカ釣り船の明りですよ。間違いありません」

副操縦席の隊員が、自信あり気に言った。が、これも表情は強張っている。

「イカ釣り船だと？　あの明りが全部か」

「ええ。自分は貧乏釣具店の五男坊ですから、イカ釣りを何度も経験しています」

「あ、そう言えば両親は漁師町で釣具店をやっているんだったな。それにしても、このような悪天候下でイカ釣りとは……信じられん」

「高度を下げて確認してみましょうか」

「そうよな」

パイロットはイージス艦〝しらなみ〟へ緊張した口調で「イカ釣り船の明りらしいものを発見したので高度を下げて確認する」と位置を報告しつつ、慎重に高度を下げていった。

探照灯の中に浮かびあがったのは、確かにイカ釣り船と思われる船団だった。それも大船団である。

「凄い数だな」と、パイロットは息を止めた。

「海が荒れているので、船団を組むことで遭難に備えているのでしょうか」

「このような悪天候下、漁に出ること自体が不自然じゃないのか」

「いやあ、漁師の〝稼いでやる〟という根性は大変なものですからねえ」

「誰も甲板に出ていない。あ、いま一人手を振っていたのが……」

「捉えてみましょう。旋回し直してください」

「よっしゃ」

ゆっくりと機体は旋回した。

探照灯が甲板に出て手を振っている一人の男を捉えたが、機体が動いているので直ぐに明りの外に出た。

ヘリがその船の上でホバリングするのに、数十秒とは要しなかった。

が、ヘリも大揺れだったが、眼下の船も大揺れだった。

「船首に、ほくりく2号、と書かれています」

「顔立ちも日本人のようだな」

「近くの船へも探照灯の明りを向けてみましょう」

ヘリが少し右へ移動すると、〃にほんかい〃の船首文字が確認できた。

この船も、船室から男が出てきて、ヘリに向かって手を振った。これの顔立ちも日本人に見えた。

ヘリは都合、六隻の船名を確認すると、副操縦席の隊員がイージス艦へ報告をはじめた。テキパキとした口調だった。

「……とりあえず以上、六隻の船名を確認。富山、新潟、佐渡など近県の漁業組合に所属する実在のイカ釣り船かどうか、分析願います」

「了解。調べてみる。別命あるまで現場上空で待機せよ。油断するな」

「判りました」

ヘリは、眼下の大船団の撮影を始めながら旋回した。

二分と要さぬ間に、イージス艦〃しらなみ〃から報告が入った。

「……六隻についての所属だが、三隻が新潟県出雲崎《いずもざき》漁協、二隻が新潟県大潟町《おおがたまち》漁協、残り一隻が佐渡《さど》赤泊《あかどまり》漁協の所属と判明した」

「それらは現在、出漁中でしょうか」

「大停電により、すでに通信状況の著しい悪化がはじまっているので、残念ながら当該漁協とは接触できていない。船団に不審な点があるのか」

「いえ。そういう訳ではありません。もう暫く船団の最南端の低高度から観察して、何かあれば報告します」

交信を終えた哨戒ヘリは、高度を更に少し下げた。

パイロットが眼下を見ながら、首をひねった。

「どうも、いやな予感がする。気のせいかな」

「ですが、六隻のイカ釣り船の所属が確認できたのです。大丈夫でしょ」

「いや。そういう事ではなく、われわれ第一線の者に命じられた〝厳戒態勢に入れ〟の命令だよ」

「あ、そういえば、厳戒態勢に入れ、の事由についての説明は、なんだか曖昧《あいまい》でしたね」

そうなのであった。大飯原子力発電所が襲撃されたことも、新潟の原子力発電所が襲撃されたことも、現時点では陸・海・空の一佐段階（大佐段階）で〝情報遮断〟が厳命されていた。これも〝制服を着た作戦〟の一方法ではあったが、その根底には「新潟の原子力発電所を一〇〇名の陸自隊員が襲撃した」という擬装された一次情報によって受けた制服組首脳の衝撃の大きさがあった。

「おい見てみろ。大停電が復旧したのかなあ。ドカ雪の向こうの空が、なんとなく仄明《ほの》るいぞ」

「ほんとですね。ボウッと薄明るいですね。まるで幽霊空だ」

二人は遠い彼方を見つめたが、直ぐに眼下の暗い海へ関心を移した。

二人が気付いた彼方の仄明るさは、一〇〇名の集団によって襲撃されたとされる柏崎刈羽原子力発電所の炎上だった。

このとき哨戒ヘリに命令が入った。別の任務を命じるので一時帰艦せよ、というものだった。

「了解。これより帰艦する」

パイロットが応答し、機首の向きを変えた。

「あれ、まだ無線が届いているみたいですよ」

副操縦席の隊員が気付いた。

「うむ。何か言ってるような感じだな」

「雑音がひどくて、聞き取れません」

「応答してみろ」

「はい……こちら哨戒ヘリ七号。現在、帰艦に向け飛行中」

「…………」

「無線受信中ですが、雑音がひどく聞き取れません」

「現在イージス艦上空で稲妻発生。無線に一時的障害発生。帰艦命令は実行せよ」

「鮮明に受信。了解」

哨戒ヘリは眼下の大船団の、最南端から離れた。

と、その大船団の一点で、線香花火のような小さな火花がパッと生じた。

それが見る間に〝火の尾〟を引いて暗夜とドカ降りの雪を裂き、哨戒ヘリに向かった。

一直線だった。

しかも近距離であった。

被弾した哨戒ヘリは大爆発をして、粉微塵《こなみじん》となった。

それを見届けた大船団は、一斉に動き出した。それはたちまち、大波の頂点から次の頂点へと飛行するような、猛スピードとなった。よほど強力なエンジンを備えているのであろうか。

しかも、その方角は、日本本土を目指してはいなかった。日本本土から遠ざかる方角へ全速力だった。時速八〇キロは出ていようか。

三

同時刻。首相官邸危機管理室で、首相・皆村順太郎は苛立っていた。「警報の発令」「避難の指示」「被災者等の救援」「武力攻撃への対処」などを展開するに必要な対策本部を庄野官房長官に命じて、ようやくのこと危機管理室に設けたものの、これの頭脳となるべき閣僚たちがなかなか顔を揃えなかった。

「警報の発令」「避難の指示」「被災者等の救援」「武力攻撃への対処」などは、平成一六年九月一七日に施行された国民保護法の基本となっている四本柱つまり重要指針である。

たとえば「被災者等の救援」については、対策本部は都道府県知事や市町村長に救援を指示し、これに日本赤十字社が側面協力することとなっていた。とくに**知事には、地方閣僚たるべき有能な知力**が求められるのである。口先ばかりの、お粗末《そまつ》知事では国民を地獄に落としかねない。

「武力攻撃への対処」については、原子力発電所や石油・ガスの巨大貯留施設、ダム、鉄道などに対する警備強化と立入制限などについて、対策本部が国の機関と都道府県へ迅速に手を打つことになっている。

一般に、訓練されたテロ・ゲリラ武装集団の動きは周到で速いと言われている。これら集団の目的は侵入・破壊・殺戮・撤収であり、この四テンポを訓練された素早さでやり遂げる。

「……で、国土交通大臣はあとどれくらいで到着するのですか官房長官」

「はあ、それが……」

「はあ、それが……じゃあ、ありませんよ。まったく日本の閣僚は、いざという時どうしてこうも動きが鈍いのですか。イライラします」

「国土交通大臣は全面ストップした各鉄道の状況を視察するために出かけたのですが、鉄道ストップの煽《あお》りを受けて道路に車が溢《あふ》れかえっているものですから、大渋滞に巻き込まれているようで」

「いま、どの辺りにいるのか、携帯で確認して下さい」

「いや、すでに通信途絶に陥っておりますので」

「え。通常の電話だけではなく、携帯までもかね」

「電話会社の諸設備も、稼働エネルギーは電気ですから」

「テレビもラジオも沈黙してしまっているんですよ。こんな馬鹿なことってありますか。せめてテレビやラジオが機能を回復できるよう、火力発電所の電気を電波報道各社へ優先的に回せないものですかね」

「それについては現在、塚田経産大臣が何とかしようと動き回っているようでして」

「あ、それで此処へ集まれないのですか。じゃあ、農水大臣は今どこに？」

「帝和国際ゴルフクラブの創立八〇周年記念パーティに招待され、小田原《おだわら》に出向いておりましたが、すでに東京へ向かっておるようです」

「ということは、農水大臣さんも車の大洪水に巻き込まれて、動きが取れないのですな」

「はあ、まあ、そういうことで……」

皆村首相は、くさり切っていた。電気の重要さ、いや怖さについても思い知らされていた。これほど世の中がストップ状態になるとは、想像だにしていなかった。凍死者の続出も、彼を打ちのめしていた。

「官房長官……」

「はい」

「来年度に於ける、わが国の総発電量に対する原子力発電の比率は何パーセントになるのでしたっけ」

「約八五パーセントになります。新設炉が一斉に稼働し始める年ですので、一気に比率が上がります」

「火力発電や水力発電の比重を、今後もっと高めなければなりませんね」

「つい近年までは原子力発電の比率は四〇パーセント弱でしたが、しかし地下の石油資源が枯渇状態に向かいつつありますし、石炭火力に代替したとしても石油火力と同様、地球温暖化を危険な方向へ一層加速させます。地球温暖化はすでに各国で『**気象現象**《きしょうげんしょう》**の地獄化**』と称される程の深刻な様相を呈しておりますので、そういう意味では原子力発電は地球に対し最もクリーンな技術でありましょう。**人類が慎重に大事に賢明に原子力発電の技術を取り扱う限りに於いては**……ですが」

「そんなこと判ってますよ。べつに、あなたに解説されなくとも」

皆村のイライラは、高まるばかりだった。警察庁長官から報告を受けたハリウッドスター狙撃殺害事件も、外務大臣の生家で生じた殺人事件も、一向に捜査が進んでいなかった。

「駒伊さん……」と、皆村は先程からうなだれている防衛大臣へ目を向けた。

「あなた、しょげかえっているだけでは駄目ですよ。出動を準備させる部隊へは、指示命令を出してくれたのでしょうね」

「はい。準備命令は出してあります」

「われわれ政治家は、軍事的なことには素人です。だから学ぶ姿勢を大事として統合幕僚長の意見や見解にはよく耳を傾けてあげて下さいよ」

「ええ、それはもう、そのようにしていますので」

「新潟県警の機動隊は、まだ炎上する原子力発電所に入り込めないのですかね」

「その報告は、まだ入っておりません。なにしろあの辺りは積雪三メートルから四メートルという異常な状態なものですから」

「原子力発電所の上空へ、報道ヘリがうっかり近付いたりしないでしょうな。大変危険ですよ」

「軍用の全天候ヘリでも危険なこの猛吹雪の中、報道ヘリはとても飛べません。全ての民間航空機がストップしているのですから、報道ヘリといえども無茶が出来る状況ではありません。それに、大規模な通信途絶に陥っていますので、原子力発電所が炎上していることを恐らく報道各社は、まだ充分なかたちでキャッチできていないかも……」

「大飯原子力発電所の悲劇を最小限に抑えてくれた打撃作戦小隊が新潟へ……」

「ま、ま、首相……駒伊大臣は必要な手を打っているようなので、いま少し状況を見守ってあげて下さいませんか」

庄野官房長官が、皆村首相をなだめた。

官房長官には、首相が苛立っている、もう一つの原因が読めていた。

一週間前スイス東部のダボスで、世界各国の政界要人や学者が一堂に会し「世界経済フォーラム」の総会が催されたが、その場で日本は各国からほとんど無視された状態に陥っていた。日本の政治家の講演などには多くが関心を示さず、空席が目立ったのである。

その一方で、圧倒的な存在感を見せたのが中国とインドだった。中国要人は驚くほど流暢な英語で自国の大国ぶりを見事に強調するなど、「外交語」である英語能力に於いても、日本の政治家との力の差をまざまざと見せつけ、多数の関心を集めた。

中・印と日本との、その余りの力の差に、皆村は衝撃を受けていた。

日本の総理としての自尊心を叩き潰されていたのである。

それに追い打ちをかけるようにして発生したのが、ハリウッドスター狙撃殺害事件だった。

「ちょっと失礼します」

突然、駒伊防衛大臣が首相に断わりを入れて椅子から立ち上がり、窓際に立ってイヤホーンを耳に差し入れた。彼は、防衛省情報本部との交信を絶やさないために、情報本部から小さな高性能無線機を手渡されていた。

駒伊は、こそこそと応答したあと二、三度頷き、そして「ええっ」と甲高い声を発した。

席に座っていた大臣たちは、びっくりして駒伊に注目した。

「間違いないね。それ、間違いないね」

駒伊は交信の相手に、そう念押しをしてから、表情を強張らせ皆村首相のそばにやって来た。

「どうしました。何があったのです駒伊さん」

「首相。ただいま防衛施設部門へ東京地検特捜部の家宅捜索が入り、同時に三人の審議官が逮捕された、と情報本部から無線報告が入りました」

「な、なにっ。どういうことです?」

皆村は勢いよく立ち上がった。

庄野官房長官が、口をあんぐりとあけて目を大きく見開く。

「三人の審議官が、防衛省関連施設の建設に絡んで、防衛施設部門幹部ＯＢの再就職先へ不正に便宜を図ったり、その見返りとして多額の現金を受取ったとかで……」

「防衛施設部門が、また馬鹿をやったのですか。あそこの問題は、これで一体何度目です。

あそこの連中には、反省がないのですか。一昨年も、その前の年も世間を騒がせたのですよ。あそこは」

「申し訳ありません。全て防衛大臣である私の責任です」

「そんな簡単に、責任を認めないで下さい。防衛施設部門にだって、強力な権限を持った御偉方は何人もいるのですから」

「はあ……」

「防衛庁が防衛省に昇格して充分な熟成期間が経《た》っているというのに、また足を引っ張るようなことをしてしまった。本当に反省無し揃いだな、あそこの御偉方は」

「はあ……すみません」

「それにしても何故、このような大停電の時に、東京地検特捜部は動くのですか。通信も不充分だし、政府としては動きが取れないじゃありませんか」

「東京地検特捜部が、動く、と決断したなら、大停電であろうと猛吹雪であろうと大嵐であろうと動きますよ。むしろ、大停電だからこそ、防衛施設部門へ打ち込んだのかもしれません」

庄野官房長官が横あいから口を挟んだ。

「ともかく駒伊さんね」

「はい」

「防衛施設部門は人的組織的改善を急ぎましょう。改善に向けて準備を整えてください。職員も厳選し、組織機能を再生させるのです」

「判りました。それがいいと思います」

「必ず厳選するのですよ。少数精鋭を徹底させて下さい。ウミを絞り切るのです。妥協してはいけません」

「妥協などしません。ＯＢの再就職先へ不正便宜を図ることが、まるで伝統化しているような組織であると、私にもはっきりと判りました。東京地検特捜部の捜査に、防衛省としては積極的に協力いたします」

「そうして下さい。それにしても……ああ、私は、もういやです。ウンザリだ。総理を辞めたい。いま直ぐにでも辞めたいよ。この国の何《なに》も彼《か》もに関心がなくなってしまった」

「総理。いま、そのようなことを、おっしゃってはなりません。原子力発電所が深刻な事態に陥っているのです。総理がしっかりして下さらないと」

「料亭で派閥の長《ボス》たちと、コソコソ囁き合って握手しないと、この国の総理なんて何も出来やしない。飲みたくもない臭《くさ》い濁《にご》り酒を飲み交わさないと何一つ協力が得られない……これが日本の政治ですか官房長官」

「耐えて下さい総理。お願いです」

「この国の総理は、ドス黒いカネの詰まった大袋を背負って派閥の間を平身低頭で歩き回らないと、先へ進めないんだ。政治家がそのような有様だから、官僚も影響を受けざるを得ない。防衛施設部門の組織的不具合など、まったく絶望的だよ」

「総理……」

「あれはね、我々政治家のカネ・ウイルスに感染しておるんです。これからも、きっと色々と出てきますよ。きっと……私は絶対に辞めます。何《なに》も彼《か》も放《ほう》り出したまま必ず辞めてやる」

「この国の総理として、汚濁を目の前にして、ひたすら耐えることも大切なのです」

庄野官房長官が、強い口調で言った。

大臣たちも鼻の腔《あな》を拡げて「そうですとも」というように頷いて見せた。

第八章

一

自動小銃で武装した福井県警機動隊銃器対策部隊の三〇名が、全身に雪を張り付け真っ白になりながら喘ぎ喘ぎトンネル出入口に姿を見せたとき、吹雪はまたしても横殴りとなって大地を叩き始めていた。彼らを大島半島まで運んで来たのは、陸自鯖江駐屯地に待機していた中型ヘリと県警の中型ヘリだった。こういう重大な局面であっても、わが国には五五名を一気に運べるCH・47JAのような大型輸送ヘリが、充分に配備されていなかった。本来なら、県警にも陸自にもこういった大型輸送ヘリは充分以上に揃っていて、いざという場合に備え「悪天候下飛行」「山林渓谷飛行」「救難飛行」の猛訓練を独自に実施しておくべきなのに、危機に対する認識が極めて低い日本の政治家や役人には何が必要不可欠であるかの感覚が研ぎ澄まされていない。「無駄な認識」ばかりが豊かであった。金《かね》には嗅覚鋭いが。

国土防衛や治安回復で最も重要なのは、強力な制圧要員《チーム》やバックアップ要員《チーム》を点Aから点B点Cへ迅速《じんそく》かつ最短時間で一気に運べることである。また、点B点Cに於ける一般被災者を、いち早く安全な点Aへ移動させ保護することである。

現状はどうか。

他国の武装したテロ・ゲリラ集団が過激な目的でもって、もし点B点Cに上陸侵攻してきたなら、点B点Cとその周辺の一般市民多数は救助されることもなく皆殺しか人質にされるだろう。これは、はっきりと予測できる。絵に描いた「国家保護法」など政治家が右往左往するだけで恐らく糞《くそ》の役にも立つまい。しかし、日本にもようやくこういった法が姿を見せたという点だけは、評価できなくもない。

双澤一尉に率いられた打撃作戦小隊は、福井県警機動隊と入れ替わって大飯原子力発電所を後にした。機動隊を運んできた二機のヘリで、新潟の柏崎刈羽原子力発電所へ向かう手筈となっていた。

県警機動隊と入れ替わる時、双澤一尉は機動隊の指揮官に数丁の自動小銃と一本のキイを手渡し、こう言い残した。

「多数の遺体を事務棟一階西側の大会議室に安置してあります。此処で常駐警備の任務に就いていた、あなた方の御仲間が所持していたこの自動小銃は、テロ・ゲリラに対し激しく応戦した痕跡を残しておりました。尊い命を賭けて任務を全《まっと》うしようとした、勇気あるあなた方の御仲間に、我々は心から敬意を表します」

「有難うございます」

「キイは事務棟の金庫のキイです。殉職した地元警察官の拳銃保管用に借りてあります。ダイヤル番号は職員に訊《き》いて下さい」

「判りました」

吹雪の中、双方の部隊は、挙手を交わして、離れていった。

打撃作戦小隊はトンネルを出た所で雪をかぶっている除雪車やその他の車両を残したま、徒歩でヘリの着陸地点へ向かった。それらの車両を機動隊が使う必要が生じるだろう、という配慮からであった。

一体どこにこれほど降る源があるのか、と思いたくなる凄まじい降雪であったが、幸いなことに除雪車など車両のタイヤは雪に埋まってはいなかった。道路も雪で消えてはいたが、浅い積雪だった。県警機動隊の到着に備えて、打撃作戦小隊が除雪車で路上の雪を除去したのだった。それによって吹き飛ばされた雪で、ところどころの浅い谷や崖下は今やほとんど埋まっていた。谷や崖下の無いところでは、山肌を隠し尽くした雪は、高さ三メートル以上の白い壁となって連なっている。その白い壁の上に、雪はさらに容赦なく降り積もって高さを上げることを手伝っていた。

〝白い闇〟の中を、小隊は雪に馴れた足取りで進んだ。

「傷、痛みませんか」

先頭を行く陣保陸曹長が振り返って、直ぐ後ろにいる双澤一尉を気遣った。

双澤一尉が黙って首を横に振った。

陣保は手を伸ばして、彼女の暗視用ゴーグルに張り付いた雪の粒を、指先で払い落としてやった。

「持ちましょう」

彼はバックパックに手をかけたが、彼女は「大丈夫」と拒んだ。

「いいから……」と言葉を砕いて、陣保は上官の背中からバックパックを取り除いた。彼女は暗視用ゴーグルで隠された目で、陣保を見た。怒っている目つきなのか、感謝している目つきなのかは、判らなかった。

二人の横を、領仁四朗を先頭にした隊列が、雪を鳴らして通り過ぎて行く。

その内の一人に、陣保は声をかけ肩を並べて歩き出した。

「村瀬陸士長、肩の傷はどうだ」

「平気です。かすり傷ですから」

「バックパックのベルトの部分は、傷に触れていないな」

「はい。ベルトからは大きく外れています」

「うん」

頷いた陣保は、双澤一尉のバックパックを左肩に引っ掛けて、足を早めた。

上官の双澤一尉をさり気なく気遣ってやる――それは隊員たちの〝暗黙の総意〟であった。理由は、はっきりとしていた。双澤一尉が女性だからである。しかし彼ら男は、性差――女だからということ――には全く無関心に鍛え上げられていた。彼ら男が、双澤一尉を気遣うのは、**訓練でも埋められない体力差の部分だけ**であった。これだけは天の神も、男と同列にはしてくれなかった。いわば**「男らしさ女らしさ」の最後の砦**である。

だから陣保陸曹長が双澤一尉のバックパックを持ってやっても、それを甘やかし、と捉える隊員は、この小隊にはいなかった。

陣保は先頭の領仁四朗一等陸曹と肩を並べた。

二人は、小声で話を交わした。友人同士に戻っていた。

「政府は迅速に動いているのだろうか」

「さあなあ。たとえ政府が動いていたとしても、この化け物のような豪雪相手じゃあ、政府の指示命令を受けた機関は、動けないだろうよ」

「いや、俺が言いたいのは、事態対処法や国民保護法は正しく動いているのかどうか、ということなんだ」

「それはどうかな。それが正しく動いていたなら、司令部から我々に対し、もっと多様な政府の要求がうるさく出ている筈だ。現場知らずの政府の多様な要求、がな」

「いずれにしろ政府は新潟・福井両県の情報掌握に苦慮しているだろうな。大停電に対応する非常用発電装置の多くが、新潟・福井両県ではこの猛吹雪と積雪四メートル、五メートルの重みで破壊されている筈だから」

「うむ。両県が陸の孤島に陥っていることは、間違いない」

「政府に情報が集まったとしても、それが事態対処法や国民保護法の発動に該当するかどうか、大臣たちが集まって、ああだこうだと論じ合う〝認定会議〟なるものがあるって言うじゃないか。そんな会議をしている間に事態は、とり返しのつかぬことになってしまうのに」

「それが日本式民主主義さ」

「まったくな……」

「いま総務省消防庁の国民保護室が中心となって、〝全国瞬時警報伝達システムJ・ALERT〟の開発を進めているらしい。堅固な非常用電源装置をも備えてだ。一、二年の内には全国展開を終えると聞いている」

「ほう、それは凄い。初耳だ。消防庁さん、やるじゃないか」

「いや、それでも遅すぎたと言うべきだ。余りにも遅すぎた。政府は道路建設などに莫大なムダ金を投下するよりも、僅かな資金で出来るJ・ALERTなどを最優先すべきだった。消防庁がうるさく提案していなければ、J・ALERTは永遠に日の目を見なかったかも知れない。そういう意味では、消防庁は大変よくやった。彼等は仲間だな、俺達の」

「うん。そう評価できる」

「それにしても、一体全体なんてえ雪だ。この降り方はよう」

陣保陸曹長は夜空を仰いだ。暗視用ゴーグルを塞いだ雪を、彼は手で払い落とした。

「そろそろですね」と、領仁が部下としての口調に戻る。

「うむ。チェックしてくれ」

「了解」

足を止めた領仁は振り返り、隊員たちに幾通りかの手振りで指示を伝えた。

三〇名のレンジャーのうち半数が、領仁をも加えて素早く四方へ散開した。

双澤一尉と陣保は残りの隊員を従え、積雪四メートルの白い壁に挟まれた〝回廊〟を、そのままゆっくりと直進した。自動小銃の引金《トリガー》に指先が軽く触れていた。が、トリガー・ガードの中へ指を回し込むようなことはしない。それをやると、いくら訓練されてきた彼らであっても、暴発の危険が生じる。指先が軽く触れているのは、引金の側面だった。

陣保たちの頭上――積雪の上――を、領仁に率いられたチームが低い姿勢で進んでいく。待機している二機のヘリ、もしくはその周辺に異常がないかチェックしようとしているのだった。

「陸曹長……」と、双澤一尉が直ぐ後ろから陣保の背に囁いた。もっとも、この囁きはレシーバーを通じて全隊員にも届いている。

「バックパック持つわ。肩を休ませておいて下さい」

「私が持ちます。どうも有難う」

「左肩に私のバックパックを掛けていたら、射撃に支障が生じます」

「大丈夫です」

「私が持ちます。返しなさい。これは上官命令です」

「そうですか。判りました」

陣保陸曹長は、双澤一尉の肩にバックパックをそっと掛けてやった。

双澤一尉が暗視用ゴーグルに隠された目で陣保を見つめ、彼の上腕部を強く摑んだ。言葉はなかったが、「有難う」であった。

陣保が頷き返す。

このとき、彼らのレシーバーに領仁の声が入って、骨伝導により聴覚に伝わった。

「こちら領仁。ヘリ及びその周辺に異常なし」

「了解。パイロットにエンジンを始動させ搭乗を始めよ。司令部へ大島半島から離れることを無線しておいてくれ」

「判りました」

陣保たちは足を早めた。やがて轟々たるエンジンの音が聞こえてきた。吹雪は彼らの背中から吹きつけていたが、エンジンの轟音が掻き消えることはなかった。

全隊員がヘリに乗り込むのを待って、二機はほぼ同時に離陸し一気に高度を上げ出した。とたん、二機のヘリは大揺れに揺れた。

「あぶない」

窓の外を見ていた双澤一尉が、思わず叫んだ。県警のヘリが強風に煽られて、〝空中横転〟しかけたのだった。悪天候下の操縦の難《むずか》しさであった。

あわや墜落か、と思わせた機体を何とか立て直して、陸自ヘリの窓に顔を寄せていた隊員たちをホッとさせた。

窓から顔を離した陣保は、「少し悪天候下飛行の練度不足かな」と呟いた。二年も三年もかけて一人前に育てあげた大事なレンジャーたちを、危うく失うところだった。

陣保にとって部下たちは、「宝」であり「同志」であり「友」であった。何ものにも替え難い存在なのだ。

「ゴーグルを外してよし」

双澤一尉の指示で、隊員たちは暗視用ゴーグルを外し、素顔を見せた。

はじめて激しい実弾銃撃戦を経験した隊員たちの表情は、様々だった。自動小銃を握りしめて、うなだれている者。何かを探すかのようにして薄暗い機内を見回している者。怯えたように一点を見つめている者。しかし、ほとんどの隊員は無表情であった。何事もなかったかのように。

だが陣保はアメリカ留学中の「レンジャー学」から学んでいた。実戦後に気力を失っている隊員だからと言って、必ずしも精神的弱者ではなかった。次第にケロリとなって優れた戦闘員への道を歩む者が少なくない。一方で悠然《ゆうぜん》と見えている隊員の中には、遅れて深刻な神経衰弱に陥る者もいる、と。

「川上陸士長」

陣保は、十連発の狙撃用ライフルを手に、落ち着いた表情で目を閉じ座っている若い隊員に声をかけた。小隊に二人いるスナイパーのうちの一人で、群を抜く射撃の名手だった。

「はい」と、川上陸士長は目を開け、上体を陣保の方へ少しねじった。

戦闘中、彼は陣保のすぐ横で、六人を一二発で撃ち倒していた。そのときの狙撃距離は一八〇メートルから二五〇メートル。まさに名手であった。

「大丈夫か、気分は」

「いえ。左手の小刻みな震えがとまりません」

「両脚に震えはないか」

「大丈夫です」

「吐き気は」

「ありません」

「私の顔は鮮明に見えているか」

「見えております」

「耳鳴りは」

「ありません」

「なら大丈夫だ。左手の小刻みな震えは、まもなく鎮まる」

「有難うございます」

川上陸士長は軽く頭を下げて、姿勢を元通りに正した。

「芳長《よしなが》三曹」

立ち上がった陣保は、自動小銃を握りしめうなだれている三〇過ぎの隊員のそばへ寄っていった。

ヘリが激しくバウンドして、機体がギシギシと軋んだ。

芳長三曹は顔を上げたが、返事はなく目は虚ろだった。

彼は陣保と共に先頭切って原発建物内へ突入し、テロ・ゲリラ相手に至近距離で激しい銃撃戦を展開。四人を倒していた。

「心配するな。お前さんには、いつも俺がついている。安心しろ」

「はい」と、芳長三曹の表情が緩んだ。彼にとっては、大きな陣保の言葉であった。何よりの言葉であった。

「これから行く場所では、もっと苦戦する。日頃の訓練を遺憾なく発揮しろ。それが自分の命を護ってくれる。いいな」

陣保は皆を見回して言った。力強い返事は、返ってこなかった。陣保は、それでいい、と思った。現在の放心状態が、再び強固な集中心を呼び起こしてくれるであろうと確信した。

ヘリが右へ傾きながら、また激しくバウンドした。

陣保は腕時計を見た。すでに日は替わって何時間も過ぎていたが、窓の外はまだ暗夜であった。

二

自動小銃で武装した新潟県警の機動隊一〇〇名と陸自高田駐屯地（上越市）の精鋭一〇〇名が、関東電力の柏崎刈羽原子力発電所の前で共に真っ白になりながら合流できたのは、翌午前五時一〇分頃であった。中央即応集団ではなく高田駐屯地の普通科部隊が動いたのは、防衛大臣の命令によってである。「原発まで五、六〇キロと近いから」というのが、駒伊大臣が高田駐屯地の普通科部隊を選んだ理由だった。この部隊、訓練成績は非常に優れていた。

午前五時を過ぎているとは言え、空はまだ真っ暗だった。

その中で、原子力発電所の建物はいまだ勢いを弱めず燃え盛り、敷地内外に降り積もった高さ四メートルから五メートルの雪の壁を、赤く輝かせていた。

しかも、猛吹雪は尚も続いている。

「敷地内道路の除雪は、どうやらされているようですね」

暗視用双眼鏡を目に当てた機動隊の指揮官、荒浜卓也警視三八歳がヘルメットや肩に厚さ数センチの雪を乗せながら、隣で矢張り双眼鏡を覗き込んでいる陸自の的矢三等陸佐（少佐相当）三六歳に言った。

「とは言え、すでに五、六〇センチから六、七〇センチは積もっていそうですよ。まわりの高さ数メートルの雪の壁と比べれば、敷地内道路は確かに除雪されているとは言えますが」

「そうですねえ」

「それにしても、これだけ雪が降り続いているというのに、あの凄い炎は一体何が燃えているのでしょうか」

「さあ……発電所内部と交信できないので、判断のしようがありません」

「放射性物質が燃えてなけりゃあいいのですが」

「いや、放射性物質自体は、普通では発火しないでしょう」

「そうですか。消防が動ければ、火勢をもう少しは弱められるんだが」

「この積雪と吹雪じゃあ、消防車も消防ヘリも動けないでしょ。我々だってヘトヘトに真っ白になって、ようやく此処まで辿り着けたのですから」

「発電所で働いている人達が心配です。ともかく中へ踏み込みましょうか」

「急ぎましょう。此処の常駐警備に就いている機動隊員七名の安否も気になりますので」

「交信できていなかったのですか」

「ええ。まったく……」

「用心して下さいよ。陸自高田駐屯地の叛乱部隊が此処を襲った、という偽《にせ》の情報が東京で飛び回っていたようですから、何者が中にいるか判りません」

「それって本当に、偽の情報だったのでしょうな」

と、荒浜警視は双眼鏡を顔から離して、不安そうに的矢三佐を見た。

「高田駐屯地の精鋭なる部隊は、此処にこうして正しくいるではありませんか」

的矢三佐も双眼鏡を下ろして、荒浜警視と視線を合わせた。

警察と陸自は二手に分かれ、北側と南側から回り込むかたちで動き出した。

一〇〇名の部下を率いる的矢三佐は、表情や言葉にこそ出さなかったが、ある不安を抱いていた。

もし、この原子力発電所の何処かに強力なテロ・ゲリラ集団が潜んでいたなら、彼には全員を掃討する自信がなかった。なさけない自分とは思うのだが、自信がなかった。その原因は、テロ・ゲリラを想定した部下の練度不足にあった。一般的訓練には、絶対の自信があったのだが。

戦争とは弾幕線である。銃弾、砲弾を面を形成するかのように敵に向け連続して発射する**物量戦**である。貧乏《びんぼう》国家は、たとえ『**国民とその財産を守る自衛戦争**』であっても、**出来ない**。やれば負ける。一発一殺などではなく**圧倒的な弾幕**が多数を殺傷し、それが「**酷い勝利**」へとつながっていく。だから物量を継続できない旧日本軍は太平洋戦争で敗れた。敗れる事は初めから判り切っている旧日本軍の貧相な、物量生産能力だった。開戦自体が無謀であった。許されぬ無謀であった。作戦自体も、全く優れたものではなかった。

それに対し、テロ・ゲリラ相手の闘いは、戦闘技術とくに射撃技術が勝敗を決めるターニング・ポイントとなる。制圧チームの優劣は、射撃技術の優劣と無関係ではない。また射撃技術の優劣は、作戦行動技術の優劣とも無関係ではない。射撃技術に優れる制圧チームは、多くの場合すべての戦闘技術に優れている。

しかし……狭苦しい陸自の駐屯地には、実弾狙撃訓練場も実弾射撃訓練場も無いところが少なくなかった。日常的に実弾による狙撃や射撃訓練を積み重ねてこそ、優れたものとなる対テロ・ゲリラ掃討技術である。

カラ撃ち訓練や空砲撃ち訓練などは「遊びだ」と的矢三佐は思っている。充分な実弾射撃訓練こそが、テロ・ゲリラ集団に対する制圧訓練であると信じて疑わない的矢であった。が、美しい山河の姿を大きく変えてしまう無駄な高速道路・高速鉄道工事には平気で巨費を投じる政府も、「ライフルの実弾一発撃つと何円かかってしまいます」と顔をしかめる。その思想で国民保護法など設けても、つまるところ「何の役にも立たない」と思っている的矢であった。

（一番最後に、部下に実弾射撃訓練をさせたのは、いつ頃だったかなあ……）

的矢三佐は思い出そうとしたが、思い出せなかった。それほどに〝以前のこと〟であった。自分の後ろに続いている部下が、哀れであった。優秀揃いの、部下達であった。

（県警機動隊の実弾射撃訓練は、どの程度実施されているのだろうか……）

的矢は北側へ回り込んだ機動隊を、気遣った。日本警察の射撃訓練も決して充分でないことを、的矢は知っている。

（一体この雪の壁は何なんだ。鉄ででも出来ているのか）

的矢は銃を持っていない左手で、高さ数メートルの雪の壁を叩いた。

連なる雪の壁のかなり向こうで、巨大な炎が天に向かって、強風に煽られ大きくうねりながら噴き上がっている。ゴオッという音を立てていた。

その炎の熱《あつ》さをヒリヒリと顔に感じるのに、雪の壁は溶けるどころか「かえって固くなっている」と的矢は感じた。

白壁の回廊を右へまがると、数十メートル先で雪の壁が切れ、開けた広い場所がそこにあるらしいのが判った。

立ち止まった的矢三佐は胸ポケットから、折り畳んだ地図を取り出して開いた。

地図が、炎色に赤く染まった。ペンシルライトの明りが必要ないほど、小さな文字までくっきりと炎の明りで浮き上がっていた。

「よし、ここだな」

地図の一点を指先で突ついた的矢は、前方の開けた場所へ視線を戻した。

このとき、一〇〇名の隊列を閉じ込めている高さ数メートルの雪の壁の上に、炎色に赤く染まった丸いもの——頭——と、竹のように細いもの——銃身——とが音立てることもなくスウッと現われた。そしてもう一人、さらにもう一人……たちまち幾十もの頭と銃身が現われた。

そのうちの一人が、サッと手を上げる。

とたん白い壁の上の幾十もの銃口が、至近距離の眼下に向かって一斉に火を噴いた。

容赦がなかった。

三

首相・皆村順太郎は、打ちのめされ大きな失望感を味わっていた。官邸危機管理室にようやくフルメンバーが揃って有効な対策協議が出来る、と思ったが期待はずれであった。閣僚たちは、海自の最新鋭潜水艦〝すいせい〟が領海内で国籍不明潜水艦二隻を魚雷で撃沈したことを知って仰天腰を抜かし、そのことばかりに固執し同じ議論を繰り返し、また繰り返して時間を浪費していた。その他の重大なことには全く頭を働かせていなかった。

「ですから、それではいけない、と私は何度も言っとるんです。沈んだ潜水艦の所属国を突きとめることを最優先すべきです。そして相手が怒り出す前に、わが国が誠意を見せて謝罪すべきです。補償についても、きちんと申し述べるべきです」

「そんな馬鹿な。撃沈された潜水艦は日本の領海深くにまで、侵犯したんですよ。場所的にも明らかに故意の侵犯ではないですか。いわば犯罪艦船です。その犯罪艦船の所属国を突き止め、いち早く頭を深々と下げよと言うのですか」

首相側に立った庄野官房長官と、文部科学大臣・宮村則弘との激論であった。

「それじゃあ、もう一度訊ねますよ官房長官。あなたはロシアや中国や韓国や北朝鮮を相手にして、優秀な隊員が揃っているとはいえ日本の陸海空自衛隊が勝てるとでも思っているのですか。国防に必要な充分な装備レベルを満たしている、とでも思っているのですか。冗談じゃあない。向こうの軍隊規模に比べりゃあ、自衛隊は決して満足な規模ではないんですぞ。お判りか」

「この部屋は戦争論を交わす場所ではありません。それに沈んだ潜水艦の所属が、どうしてロシアか中国か韓国か北朝鮮だと判るのですか。四か国に限定なさったお考えについて聞かせて下さい」

「世界中でその四か国が最も日本を嫌い、日本を蔑視《べっし》していると思われるからですよ。ひょっとすると、沈められた二隻の潜水艦は、ロ・中・韓・北の四か国の総意によって日本近海で動いていたのかも知れませんよ」

「そんな馬鹿な」

庄野官房長官は〝苦笑で一蹴《いっしゅう》〟したが、皆村首相は思わずゾッとなった。あり得ないことではない、と思った。昭和二〇年までの日本は、それらの国々に対し大変な行為を突きつけていたのだ。敗戦後の日本国民がセックスとカネと犯罪に溺れたヘラヘラ民族に陥るのをまだかまだかと待ち構え、いま四か国合同の槍を繰り出してきたと考えられなくもない。

「官房長官、あなた考えが甘いですよ。ともかく私は先ず沈んだ潜水艦の所属国に対し潔く謝り、充分以上の補償を申し出るべきだと考えます。この際頭を下げに下げ、腰を低く低くすることが、国土と国民を救うことになると信じて疑いません。振り返ってみれば敗戦後の日本は、アメリカや周辺国に対し常に遠慮し、遜《へりくだ》り、謙虚にモノ申し、一生懸命に色々とカネなど支援させて戴き、その見返りとして平和なのんびりとした環境を享受してきたのです。その敗戦後の伝統と経験を今回も絶対に生かすべきですよ」

「あんたねえ」

庄野官房長官が憤然として腰を上げようとするのを、「もういい」と皆村首相が右手を軽く上げて制し、もう一度「もういいです」と付け加えた。疲れ切った表情だった。

「これ以上議論を続けていると、いまに朝日が昇ります。官房長官と防衛大臣及び国家公安委員長と警察庁長官の四人は残って頂いて、あとは引き揚げて下さい。対策については私の考えで詰めていきます」

「ですが総理。これほど重大な問題は、総理お一人の考えに任せず我々閣僚全員で知恵を出し合うことが大原則ではありませんか」

今度は首相に嚙みつく宮村文部科学大臣であった。

「皆さんと話し合っていると、ろくな結論が出ないから引き揚げて下さいと言っとるんです。引き揚げろと言ったら、引き揚げなさあい」

堪忍袋の緒を切ったのか、皆村はテーブルを平手でバアンと叩き、顔面を紅潮させた。頰がヒクヒクと震えている。

その見幕にさすがに恐れをなしたのか、あれこれ勝手な自論を展開していた閣僚たちが椅子から立ち上がった。

と、左耳に高性能小型無線機のイヤホーンを差し込んだままであった駒伊防衛大臣が、不意に「えっ」と大声を発して立ち上がり、部屋の片隅へ行った。すぐに部屋の片隅へ行くのは、気が小さなこの人の習慣だった。他の全員がギョッとなって表情と体の動きを止め、駒伊大臣に注目した。

「それ、いつ起こったのです」と、駒伊は更にオクターブを上げた。

「…………」

「発生してから随分と時間が経っているではありませんか。どうしてもっと早く報告してくれなかったのですか」

「…………」

「捜索していたから、なんて理由にはならんでしょうが。そういった重大なことは、発生直後に私の耳へ入れるべきでしょうが」

場所を忘れ、駒伊は金切り声を張り上げた。肩を激しく震わせている。

「それで機体の残骸とか、パイロットたちは見つからんのですか」

「…………」

「探しなさい。総力を挙げて探しなさい。それと、急ぎ日本海の問題海域に充分な艦船及び哨戒機を展開させ、不審船や不審潜水艦の侵入に万全を期して下さい」

今にも泣き出しそうな、くしゃくしゃになった顔を皆村首相に向ける駒伊であった。

交信を終えた駒伊が「首相……」と、自分の席へ戻った。声が怯《おび》えていた。

「ただいま統合幕僚長より、イージス艦〝しらなみ〟に搭載の哨戒ヘリ一機が撃墜されたらしい、という情報が齎《もたら》されました。撃墜されたのでは、と想像される位置は東経……」

「あ、いや……」

と首相が軽く手を上げて、駒伊を押さえた。

「ともかく、消息を絶ったヘリの捜索を充分にやらせて下さい。それから駒伊さん、あなたね、制服組と話を交わす時は冷静であって下さい。決して感情を高ぶらせてはなりません」

「は、はい。申し訳ないです」

誰を何の大臣に任命するかは難しいことだ、とこのとき皆村は改めて痛感した。

「大臣適任判定会議」といった政府諮問機関のようなものがあって、そこで人間総合科学的に大臣の適性・不適性が導き出せないものか、とも思った。もちろん内閣総理大臣も含めてである。

議員の履歴からだけでは、とても大臣に選抜任命はできない、と気付く皆村であった。

ひとたび選任を間違えば、政策を誤り且《か》つ国民を犠牲にして国家を滅《ほろ》ぼしかねない、とつくづく思うのである。が、それが出来ない悲しい現実がこの国の政府に、いや、この国の政界にあった。**ドス黒いカネが権力を握っているからである。**

四

「前方に火災を小さく視認。かなり激しく燃えているようです」

パイロットの機内アナウンスがあったと同時に、機体が真空地帯《エアポケット》にでも突っ込んだかのように、水平姿勢のまま一気に数十メートルを垂直降下した。

隊員たちに動揺はなかった。飛行中の激しい揺れに対処する訓練は充分に積んである。

「弾倉を再確認。降下《ローブダウン》指示に備えよ」

陣保陸曹長は部下たちを見回して命じた。

機内にカチャカチャと、鋼と鋼のこすれる音が満ちて、直ぐに鎮まった。

陣保の横に座っている双澤一尉が、スウッと彼の耳元へ顔を近付けて囁いた。

「ヘリを着陸させず、降下《ローブダウン》で行くのね」

「ええ。着陸は危険です」

「そうね」

「原子力発電所に向かって直進飛行するのではなく、間を大きく取って三、四度低空旋回させた方が宜しいでしょう。それでロープダウンの場所を見つけましょう」

「賛成だわ。パイロットに言っておくわね」

「お願いします」

双澤一尉が操縦席へ立った。

「ゴーグル装着」

陣保が命じ、彼と山根三曹を除いて隊員たちは素早く暗視用ゴーグルを装着した。

時間は午前五時四〇分を過ぎていたが、厳寒の窓の外はまだ真っ暗だった。なにしろ空は、厚い雪雲で覆われ、しかも猛烈に吹雪いているのだ。

双澤一尉が戻ってきて彼の横に座り、やはりゴーグルを装着した。

その彼女の前に、小型だが高性能な通信機を背負った山根三曹が片膝ついた。

「双澤一尉に大田原司令官からです」

頷いた彼女は、差し出されたレシーバーを左耳に当て、右手で受け取った送話器《マイク》を口に近付けた。

「双澤です」

「…………」

「なんですって」

「…………」

「はい。陣保陸曹長にも伝えます」

　交信は、それで終りであった。隊員たちの不安そうな視線が、レシーバーと送話器を山根三曹に戻した双澤一尉に集中した。

「よくない報告ですね」と、陣保が先に言った。

「柏崎刈羽原子力発電所へ向かった高田駐屯地の普通科部隊と新潟県警の機動隊が、発電所前で合流したとの無線報告を最後に、交信が途絶えているらしいの」

「双方合せて何名ですか」

「陸自一〇〇名、機動隊一〇〇名の計二〇〇名」

「なんてえことだ。高田駐屯地の部隊と言やあ、猛者揃いで知られた部隊ではないですか」

「あと三つ、いやな報告が……」

「なんです?」

　旋回を始めるのか、ヘリが機首を海側へ振ったのが、隊員たちの体に伝わった。

　双澤一尉が言った。

「一つは近畿電力と関東電力の火力発電所の送電システムが少し前に何者かに破壊されたこと、二つ目は他の電力会社から東京・大阪への支援送電線が早くに切断されていたこと、あと一つはイージス艦〝しらなみ〟に搭載の全天候型哨戒ヘリ一機が〝イカ釣り漁らしい大船団発見〟の報告を最後に、やはり交信を絶ったらしく、イージス艦では前後の状況から撃墜されたと判断しているとか」

「大船団？……で、その船団はいま何処に」

「現在までのところ、見つかっていないらしいわ」

「そいつあ、恐らく**高速工作船**だ。多数のテロゲリラ集団をこの国へ上陸させた後で発見されたのでしょう」

「じゃあ……」

「今頃はすでに猛スピードで公海へ抜け、どこかの国の発進基地を目指していますよ」

「上陸させた仲間を残したまま？」

「連中は初めから死ぬことなど計算済みで、この日本という財政破綻《はたん》の微温湯《ぬるまゆ》国家へ、今こそ大打撃を与えようとしているのでしょう。ひょっとすると、すでに五万や一〇万の武装蹶起《けっき》要員が真っ暗となった大都市の各所に潜んでいるやもしれません」

そう言って立ち上がった陣保は、操縦席へ足を向けようとした。

彼のその足が踏み出す前にとまって、不意に思い出したように「東京が危ない」と呟いた。

その呟きを聞き漏らさなかった双澤一尉が、ハッとしたようにゴーグルに隠された目で陣保を見る。

陣保が「山根三曹」と、凄い形相を無線機を背負っている彼へ向けた。

「大田原司令官を、急ぎ呼び出してくれ。代理は駄目だ。司令官を直《ちょく》で頼む。それから川上陸士長」と、陣保の視線が名スナイパーに移った。

「はい」

「まもなく、お前の出番が必ずある。へそ下三寸に気力を集中させ、狙撃の呼吸を静かに整えておれ」

「了解」

「恐らく連射狙撃になる。いいな」

「判りました」

「陸曹長。大田原司令官が、お出になりました」

山根三曹がレシーバーと送話器を、陣保に差し出した。

隊員たちの緊張が高まり、またドスンと音を立ててヘリが大きく揺れた。

陣保陸曹長は、山根三曹に無線機のスピーカーのスイッチを入れさせた。

大田原司令官との交信内容を、隊員たちにも聞かせる積もりだ。

「こちら陣保です。いま原子力発電所を遠くに見て、旋回に入りました。これより用心しつつ接近していきます」

「そうか。充分に注意するように」

「心得ました。それから東京に急ぎ厳戒態勢を敷いて戴きたいと思うのですが。特に皇居、首相官邸、国会議事堂及び霞が関の官庁街を重点的に」

「すでに警視庁が警察官を総動員して、万が一に備えているが」

「いえ。私が御願いしたいのは治安警備のレベルではなく、実戦的厳戒態勢を敷いて戴けないか、という意味でして」

「なに。陸自を動員してくれ、と言いたいのか」

「陸自というよりは、中央即応集団の全精鋭を、です」

「なぜだ。東京が危ない、という具体的根拠がないと、防衛大臣も官邸も首をタテには振らんぞ」

「具体的根拠はありません」

「君の勘が言わせているのか」

「はい。自信のある勘です」

「勘なあ……君の勘は日頃から評価はしているが」

「どうか、是非……」

「具体的根拠がなければ、統合幕僚長にしても難色を示すだろう。しかし……ひとつ喧嘩を吹っ掛けるつもりで言うてみるか」

「日が昇らぬ暗いうちに、中央即応集団を皇居、永田町、霞が関かいわいに潜伏させるのが宜しいかと考えます」

「潜伏？……目立たぬよう展開すべき、と言いたいのか」

「そうです。表面警備は警視庁に任せ、中央即応集団は直ぐに事態対処できる態勢で潜んでいるべきです」

「君のことだ。潜伏に適した場所まで、頭の中に入っているのではないのか」

「次の公共建造物の地下駐車場などが中・小型装甲車に適していると思われますので、緊急確保を検討なさったらどうでしょうか」

「言ってみたまえ。もし判るなら地下駐車場の収容台数までも」

「おおざっぱに申し上げます。千代田区平河町のホテル・ルポール麴町五七台、二番町の東京グリーンパレス四二台、大手町のＫＫＲホテル東京六三台、平河町の平河会館五台、新宿区市谷本村町のホテルグランドヒル市ヶ谷九五台、港区南青山の建設共済会館一〇台、以上の総収容台数二七二台です」

「判った。各駐車場の形状を至急確認してみよう。いいところを突いとる」

「お願いします。早口で失礼しました」

「よし。隊員たちを頼むぞ」

交信が終った。

双澤一尉をはじめ隊員たちは、永田町・霞が関周辺の公共施設と駐車場の収容台数を頭に叩き込んでいた陣保陸曹長に、改めて驚かざるを得なかった。

「双澤一尉、陣保陸曹長。来て下さい」

天井のスピーカーから、パイロットの声が流れた。

二人は操縦席へ行った。

暗視用ゴーグルを装着したコ・パイロットが、風防ガラスの向こうを指差した。

「吹雪で見え難いでしょうがあの右端のビルを見て下さい。三階……いや四階建くらいの」

ヘリは旋回しつつ、かなり原子力発電所に近付いていた。県警ヘリは、陸自ヘリの外側を並んで飛行している。

陣保は暗視用双眼鏡を覗き込んだ。双澤一尉もゴーグルを外して陣保を見習った。

「こちらに向かっては窓が一つしかないのね」

「ビルはなるほど四階建くらいですね。低空で接近して、屋上へロープダウンしますか」

「あの窓から、ヘリが銃撃されないかしら」

「それを考えていたら、何も出来ません」

「窓の内側の様子、見えないわね」

「見える距離に入ると銃撃されるかも」

「有難くない予感だわね」と、双澤一尉の形のいい唇が苦笑した。

陣保はパイロットに対し、機体を横滑り状態でビルに近付けるよう頼んで、部下のところへ戻り、乗降口の扉を開いた。機内に頬を殴りつけるような風と雪が吹き込んだ。

安定を欠いたヘリが、激しく揺れながら機首を右へ振る。例のビルに対し機体が横向きとなった。そのビルの窓から銃撃されかねない、非常に危険な一瞬だった。

「降下用意。川上陸士長は眼下四五度のビルの窓を狙え。窓一つのビルだ」

陣保の命令で川上陸士長ほか隊員たちの表情に緊張が走った。コ・パイロットが県警のヘリに対して、声高に無線を入れている。警察無線と自衛隊無線は、普通では交信できない。しかし半年ほど前から、一部で共用化が進められていた。

川上陸士長が乗降口の外に向けて、長銃身の暗視用スコープ付き狙撃用ライフルを身構えた。後ろの支柱へ、左右の腰から伸びた金具付きの安全ベルトを、すでにしっかりと引っ掛けている。これをしないことには、大きく揺れるヘリの外へ放り出される危険がある。

「この揺れで窓を捉えられるか川上陸士長」

「大丈夫です。捉えています」

「どうだ。窓の内側は」

「もう少し近付かないことには」

「油断するな。窓一点に全神経を集中させろ」

「はい」

た。


陣保は反対側の丸窓に顔を近付けた。

県警のヘリも、同様に横滑り飛行に入っていた。

陣保はビルが見える側の窓へ戻ると、暗視用双眼鏡を覗き込んだ。

数秒ののち、彼の口から「うっ」と低い呻きが漏れたが、ヘリの轟音がそれを掻き消し
陣保は操縦席の無線を借りて、県警ヘリへ声高に細かな指示を与えている双澤一尉の方を見た。

「……そういう訳だから、もし陸自ヘリが撃墜されたなら、間を置かずその窓に向かって、連射狙撃を始めて頂戴」

「了解。古賀陸士長はすでに狙撃態勢を取っています」

陣保の耳に届いた無線の声は、領仁であった。

交信を済ませた双澤一尉に、陣保は手招いて見せ丸窓の外を指差した。

双澤一尉は、陣保のそばへ引き返し、双方の体が触れ合った。

双眼鏡を持つ陣保の右手の肘に、双澤一尉の豊かな胸が当たる。

陣保はそのやわらかさに、一尉が女性であることを改めて感じながら囁いた。

「例のビルの右側、雪の壁の向こうに見え出した広場を……」

頷いて暗視用双眼鏡を覗き込んだ双澤一尉が、「あっ」と小さく叫んだ。

その広場に累累と横たわるものを、彼女の双眼鏡は捉えていた。それはどう見ても、「陸自隊員や機動隊員ではない」と否定できそうになかった。

「なんて……なんて酷いことを」

双眼鏡を覗き込みながら、彼女の唇は、わなわなと震えた。

陣保は隊員たちに向かって、叱咤《しった》するような大声で言った。

「これより向かう所は、大島半島以上に危険な場所であると覚悟しておけ。恐らく……雲《うん》霞《か》の如く強力な破壊集団がいる」

「うおっす」

烈々たるレンジャー達の返答だった。

「よいか。相手が身構えたら先に撃て。まかり間違っても肩や脚を狙ってはならん。情け無用だ。相手の身体中央へ銃弾を集中させろ。それが貴様たちレンジャーだ。判ったかあっ」

「うおっす」

次の瞬間ヘリの側面が、カンカンカンカンカンッと鋭い音を立て、隊員たちが一斉に反射的に姿勢を低くした。

コ・パイロットが「被弾、被弾……」と叫ぶ。

とたん、川上陸士長の狙撃用ライフルが、ズバンッバンッバンッバンッと火を噴いた。

「ツー・チェック」

川上陸士長がライフルを構えたまま、二人を制圧、と告げた。この場合のチェックは「阻止」「制圧」の意だ。が、その言葉が終るか終らぬうちに、ライフルが再びズバンッバンッと火を噴く。

「ワン・チェック」

川上陸士長が告げたが、更に激しい銃弾がヘリを叩いて、甲高い被弾音を立てた。うち一発が丸窓の一つをバシンと貫通し、反対側の丸窓の上部に当たって火花を立てた。

「あつっ」と、芳長三曹が頬を手で押さえ、前のめりになる。

「大丈夫か芳長三曹」と、陣保が飛び付くように、そばへ寄った。大島半島の原発では陣保と共に、一番に建物内へ突入した、あの芳長である。

「や、やられました。い、痛い」

「見せてみろ」

川上陸士長のライフルが応戦し、弾倉が空となって撃鉄が空《むな》しくカチッと鳴った。

陣保が、頬を押さえて目をむいている芳長の右手を、むしり取る。

川上陸士長が予備の弾倉を、ライフルに叩き込んだ。

ヘリが、またしてもカンカンカンッと被弾音を立て、再び丸窓一つが破られ機内に風防ガラスが飛び散った。

川上陸士長の狙撃銃が、ズバンッバンッバンッバンッバンッと五連射。

衝撃で銃床を受けている彼の右肩が、ぶるった。

舞い上がった空薬莢が、芳長三曹の右足の先に落下し、乗降口へ転がって暗い吹雪の中へ落ちていく。

「心配ない芳長三曹。跳弾でこすられ薄皮一枚がめくれただけだ。一週間もすれば治る」

「有難うございます。うろたえて申し訳ありません」

「ビル屋上。ツー・チェック」と、川上陸士長が告げた。

陣保は丸窓に暗視用双眼鏡を押しつけた。

なるほど、黒いものが二つ、屋上に横たわっている。屋上の直ぐ下にある、たった一つの窓にも、一人が銃を手にしたまま上半身をぐったりと、もたれかかっていた。

「窓にもたれかかっているあいつ、銃を手放していないが大丈夫か」

「では、念を押しておきます」

ライフルが二度火を噴き、陣保の双眼鏡の中でそいつが、ズルズルと窓の下に沈んだ。

双眼鏡は、ほかに人の動く気配を捉えていなかったが、川上陸士長は尚も狙撃の構えを取っていた。

ビルが、ぐんぐん近付いてくる。ヘリは横滑りの速度を上げていた。

「ようし。降下三〇秒前」

陣保のその言葉で、隊員たちは機体の側面二か所にある降下ハッチを開いた。

ビルの屋上の積雪は、理由は判らなかったが、僅かであった。最上階の天井に暖房用の給湯パイプでも走っているのであろうか。それとも、重要な建造物のため屋上に積雪重量がかからないような何か工夫がされているのであろうか。

陣保が怒鳴りつけるようにして早口で言った。

「眼下のどのビルも真っ暗だ。しかし一部の建物は赤赤と激しく燃え上がっているとは言え、他のどの建物も真っ暗とは腑に落ちない。原発の本拠として非常用発電装置は充分に備えている筈だ。眼下の闇は作られた闇かも知れないから、皆、注意しろ」

「うおっす」

「敵さんがいきなり強力なライトを当て、我々の視力を奪ってから撃つ、という手段も考えられる。判ったかあっ、レンジャーども」

「うおっす」

ヘリが屋上の真上で大揺れに揺れつつホバリングし、機内の降下ブザーが鳴って、降下用ロープがするすると下がった。

それを伝って、陸上自衛隊中央即応集団・司令部直属打撃作戦小隊の精鋭たちが、あざやかに降下していく。機体の揺れなど、ものともしない。

陣保は、川上陸士長の安全ベルトを支柱から外してやった。

「大揺れの中よくやってくれた。さすが川上だな」

「有難うございます」

「よし、行け」と、陣保は彼の肩をポンと叩いた。

「はい」

川上陸士長がロープを伝い、続いて双澤一尉、陣保陸曹長の順で降下した。

全隊員三三名を屋上へ残し、ヘリは吹雪に煽られ激しく揺れながらまるで逃げるように
フルスピードで引き揚げていった。

猛吹雪のなか無事に基地に戻れるかどうかの、安定を欠いた危うい飛び方だった。

それより三〇分ほど前――陸自、県警の二機のヘリが富山湾上空で最大の揺れと必死に
闘っていた頃――柏崎刈羽原発の窓が一つしかないビルの北側の建物は、迷彩服を着た完
全武装の男たち多数によって、一階から三階まで完全に占拠されていた。
この原発の頭脳に当たる、中央制御室のある建物だった。
室内の明りは、点いていた。
「どうだ。大島半島の連中とは、まだ連絡がとれないのか」
三〇代後半と思われる日焼けした精悍《せいかん》な風貌の男が、脇で無線機を操作している若い男
に訊ねた。日本語だった。不自然さは全くない。

「ウンともスンとも応答がありません」

答えた男も、日本語だった。

「妙だな。攪乱目的で外務大臣の実家や永田町の高級ホテルで見事に騒動を起こした狼の異名をとる奴等が、日本の自衛隊や警察に潰される筈はないのだが」

「無線機が故障したのでしょうか」

「仕方がない。一応本国司令部に対して、狼と連絡とれず先方の無線機故障の模様、と第一二旅団長発信で暗号打電しておいてくれ。陸自の暗号でな」

「判りました」

彼等の着ている迷彩服は、陸自の迷彩服と寸分違《たが》わなかった。しかも第一二旅団とは、旅団司令部を群馬県北群馬郡榛東《しんとう》村に置き、新潟・佐渡を防衛ラインとしている陸自部隊だ。

そして「**陸自の暗号でな**」とも言っている。

「大島半島の狼、まさか滅《や》られたのではないだろうな岡村」

暗号打電を命令した精悍な風貌の男に向かって、目つきの鋭い長身の矢張り三〇代後半に見える男が言った。

「まかり間違っても、日本の自衛隊や警察には狼は倒せんだろ。なにしろこの国の彼等ときたら拳銃を一発撃つにしても、稟議《りんぎ》書を書いてトップの決裁を得ねばならんのだから」

と、岡村なる人物が答えた。嘲笑《あざわら》うかのような笑《え》みを、口許に浮かべている。

「それじゃあ幾ら高価で高性能な兵器を揃えても、糞《くそ》の役にも立たないな」

「日本の政党や政治家には、この国の約三万四〇〇〇キロにも及ぶ長大な海岸線や多数の島々を、いかにして守るかという強固な国防理念や国防義務感がない。したがって国民にも国防理念や義務感が育っていない。こういう国は、ちょっと珍しい。スキだらけだ」

「その荒《すさ》み精神が、自分たちの子孫の代で、国を滅ぼす事になるかも知れんのにな」

「そう言えば、この国の政党の中には、非武装国家を理念としているところがあったぞ。確か社会党とか言ったと思うが」

「我々にとっては、誠に有難い党ではないか。非武装になってくれれば攻めるにしたって、赤子《あかご》の手をひねるようなもんだ」

「可哀そうにその赤子とやらが、累累と転がっておるわ」

隊の幹部と思われる二人は、窓の外で絶命している多数の死体を眺め、どちらからともなくニヤリと笑った。

「にしても油断は出来んぞ、若宮。後続の陸自や警察の部隊が、いつやってくるか知れない」

「なあに、それまでには東京で、コトが起こってくれるさ。向こうにはすでに、狼と並ぶ凄い連中が、わんさか潜んでいるんだから」

と、若宮なる男が答える。

「うむ。そうだな」

「が、奇襲ヘリ着陸の恐れがある建物の屋上は一応、用心しておいた方がいいな」

「目の前のビルの屋上を見てみろ。積雪が妙に少ない」

「あのビルなら俺のチームでチェックが済んでいる。南側に窓が一つしかないビルで、各階の天井裏には何本もの熱水パイプが走っていた。照明は消してあるが、非常用発電装置は作動させたままだ」

「その一つしかない窓に、念のため何人かを張り付けとけや若宮」

「そうだな。判った」

頷いた若宮という男が、その場を離れていった。

岡村が、無線機を操作している若い男と目を合わせた。

「本国司令部の返事はあったか」

「ありました。狼と連絡を取り続けるように、という指示がありましたので、呼び掛けを続けていますが、矢張り応答はありません」

「もう止《よ》せ。あまり電波を流し続けていると、いくらアメリカに『丸腰の赤ちゃん』だと笑われている日本政府でも、この位置に異分子あり、と正確に突き止めるだろう。もし吹雪が小止みになって空自のF15が飛んできたら、少しばかりマズイ。夜明けも近いしな」

「でも空自のF15だって稟議書の決裁が下りるまでは発砲できないでしょうし、ましてや爆弾などは落とせないでしょう。ここは自国の原発ですよ」

「空自のF15は、我々の鉄砲玉が届かない高空で、稟議書の決裁が下りるまで旋回待機できる。ましてや我々は原発の破壊目的で潜入した異分子だ。そうと判れば、稟議書決裁が下りた空自のF15は急降下を開始し、猛然と機銃を撃ち込んでくるだろう」

「そんな勇気あるんですかあ空自のパイロットに」

「ある、と思った方が無難だ。この国の空自パイロットは、米空軍のパイロットよりも秀《すぐ》れている、と伝えられているからな」

「本国の幹部研修では、日本の国民は『いざ鎌倉』となると皆クモの子を散らすように泣き叫びながら逃げ回《まわ》る、と教わりましたけど」

「俺も**敗戦後の日本人**については、そう認識しているがな……」

岡村なる人物は、そこで口を噤《つぐ》んだ。若宮が少し前に吐いた言葉「大島半島の**狼**、まさか滅《や》られたのではないだろうな」が、気になり出している岡村であった。**狼**部隊は、潜入破壊工作では**本国**で最強の小隊だった。**狼**部隊より強いのは核兵器だけ、とまで評されてきた部隊である。それほどの**狼**を相手にして勝てる部隊が日本に存在する筈がない、と確信してきた岡村だった。

その確信に今、ピキッピキッと小さな音を立てて亀裂が入り始めているのを、彼は感じていた。

そこへ、七、八名の兵士が慌ただしい感じで中央制御室に入ってきた。頭にも肩にも雪をのせ、表情と言えば強張っている。

「どうした飯田。倒した連中のチェックは済んだのか」

「済みました。生きている者は、いなくなりました」と、細目で長身の男が答えた。

「いなくなりましたあ？　誰か息があったのか」

「はい。若い機動隊員が一人……ハラに一発くらった状態で」

「それで？」

「そいつが横たわったまま、いきなり自動小銃を発砲し、至近距離にいた堀垣と深川の二人が頭を吹き飛ばされました」

「馬鹿があ。あれほど油断するなと言ったではないか」

「申し訳ありません」

「堀垣と深川は狙撃の名手だぞ。その大事な二人を失って、申し訳ありませんで済むと思うのか」

「どうかお許し下さい。発砲した機動隊員には数発を見舞いました」

「そんなのは当たり前だろう。チームの責任者として、堀垣と深川を失った責任を取れ。取るんだ」

「………」

「俺にとって貰いたいのか。いくらでも手伝うぞ」と、岡村の右手が腰の拳銃ホルスターに触れる。

「お許しを……どうか」

「駄目だ」

飯田という男は足元に自動小銃を置くと、がっくりと肩を落として中央制御室から出て行った。室内がシンと静まり返る。

数十秒と経たぬうち、パーンと一発の銃声が、ドアの向こうから聞こえてきた。

「島根よ、お前がチームの指揮を引き継げ」

「判りました」と、小柄だが両手の節々に空手ダコをこしらえた男が、少年のように黄色い声を出して頷いた。

「飯田の遺体は雪の中へ丁重に埋めておいてやれ。せめて、それくらいはな」

「はい」

彼等が中央制御室から出て行くと、岡村は天井を見上げて溜息を吐いた。

その岡村が、直ぐにハッとしたような顔つきとなった。耳を澄ましているような顔つきだった。

「おい。いまヘリの爆音が聞こえなかったか」

「一瞬ですが聞こえたような気がします」と、兵士の一人が答える。

中央制御室の全員が、息を殺し耳を研ぎ澄ませた。

「聞こえた。一機ではない爆音だ。間違いない。室内の明りを消して総員、所定の位置につけい」

岡村の指示で、中央制御室を埋めていた完全武装の全員が、明りを消した部屋から廊下へ飛び出していった。動きが完璧《かんぺき》に揃っていた。よく鍛えられている。

屋上へロープダウンした打撃作戦小隊の三三名のうち二九名は、姿勢を低くして双澤一尉と陣保陸曹長を取り囲んだ。他の建物の屋上は、この屋上よりも低いので狙撃される心配はない。注意を要するのは屋上の東側と西側の二か所にある階下への出入口だった。

そこへはロープダウンと同時に、二人ずつが張り付いてスチール製のドアの向こうの様子を窺っている。

高く燃え上る炎は三〇〇メートル以上も東側の建物であったが、屋上は赤々と明るかった。が、隊員は全員が暗視用ゴーグルをしていた。このゴーグルは周囲が明るくとも、機能を損うことがない。

双澤一尉が素早い手振りで、陣保と領仁に指示を出す。言葉はなかった。

頷いた二人が、東と西に分かれて階下の出入口へ、姿勢低く向かった。

その後ろに、ほぼ半数に分かれてレンジャーたちが従う。

双澤一尉は、領仁のチームに付いた。

東側階下の出入口前に片膝ついた陣保は、スチール製のドアを指差し「どうだ?」と、張り付いていた二人の隊員に訊ねた。

「静かです」

「あのヘリの爆音と狙撃手が何人か倒されたことぐらいで敵さんが逃げ出すなどとは考えられない。奴等は引金に指を掛けて構内の何処かで身構えている」

陣保のその言葉で、隊員たちは生唾を飲み込んだ。

「どうだ芳長三曹。怖いか」

「はい。怖いです」

「頬の擦過傷は痛むか」

「ヒリヒリはしています」

「川上陸士長はどうだ」

「膝頭がほんの少し震えていますが、気分は冷静です」

これらの会話は、全隊員の耳《レシーバー》に届いていた。届けるために、陣保が起こした会話であった。

「領仁一曹。レシーバーの調子はどうか」

「こちら領仁。よく聞こえています」と、領仁が改まった口調で応じた。

「くれぐれも双澤一尉を頼む」

「了解。任せて下さい」

「余計なお世話よ。陣保陸曹長」

即座に、双澤一尉の〝反論〟が陣保のレシーバーに飛び込んできた。

陣保は苦笑しただけだった。

彼の手振りで、隊員たちは階下出入口の左右へ散った。陣保ひとりが片膝ついた姿勢のままスチール製ドアの真正面に残った。

（開けろ）と、彼が左手の指で示した。彼等の手、主として指の動きは「指暗号」もしくは「指信号」と呼ばれている。

隊員のひとりが、ドアのノブに手をやって、そっと回した。

ノブは音立てずに回った。

その隊員が、ドアを隔てた位置に張り付いている仲間に頷いて見せた。

彼がドアを蹴るのと、仲間の手がノブから離れるのとが同時だった。

引金を引く寸前で、陣保の射撃意思は踏みとどまった。ドアの向こうの闇の中には、下り階段があるだけだった。

「三名一組……」

短い指示を飛ばして、陣保は階下への出入口を潜った。そのあと四、五メートルの間を空けて、三名一組が次々と続く。

建物内は温かで別天地だった。

誰一人いない四階――北側に窓が並び機械室と思われる――で、双澤隊と陣保隊は合流した。天井に何本もの熱水パイプが走っていた。構内の随所へ利便用として供給されているのであろうか。この吹雪と厳寒では何より有難い供給であるに違いない。

「建物の外へは、私のチームが先行します。双澤一尉のチームは、バックアップを引き受けて下さい」

「双澤了解」

「北側の窓へは近付かないようにして下さい。狙撃されます」

「そうね」

「では……」

両チームは再び、それぞれの階段を下り出した。いや、正確には、下りようとした、と言い直すべきであった。陣保のレシーバーに「陸曹長。土井垣陸士長がダウンです」が飛び込んできたのだ。

階段を下りかけていた陣保は、振り向いた。なるほど、ウィーンと低い音を発しているボイラーのような大型機械の脇で、小隊最年少の土井垣が、腹を抱えるようにして、しゃがみ込んでいた。

「陸曹長、双澤隊が先行する」

事情を察して告げた双澤夏子一尉に、陣保は「申し訳ありません」と電波を返した。

彼が土井垣陸士長に近付くと、小便の臭いがした。土井垣陸士長は漏《も》らしていた。

「おい。土井垣」と、陣保は静かに声を掛けた。

土井垣はゴーグルをした顔を上に向け、陣保を仰ぎ見た。

「怖いのか」

「すみません。申し訳ありません」

「お前は優秀な成績で、レンジャーの猛訓練に耐え抜いた男だぞ」

「体が震えて……震えがとまらなくて」

「お前は訓練中に何度小便を漏らしたか」

「いいえ。訓練中は……怖くありませんから一度も」

「俺は訓練で、三度も漏らしたよ。怖くて怖くてな」

「え……」

「実戦が訓練よりも怖いのは、当たり前だ。小便を漏らしたくらいで一人前の弱虫になったと思うな」

「は？……」

「お前は凄い成績で猛訓練の全課程をやり抜いた。お前は今に、小隊最強の戦闘員になる。それは俺が保証してやる」

「小隊最強の……」

「そうだ。チンポ一本を濡《ぬ》らしたくらいで、一人前の顔してメソメソするな。さあ立て。立って俺の後ろにピタリとついてこい。もっと怖い目に遭わせてやる。嬉しいほど怖い目にな」

「は、はい」

陣保は踵を返し、用心しつつ階段を下り出した。

立ち上がった土井垣陸士長が、そのあとに続いた。股間からポタポタと小便が垂れた。

三階をチェックし、そして二階へ。

突如、耳をつんざく激しい銃声が響きわたって、窓ガラスの砕け散る音が加わった。

反射的に陣保たちは体を低くした。しかし、二階に銃撃が加えられた訳ではなかった。

階下……双澤隊がいる筈の一階だった。

「銃撃っ。北側前方に敵多数が散開」

双澤一尉の硬い声が、陣保の耳に届いた。

「こちら陣保了解。バックアップします。冷静雄猛に対処下さい」

「わかってるわよ。そんなこと」と、双澤夏子一尉のオクターブが上がった。

苦笑《くしょう》した陣保は、体も表情も静止させて、耳を研ぎ澄ませた。

そして、命令を発した。

「川上陸士長。東の方角から軽機銃の連射音。こいつを叩けっ」

「了解」

「二班は川上陸士長をバックアップ」

「二班了解」

「土井垣と一班は俺についてこい。三班の芳長三曹は俺に代わって一階バックアップの指揮をとれ」

「芳長了解」

「行くぞ」

陣保は言うなり、下りてきたばかりの階段を、駈け上がり出した。そのあとから股間を漏らした土井垣陸士長と、一班の三名が続いた。一班は全員が二等陸曹（軍曹）である。

五人は吹雪いている屋上に出た。

陣保が先ず、南側の高さ一メートル程のフェンスを乗り越えて、三階に迫る高さにまでなっている雪の壁に向かってジャンプした。反対側――北側――では、攻める者、反撃する者の間で凄まじい銃声が起こっていた。

タタタタタンッという軽機銃の連射音は、まだ陣保の耳に届いている。

陣保は唇の端にある小さな無線マイクに向かって、怒鳴りつけた。

「どうした川上陸士長。軽機銃を早く叩かんかあ」

陣保の脇へ、土井垣陸士長と一班の二曹たちが、次々と飛び降りた。膝の上まで、ズボッと雪に取られる。雪の壁の上部はやわらかい。

「軽機銃の位置をようやく今、特定。位置は二か所。攪乱させるためか交互に射撃しています」

「よし。やれっ」

「はい」

ズバンッバンッバンッバンッと狙撃銃の特徴ある銃声が四発、陣保の耳に届いた。川上は「必ず一人に二発を速射《そくしゃ》するように」と教育されている。四発を撃ったということは、二人を狙ったということになる。

「ツー・チェック」

それを聞いて声なく頷いた陣保は、次の行動に移った。

彼は幅が三、四メートルはある雪の壁の南側を、一気に滑り下りた。滑り下りた、とは言っても垂直に近い崖状であったから、高さ数メートルのところから滑落するようなものであった。

凍結した路面に、体を丸くして滑り降りた陣保は、靴底のツメで雪をガリガリと噛みながら転倒した。

だが敏捷《びんしょう》に立ち上がるや、海側——西側——に向かって吹雪の中を走り出した。

そのあとに土井垣陸士長や一班の二曹たちが続いた。海側から吹きつける強烈な風が、彼等を押し戻そうとする。

陣保を先頭に、五名は全力で走った。

双澤一尉の声が、陣保の耳に入った。

「陣保陸曹長。こちら双澤」

「こちら陣保。いま全力で疾走中。どうしました」

「前方に散開の敵は、およそ八、九〇名から一〇〇名と思われる」

「了解。これより、その西側から潰していきます」

「頼みます。西側の手前、東側寄りへ集中射撃を加え、西側を孤立させる」

「よろしく」

陣保たちは南北に長く走る雪の壁に突き当たった。その雪の壁の向こうには鉄筋コンクリートの壁があり、そして荒れ狂う海がある。

陣保たちは、頭上に注意を払いながら、その南北に走る雪の壁に沿って、北に向かって走った。

が、二〇メートルばかり走って、陣保の足は止まった。雪の壁が切り崩され綺麗に階段が出来ていた。いま出来上がったばかりの感じがあった。幅三メートルはあろうか。陣保は手指信号の指示で、部下達を四方へ散らし、自分は吹雪の中に突っ立ったまま雪の階段を見つめた。

この吹雪である。階段はたちまち、やわらかな雪に覆われる筈である。

彼は階段に掌を当ててみた。固かった。氷を切って組み上げたもののように固い。

(そう言えば、構内道路の雪も掃いた跡のように、積もりが薄いな)

陣保は、構内道路の薄い積雪については、発電所の業務に支障が生じないよう吹雪き始めた当初から丹念に除雪されていたからだろう、と読んだ。

(だが……)

この階段はおかしい、と陣保は雪の壁を見上げ、一歩を踏み出した。

四方に散った土井垣ら四人が、吹雪に叩かれながら、あたりへ銃口を向ける。

彼等のレシーバーも陣保のレシーバーも、苛烈な銃声で満ちていた。双澤一尉の甲高い指示の声や領仁一曹の怒鳴り声、隊員たちの「糞ったれがあ」という叫びも入り交じって飛び込んでくる。激戦であった。死闘であった。

陣保は階段の中ほどから、引き返した。「こいつあ、〝誘い〟だ」と彼は読んだ。自分や部下たちが上がり切るのを待って、敵の狙撃が始まるだろう、と思った。

陣保たちは、雪の壁に沿って、また走り出した。原子力発電所の姿は、雪の壁によって、ほぼ掻き消されていた。どこもかしこも、雪、雪、雪であった。まさに白い魔物が、吼え狂っていた。響きわたっている銃声までが、たかが知れている、かのように感じられる。

凍った道路の行く手が、雪の壁でさえぎられた。行き止まりだった。

そしてそこに、人ひとりが登り降りできる目立たない小幅な階段が、またしてもあった。

(こいつあ、誘い階段ではないな)

そう思った陣保は、部下を促し慎重に階段を上がり出した。〝先程の誘い階段〟の方向へ、積み固めた氷状の雪塊を盾にしている敵狙撃手の姿がチラリとだが、陣保に見えてきた。

(殺《や》ってやる。待っていな)

陣保がサブマシンガンの引金に指先を触れ、姿勢低くそろりとあと二段を残す雪の階段を上がる。

陣保は、雪の壁の上に顔が出るところで足をとめた。そして暗視用ゴーグルを微調整し、頭の上へたっぷりと雪をのせて掌《てのひら》で軽く圧した。

その白い頭を、彼はサブマシンガンを構えながらジリッと、雪の壁の〝頂上《いただき》〟に向かって上げていった。

そして――吹雪の向こうに、高性能の暗視用ゴーグルが、敵の鮮明な姿を捉えた。

敵狙撃手の一人がこちらに銃口を向けているではないか。

「あ……」

陣保が小さな声を出すのと、ズダーンと一発の銃声が響きわたるのとが同時であった。陣保の後に続いていた土井垣のゴーグルに、ビシャッと何かが降りかかって見えなくなり、続いて陣保の体が彼の上へ落ちてきた。土井垣の後に続いていた二曹たちも含め、彼等はひとかたまりとなって雪の階段の下まで滑り落ちた。

土井垣はゴーグルをはずして「わっ」と叫んだ。二曹たちも、わが目を疑った。土井垣のゴーグルにはドロリとした粘液血がふりかかり、陣保の右頭頂部がヘルメットと共に抉り飛ばされていた。

「くっそう」

あの小便を漏らしていた土井垣が階段を一気に駈け上がった。二曹のひとりが「よせっ」と制止しようとした。が、間に合わない。

雪の壁の上へ駈け上がった土井垣に、一発の銃声が襲いかかった。

土井垣が心臓の背中側から鮮血を噴射し、両手を暗い空に向かって上げ、頭を下に雪の壁から落下した。

「こちら一班の豊田。陣保陸曹長と土井垣が殺《や》られましたあ」

二曹のひとりが、無線マイクに向かって絶叫した。パニックに陥りかけている叫びであった。

あとの二人の二曹は、絶命している陣保の上体を抱き起こし、「陸曹長……陸曹長」「目を開けて下さあい」と、これも混乱している。

「戻って来い。二人の遺体はそのままにして、急ぎ戻って来い」

領仁一曹の指示が三人の二曹に届いた。その声は、悲鳴に近かった。

だが二曹たちは、逃げ出さなかった。「おんのれがあ」と、先ず豊田二曹が雪の階段を駈け上がった。土井垣のように、雪の壁の上へ一気に突入はしなかった。その手前で伏せ、銃口だけを雪の壁の上に出して猛然と乱射を始めた。

二人目の二曹が、豊田に重なるようにして伏せ、矢張り自動小銃を撃ちまくった。最後のひとりは、銃口を四囲に向けて振り、バックを警戒。

たちまち、射撃している二曹二人の弾倉が、空となった。二人は、予備の弾倉を、自動小銃に叩き込んだ。その僅かな間、バックを警戒していた一人が階段を駈け上がるや、仲間二人の背後で銃を頭上に持ち上げる姿勢を取り、ズバババンと連射また連射。三位一体の呼吸であった。

空薬莢が吹雪の中へ弾け飛んだ。銃を支える二本の腕が衝撃で震える。

絶対に逃げ出さない――それが彼等陸自レンジャーだった。

第九章

一

東の空が、白み出した。

警視庁刑事部捜査一課の本郷幸介警部は、「特殊凶悪犯罪捜査係」の部屋で、ひとりポツンと生温《なまぬる》くなったコーヒーを飲んでいた。室内の空気は、眠ってもいなければ休んでもいなかった。そこいらのデスクや椅子に刑事たちの帽子やコートがのっていたり、スーツやジャンパーが掛かっていたりする。

この部屋は、まだ働いていた。

と、ドアが勢いよく開いて、稲木敬吾巡査部長と学生の雰囲気を顔に残した若い刑事の二人が、入ってきた。若い方の名を友成雄太といった。

「警部、判りました。何者であったかだけは突きとめましたよ」と言いながら、稲木がスーツのポケットから一枚の写真を取り出す。

「そうか」と、本郷警部は手にしていたコーヒーカップをデスクの上に戻した。

「こいつ、赤坂のＴＢＳに近い老舗料亭**ぽん奴**《やっこ》の下足番だそうです」

稲木が写真を、本郷のデスクの上に置いた。

「なにいっ」

「情報屋はそれ以上のことは判らないようでして」

本郷が将棋の駒のような厳《いか》つい顔の中で、目をむいた。

写真は、永田神社の境内で胴を切り離されて発見された首から上の写真、つまり顔写真であった。

ぽん奴が政界御用達とくに与党御用達の老舗料亭であることを、知らぬ筈のない本郷である。

「情報屋に当たったのは正解だったな稲木」

「ええ。さすが一級情報屋でした。写真を見るなり断定しましたよ」

「うむ。よし出かけよう。**ぽん奴**だ」

「総員で当たりますか」

「いや、三人で行こう。ほかの連中は他部署や鑑識との打合せで忙しい」

「判りました」

「拳銃携帯を忘れるなよ」

本郷、稲木、友成の三人は、部屋を出た。

稲木巡査部長が口に出した一級情報屋の一級とは、後ろ指差されないきちんとした正業に就いている特に信頼度の高い情報屋を指していた。彼等が苦心して築き上げてきた情報ネットワークである。

そのネットワークに総当たりするよう稲木に指示を出していた本郷だった。

彼等三人は覆面パトカーで、警視庁を出た。

「暗いうちから、陸自の軽装甲車を何台も見かけましたよ」

ハンドルを握る稲木が思い出したように言った。

「この都心でか?」と、本郷は訊き返した。訊き返しはしたが、彼には思い当たるフシがあった。

「ええ。都心とくに国会周辺へ集まってきている、という感じでした」

「皆村首相宛の米国大統領の親書を携えて来日したハリウッドスターが、首相官邸に近いホテルへ着くなり射殺されたんだ。防衛省もピリピリ神経をとがらせているだろうよ」

「装甲車に乗っていた隊員たちは皆、サブマシンガンを手にしていました。あれは中央即応集団の緊急即応連隊とかじゃないですかね」

「暗いうちに見かけたというのに、よくもそこまで判るなあ」

「だって、この覆面パトの直ぐ前、ヘッドライトの明りの中を、ゆっくりと通過したんですから。なあ、友成よ」

「はい。確かに一般に言われている普通科部隊とは印象が違っていました。精強というか精鋭というか……」

本郷は「そうか」と頷いたあと、ちょっと考え込む素振りを見せてから言った。

「これはまだ公にはされていないことなんだが、新潟県の原子力発電所で大火災が発生し、警察庁の指示で事態究明のため猛吹雪のなか出動を命じられた県警機動隊一〇〇名がどうやら消息を絶ったらしいんだ」

「え……一〇〇名もの機動隊がですか」

「うむ」

「日本海側の多くの所で、積雪はすでに五メートルを超えていると言います。一〇〇名は遭難したのでしょうか」

「わからん……おい。その先の路地へ突っ込め。近道なんだ」

「はい」

稲木はハンドルを少し右へ切り、直ぐ左へ大きく切って車幅いっぱいの路地へ上手に車を突っ込んだ。

「この大停電はいつまで続くのでしょうか。ホームレスの凍死が続出し、中小の病院でも高齢の入院患者の死亡が続いていると言います」

「それにしても、こういう重大事態になると日本の政府というのは、右往左往するばかりで弱いですねえ。政治家が全く学んでおらず、自己鍛錬していないのが、よく判ります」

若い友成刑事が不満気な口調で言った。

本郷も稲木も、黙って頷いた。

路地を抜けた覆面パトは、ほとんど車が走っていない大通りを横切って、赤坂の歓楽街へと入っていった。

とは言え、大停電に見舞われ朝も白み始めた時刻だけに、冷え切った歓楽街は静まり返っていた。

覆面パトは、料亭ぽん奴の裏手でとまって、エンジンを切った。

本郷はホルスターから自動拳銃を抜き取り、スライドを引いて機関部へ9ミリ弾一発を送り込んだ。そして安全ピンをかける。

稲木も友成も、上司を見習った。

三人は車の外に出た。身を切るような空気の冷たさであった。

目の前に、ぽん奴の本館の勝手口があった。

本郷は扉に手を触れたが当然、鍵は掛かっていた。

三人は表へ回った。本館も新館も表を固く閉ざしていた。

（ここへ踏み込めば、日本の政界がひっくり返る大事《おおごと》になるかもな）

本郷は、そう思った。そうなれば上層部から、捜査打切り、の指示が出る可能性もある。

「試《ため》しに掛けてみろ。異常すぎる。大《だい》停電だが、まだ携帯の通じる地区が部分的にあるという噂だから」

「はい」

本郷の指示に頷いた稲木巡査部長が、コートの内ポケットから手帳を取り出し、**ぽん奴**の電話番号を確認した。

そして彼は携帯のダイヤルをプッシュした。

が、着信音は鳴ったり鳴らなかったりで結局、応答はなかった。二度、三度と掛け直してみたが、矢張り通信不調状態で、呼出《よびだ》し音《おん》が直ぐにプツンと切れる。

「誰も出ないですね。それに呼出し音の調子がひどく悪いです」

「駄目か……ここの経営者は確か……倉持兼造とか言ったな」

「そうです。経営者家族の居室は、本館の二階にあるとか、情報屋は言ってましたが」

「電話は代表の一本だけか」

「いえ。もう一本、事務室専用とかいうのがあります。試しです、掛けてみましょう」

だが、同じだった。呼出し音が著しく不調でプチンプチンと異音を発し、誰も出る様子がなかった。

「二階で電話が鳴っていたとすれば、二階の家族用居室までは聞こえないかも知れませんね」

「ここは政界重鎮御用達の料亭なんだ。いつなんどき何があるか判らない事に備えて、深夜に代表電話が鳴れば、二階の居室でも鳴るようにはなっている筈。政界御用達の老舗料亭とは、そういったもんだろう。違うか」

「ええ、まあ……」

「勝手口へ戻ろう。呼出し音が不調でもかまわん。電話は鳴らし続けてみろ稲木。恐らく、不調状態はもっとひどくなるだろうから」

「そうですね」

三人は、勝手口の前へ引き返した。

「踏み込むぞ。携帯はもう切れ」

「え……でも、家宅捜索令状は」と、若い友成がとまどった。

「家屋内に緊急事態に直面している者が存在していると考えられる場合、我々は踏み込めるのだ。覚えておけ」

「あ……は、はい」

本郷は勝手口脇の路地へ入っていった。東の空が白み始めたとは言え、路地はまだ暗かった。

本郷はぽん奴本館の黒い板塀を乗り越えた。

携帯を切った稲木も、若い友成も、上司に続いて黒塀を乗り越えた。

そこは小さな和式の庭になっていた。小ぶりな二枚雨戸に面した庭であったから、小座敷に通した客の目を楽しませるのだろう。

本郷は大胆にも雨戸を外しにかかった。部下の稲木は、本郷がそういう思い切ったことをする場合、よほどの事を本能的に感じ取っていることを知っている。

雨戸を外すと、ガラス戸があった。

本郷は、ガラス戸をそっと引いた。なんと鍵が掛かっていなかった。

「こういうことは案外に珍しくないんだよ友成。稲木は念のためだ。再度携帯を掛けてみろ」

本郷は小声で言ってから、靴を脱いで縁に上がった。

彼はスーツの内ポケットから取り出したペンシルライトを点け、座敷の電気のスイッチを入れたが当然、大停電はまだ続いていた。

友成も自分のペンシルライトを点けて座敷から廊下へと出た。

稲木が携帯を掛けた。

鳴り出した電話の音が、ここで聞こえた。

「もういい」

本郷は小声で電話を切らせると、ホルスターから自動拳銃を引き抜いた。

稲木と友成の緊張は増した。左手でペンシルライトを、右手で拳銃をという上司の姿勢を見習ったが、この恰好ではとても発砲できそうにない気分の二人だった。両手で持ち構えてさえ、標的に命中させる自信のない彼等だった。

原因は、はっきりとしていた。射撃訓練を充分にできないほど、捜査で多忙なのだ。それと、射撃訓練にはタマ代が要る、という事情も絡み付いている。警察がケチなのではなく、政府がケチなのだ。利権が絡む道路や鉄道の建設には何兆円も投じることを認めるのに、「常に充分な射撃訓練をして万難に備えよ」と言い切る政治家がいない。**発砲を要する緊急事態、というものを政治家も法も理解していない**のがこの国日本なのだ。恐ろしいほどの**敗戦後遺症**国家なのである。政治家・官僚そして国民をも含めて。

だが、そのような嘆《なげ》きをこぼしてはおれない、本郷たち三人であった。

彼等は一階を、くまなく見て回ったが異常は発見できなかった。

「店員たちが一人もいないな……二階かな」

「いえ。二階には経営者家族の居室しかない、と情報屋から聞いています」

「それと、調理場が冷え切っていたとは思わないか。まるで、長期休業に入ったような感じだった」

「そう言えば、そうでしたね」

「稲木と友成は二階をチェックしてくれるか。私は一階をもう一度見てみる」

「判りました」

稲木と友成はペンシルライトの明りを頼りに、二階へ上がった。

二階には、ちゃんと玄関がしつらえてあったが、まるで「いらっしゃい」と言わんばかりに格子戸は開いていた。

「おかしいぞ」

「おかしいですね」

稲木と友成は囁き合った。

二人は各部屋を検《み》て回ったが、倉持家の家族の姿はどこにも見当たらなかった。

「見て下さい」

広いリビングルームに入って、友成が言った。

彼のペンシルライトの明りが、扉を開いたままの中型金庫を捉えていた。

内部は何一つ入っていない。空《から》であった。

「ぽん奴は、夜逃げしなければならないような業績だったのかな」

「とんでもありません。飛ぶ鳥を落とす勢い、と情報屋は言っていました。資産は恐らく三〇〇億は下るまい、と」

「三〇〇億……」

「この赤坂の敷地と建物だけでも、相当な価値です」

「ともかく、全室を見て回ろう」

やがて二人はリビングルームと続きになっている寝室に入っていった。

「見たところ、夫婦の寝室だな」

「そのようですね」

「だが人肌の温もり感が消えてしまっている」

「ということは**夜逃げ的逃走**でしょうか」

「いやあ、ちょっと違うような気がするなあ」

二人は寝室と続きになっている次の部屋に踏み入った。そこは外に向かって窓が一つもない三十畳大ほどの広い部屋――実は倉持兼造の書斎だった。

「見たところ書斎のようですね。広いなあ。デスク、椅子、書棚、応接セットも揃っていて、本は料理と経営学ばかりですよ」

「勉強家だったらしいのは判るが、窓が一つもない書斎とは妙だな」

「確かに、おかしな部屋ですね」

「リビング、寝室、書斎とタテ一列に連なっている構造も変だが、その一番奥のこれほど広い書斎に窓がないというのは、おかしい、と言うよりは寧《むし》ろ怪しい」

「徹底的に調べてみましょう」

「そうしてくれ」

と言いながら、稲木は机の上にさり気なくのっているラジカセにペンシルライトの光を当てていた。

それ自体、全く怪しくない形であり存在であった。

しかし稲木は拳銃をホルスターに収めると机のそばに行って、それを手に取って眺めた。

録音テープを覗ける丸窓があって、テープが装着されたままであると判った。

友成は、書棚から本を取り出しては、その奥に何か潜んでいないかを調べ出した。

稲木が、録音再生のスイッチをオンにした。

衝撃が二人を襲った。

「こ、この声の特徴、松江前首相だ。松江修之助前首相ではありませんか」

「間違いなく松江前首相だ。**盗聴**していやがった」

「一体なんの目的で」

「判らん。それよりも倉持兼造は間違いなく日本人なのかどうか、心配になってきたぞ」

「もしかしてスパイ活動……」

「くそっ。もしそうなら、わが日本の政界は、とんでもない大失敗をやらかしているぞ。とにかく調べよう」

「は、はい」と、友成はまた書棚の前に戻った。

稲木はラジカセのスイッチを切って机の上に戻し、脇机の一番下の引出しを開けてペンシルライトの明りを向けた。

彼は息を飲んだ。ペンシルライトの明りが捉えたもの――それは小型のモールス信号機であった。ひと目で、そうと判る代物だた。

「友成、こいつを見てみろ」

「どうしました」

稲木の横に戻ってきた友成が、脇机の中を見て「あっ」と叫んだ。

「モールス信号機ではありませんか」

「倉持兼造は日本人ではないぞ。本物の倉持兼造をうんと昔に抹殺して本人になりすましているか、あるいは初めから日本人倉持兼造になり切って演じ通してきた**外国人**だ」

「なんてえことです。この料亭でペラペラと口軽く喋っていた政治家たちの話は、何もかも本国へ打電されていたというのですか」

「そういうことだ。日本の政治家の口は**余りにも軽い**、とアメリカの政界は憤《いきどお》るが、これで**証明された**訳だ。まったく情け無い」

「しかし何故、倉持兼造はこの家から消えたのです?」

「問題はそれだ」

「もしかして、この料亭になど用はなくなったと?」

「そうだとすれば……彼等は長年の懸案に向かって、動き出すのかも」

「長年の懸案？……それって」

「おう、それよ。いよいよ、何処かの国がそれで動き出そうとしているのかも」

「日本攪乱」

「そんな甘ったるいもんじゃあねえ」

「では……日本占領」

「やる以上は、それに近いところまでやるだろう。先ずは東京や大阪が危ない」

「ですが日本には在日米軍が……」

「おい。在日米軍が何もかも日本の面倒を見てくれると思ってんのか。とくに最近の米国民を見ろよ。**他国よりも自国大事派が著しく台頭してきている**」

「大変だ。こうしてはおれません。急ぎ本庁へ戻りましょう」

「こんなもの。糞の役にも立たんぞ」

稲木はホルスターの中に入っている自動拳銃を、スーツの上から平手で叩いた。

「そうですね」と、友成が頷く。

「ともかく本郷警部に言って本庁へ戻ろう。モールス信号機とラジカセを頼む」

「はい」

友成はペンシルライトの明りを、部屋の中で回した。

ひと隅に、スーパーのレジなどで出される大き目のビニール袋があった。乳色の不透明な袋だった。

「あれに入れましょうか」

稲木はビニール袋のそばへ行って、ペンシルライトで中を見た。

「あ、係長。十数本もの録音テープがこの中に入っています」

「くそっ。倉持兼造はわざと、モールス信号機やラジカセやテープを残してトンズラしやがったんだ。今頃は、せせら笑っているに違いない。どうぞ見て下さい、とな」

「ということは、いずれ日本警察が乗り込んで来るであろうと読んで？」

「そういうことだ」

「とにかくラジカセとモールス信号機はこれに入れましょう」

稲木はビニール袋に手をかけて持ち上げた。

次の瞬間、袋の底で青白い火花がバチッと走ったかと思うと、大音響を発した。巨大な炎《ひ》の固まりが一瞬のうちに広い書斎を飲み込み、続いて二度目の大爆発が生じた。

二

その少し前、庄野官房長官のとりなしで、官邸の危機管理室には再び全閣僚が顔を揃え始めていた。通信網がズタズタとなったこの大停電のなか、一度散らばると再招集するのが大変なため閣僚たちは自邸へは戻らず、官邸とは目と鼻の先にある議員会館に待機していた。

「あと宮村さんだけですな」

首相はテーブルに居揃った閣僚たちの顔を見回した。宮村とは、庄野官房長官と激論を闘わせ首相にも嚙みついた文部科学大臣・宮村則弘のことだった。

「大丈夫。まもなく参りますよ。官邸事務職員が直接招集に出向いているのですから」

庄野官房長官が、苛立つ皆村首相を鎮めるような口調で言った。

そこへ当の本人が「申し訳ありません。遅くなりました」と言いながら部屋に入ってきた。そして自分の席に座る前に、皆村首相に向かって丁寧に頭を下げた。

それで首相の表情は、やわらいだ。

文部科学大臣は首相と視線を合わせると、口を開いた。

「上で記者たちに摑まったのですよ。一体何がどうなっているのか政府は一言でも二言でも説明しろ、と凄い見幕です」

「そうですか。日頃は自制的で紳士的な記者諸君も、とうとうシビレを切らしましたか」

皆村首相は腕組をした。

隣の庄野官房長官が囁いた。

「いま、総理が記者たちの前に出るのは宜しくありません。もう暫く事態の推移を見極めませんと」

「うむ」

「ここは駒伊防衛大臣のような人柄の人に任せるのが一番無難ではないかと」

「しかし、彼には熟慮不足な発言ミスが多過ぎます」

皆村も囁き返しながら危機管理室の端の席へ、視線を走らせた。そこには駒伊がいた。

「総理、だからこそ無難なのですよ」

「だからこそ無難?」

「はい。総理だと発言ミスでは済まされません。大事《おおごと》になります」

「うーん。そうは言ってもなあ……。ま、ひとつ駒伊さんに任せてみますか」

やや心配そうに頷いた皆村首相は、まっすぐに駒伊防衛大臣を見た。

「駒伊さん」

「はい」

「すみませんが、あなた。官邸記者たちと少しばかり接触して戴けませんか」

「私がですか」

「政府はいま慎重かつ冷静に、大停電に絡む諸事態の推移を見守りつつ万全の対処に備えている——そういった点を底辺に敷いてひとつ慎重に喋ってきて下さいな」

「慎重にですね。判りました」

「大丈夫ですか」

「大丈夫です。はい」

「じゃ、急いでください。はい」

「ええ……でも洗面所へ先に」

「え?」

「いや、洗面所を済ませてから記者たちに会います」

「そうですね。済ませるものは済ませ、落ち着いて会って喋って下さい」

「落ち着いていますよ私」

「結構ですね。非常に結構」

「それでは行って参ります」

「頼みましたよ」

駒伊防衛大臣が部屋から出ていくと、皆村首相は首を折って大きな溜息を一つ吐いた。やりきれない、といった顔つきだった。

危機管理室を出てトイレを済ませた駒伊防衛大臣は、エレベーターには乗らず階段を上がった。頭の中を整理させる時間を得るためだった。

現われた防衛大臣を非常用発電による照明の下で、官邸記者たちは取り囲んだ。皆殺気立っていた。

「駒伊大臣。大阪、東京を見舞っているこの大停電は一体、いつまで続くのですか。近畿電力と関東電力の原子力発電所が何者かの手によって潰滅的打撃を受けた、という不確かな情報が飛び交っているようですが事実ですか」

「福井県にある近畿電力の原子力発電所と、新潟県にある関東電力の原子力発電所が、猛吹雪の被害を受けて一時的に機能を失っていることは事実です。いま、被害の程度を見極めるため、自衛隊と県警が積雪五、六メートルの猛吹雪のなか、命がけで行動を開始しました。情報が整理できるまで、もう少し待って下さい」

「少し前より陸自の装甲車が次々と国会周辺の何処かへ集結し始めているようですが……」

「大停電がまだ復旧しそうにないので、治安の乱れに備えて念のために取った措置です。皇居、国会議事堂、官庁街、報道機関などをしっかり守らねばなりませんので」

「何か異分子が活動し始めているのですか」

「そういうことも予測しておくのが、我々の仕事です。それよりも我々としては、このような時にこそむしろ報道機関から色々と日本海側の情報が欲しいのです。協力して下さい」

「それは無理ですよ。日本列島の背骨、つまり山脈の向こう側は猛烈な吹雪と積雪で、どの報道機関の支社も動けず、孤立状態です。なにしろ、列車も飛行機も船も自動車も動けず通信網《もう》もやられているのですから、頼れるのは政府情報だけですよ」

「報道機関の自家発電装置は動いているのでしょう」

「新聞大手四紙とテレビ六局の自家発電装置は動いていません。何者かによって徹底的に内部破壊されていると判明しました。我々もつい先程、知ったところです」

「なにっ。内部破壊？」

「外見は異状なく見えるのに、発電装置の内部が滅茶苦茶にやられている、ということだと思います」

「なんと……」

「素人には出来ないことです。プロ中のプロの仕業ですよ。この日本に、いや東京や大阪の大都市に、既《すで》にとんでもない外国の異分子が多数入り込んでいるのではないのですか大臣」

「さあ、それは……」

「もしそうだとしたら、政府はそれら外国の異分子から、日本を守り切る自信はあるのですか。近畿電力と関東電力の原子力発電所のトラブルも、ひょっとして日本海を渡って侵攻してきた外国の異分子によるものではないのですか。どうなのです」

「いま、この場で軽はずみな発言は出来ません。勘弁ねがいます」

駒伊が顔を顰《しか》めてそう言ったとき、窓ガラスの向こう、赤坂方面がカッと赤くなり、直後にドドーンと大爆音が響きわたって、茸《きのこ》状の火柱が噴き上がった。窓ガラスがビリビリと震える。

「な、なんだあれは……」

記者たちは、メモを取る姿勢のまま一様に目を見張った。

二度目の大爆発が起こった。

「いかん……」

駒伊大臣は、階段を駈け下り、危機管理室へ取って返した。

「総理……総理、大変です」

「駒伊さん。いま頭上がズズーンと二度鳴りましたが大変とは、それですか」

「はい。赤坂方向で巨大な火柱が噴き上がりました」

「なんですって」

閣僚たちは一斉に危機管理室を出ると、エレベーターで屋上を目指した。

屋上から、赤坂方面の紅蓮《ぐれん》の炎が、手に取るように見えた。

「爆発ですか駒伊さん」

「爆発です。普通の火災ではありません」

「総理。我々は職場へ戻ります」

国家公安委員長と警察庁長官が、そう言い残すなり身を翻した。

このとき駒伊大臣が所持する小型無線機が着信を知らせた。

駒伊はレシーバーを耳に嵌《は》め、スイッチを入れた。

「大臣ですか」

統合幕僚長からであった。切羽詰まった声であった。

「駒伊です。どうしました」

相手の声の調子に不安を覚え、駒伊の胃が瞬時に痛み出した。

「イージス艦〝しらなみ〟が石川県能登半島東方沖の領海内で……領海内で……」

「領海内でどうしたんですか。はっきりと言いなさい統合幕僚長」

「国籍不明潜水艦に撃沈されました」

「なにっ。撃沈……」

撃沈、と聞いて皆村首相はじめ閣僚たちはギョッとなった。ただ、この時点では彼等には、撃沈という言葉が「した」に結び付くのか「された」に結び付くのかは判らない。皆、固唾《かたず》を飲んだ。

「僚艦は一体どうしたのです。僚艦は」

「僚艦〝みさき〟が国籍不明潜水艦を捕捉して追跡。激しく爆雷攻撃を仕掛けましたが、これもイージス艦沈没の一五分後に沈められました」

「なんと二隻もやられたと……」

「しかし、その一〇分後に、わが攻撃型潜水艦〝あらなみ〟が国籍不明潜水艦を捕捉。これを原子力潜水艦と解析して密かに追尾。領海から出たところで魚雷攻撃を仕掛け撃沈しました」

「原子力潜水艦をか……」

駒伊のまわりにいた首相はじめ閣僚たちは、ようやく無線の内容を読み取って皆震えあがった。日本海を動き回る原潜の保有国と言えば、片手で数えられる程度しかない。

皆村首相は、痛いほど下唇を噛みしめた。

このとき彼方の十五階建のビルの屋上で、小さな小さなオレンジ色の火花が、パッと生じて消えた。

とたん尾野村外務大臣の頭が鈍い音を立て、彼はゆっくりと両膝を折って仰向けになった。

まだ頭上の空は暗く、閣僚たちには外務大臣の身に何が生じたのか判らなかった。

「どうしたのですか尾野村さん」

庄野官房長官が声をかけながら、しゃがんだ。

三

そのころ、米軍キャンプ座間内の陸自中央即応集団は、著しく緊迫した雰囲気の中に置かれ、司令官・大田原陸将は同じキャンプ座間内にある米陸軍司令部に友人のセリー・ワトソン司令官・中将を訪ね、流暢な英語でこう切り出していた。

その表情は、苦衷《くちゅう》を漲《みなぎ》らせていた。

「ワトソン中将、私が最も信頼していた伝家の宝刀、陣保陸曹長が命を落としました」

「えっ。米国で研修中だった各国士官の中で、常にナンバーワンだったあの陣保陸曹長が……」

陣保のことをよく知っているらしく、ワトソン中将が愕然とした表情を見せた。

「それはいつのことです?!」

「報告が入ったのは、つい先程です。それを聞いて、ここへ参上しました」

「では新潟の原子力発電所で、やはり対テロ戦があったのですね」

打撃作戦小隊の動きまで知っているワトソン中将だった。

「陣保陸曹長ほか三名が殉職、の報告が入った直後に、向こうの無線が切れました。こちらの呼び出しにも応答がありません」

「うむ……では、戦闘はまだ続いているのです」

「ワトソン中将。私は即応集団を率いて新潟へ飛ばねばなりません」

「しかし現地はまだ、猛吹雪でしょう」

「どれほどの吹雪であっても行かねばなりません。あの世界一優秀な小隊を見殺しには出来ません」

「私も賛成です。総司令官は軽はずみに最前線に立つべきではありませんが、今回は大田原陸将は自ら行かれるべきです」

「東京都心とくに皇居や国会議事堂周辺へは、即応集団の緊急即応連隊を目立たぬよう集結させつつあります。四〇〇や五〇〇の外国の異分子が完全武装で出現しても充分に対抗できましょう」

「その異分子が、四〇〇や五〇〇のパワーを超えていたらどうするのです。首都である都心では、空自や海自は役に立ちませんよ。**陸は陸軍が護る**。それも**精鋭化された余裕のある数で護る**。それが**陸戦戦略の基本**というものです。ギリギリはいけません」

「わが国には、約三万四〇〇〇キロにも及ぶ長大な海岸線や無数と言ってよいほどある島《とう》嶼《しょ》部を守り切るだけの陸自数を備えてはおりません。またそれらへ機敏に部隊を移送するに充分な大型ヘリの備えもありません」

「国家の生命線である国防をそのように疎《おろそ》かにして、経済大国だ経済大国だ、と持ち上げられてきた日本は、一体何にカネを使いまくってきたのですか」

「制服組の私には、政治家に取り囲まれているこの国の財政のことはよく見えません。それよりもワトソン中将。私が新潟へ出向いている間に、東京都心部で重大事が発生すれば、いま集結しつつある緊急即応連隊を米陸軍で支援してやって頂けませんか」

「国防はあくまで自分たちの力でやり遂げるべきですが、いいでしょう。大部隊を実戦配備に就かせるには本国の許可が要りますが、ある程度のことなら最近は私の権限で出来るようになってきました。友人であるあなたを応援しましょう。安心して下さい。それこそが日米同盟ですよ」

「有難うございます」

「それにしてもですよ。あなたが今、私に対して要請なさったことは、本来なら防衛大臣がいち早く言うべきです。あるいは日本政府がダイレクトにホワイトハウスへ要請すべきことです。日本政府は一体何をしているのです。動きが全く見えないではありませんか」

「申し訳ありません。ともかく私は、これより新潟へ向かいます」

大田原陸将は友人と固い握手を交わすと、自家発電照明で皓皓と明るい米陸軍司令官室を出た。

外には警務隊の車と隊員が待っていた。大田原陸将を多摩市落合・青木葉通りの自宅まで運んだ、あの車であり、あの三人のメンバーだった。

大田原が後部座席に座るのを待って、助手席の一等陸尉・芝芳雄が口を開いた。

「統合幕僚長から、たった今、報告が入りました」

「またかね。あの人は私がこの車に乗ると、必ず報告を下さるんだな」

「重大報告です」

「ほう……」と、大田原はさして驚かなかった。陣保殉職の報が、彼に大衝撃を与えていた。彼にとっては、それこそが重大事なのであった。

「で?……」

と、大田原は助手席の芝一等陸尉を促した。ハンドルを握っている二等陸尉・関山弘信がサイドブレーキをはずし、静かにアクセルを踏み込んだ。

芝が言った。

「消息を絶った搭載ヘリを捜索中のイージス艦〝しらなみ〟と汎用護衛艦〝みさき〟が、石川県能登半島東方沖の領海内で、国籍不明の原子力潜水艦に撃沈されました」

「なにっ」と、さすがに驚く大田原だった。

「さらにその国籍不明の原潜を、海自の攻撃型新鋭潜水艦〝あらなみ〟が領海外で沈めたそうです」

「なんてことだ。それだと本格戦に突入することになるぞ」

「ええ。報復は、きっとありましょう」

「我が国はろくに弾薬を備蓄していない状態なのに、早まったな」

「ですが海自潜水艦〝あらなみ〟の立場は、必ずや国民の理解を得られましょう」

「いや、私もその点は心配していない。ただ単純にわが国の弾薬備蓄の貧弱さを懸念しているのだ。この貧弱さは近隣諸国にすっかり知られてしまっている。笑われてもいる」

「わが国の弾薬備蓄総量は、それほど少ないのですか」

「少ない。話にならぬほど少ない。そして国民は、そのことを全く知らない」

「それだと太平洋戦争時代の旧日本軍と、何ら変わらないではありませんか」

「悲しいことだが変わらないな。それがこの国の政治の体質なんだ。ほかに統合幕僚長からの報告もしくは指示は？」

「ただ今の能登半島東方沖の重大事態を、官邸にいる駒伊大臣に報告中、突然無線交信が途絶え、以後、呼び出しに反応がないと言っておられました」

「この国のシビリアンコントロールは、遠い昔から真に正しい意味で機能していない。**制服組ではない防衛官僚**たちの国防知識は進化しておらず、その精神は今や地に堕ち腐敗し切っている。日本の政治家たちも国防には全く不適格な体質だ。国民の平穏を願って国防を真剣に研究している政治家が、この国にはいない。ゼロだ。ドス黒いカネを手に入れる事には目の色を変えて一生懸命だろうがね」

「だからこそ制服組はしっかりとしなければなりません。海自や空自では重要な機密データを外へ漏らしたり、隊員の麻薬問題が表面化したりと……陸自も決して偉そうなことは言えませんが」

「うん。制服組は命を賭けて、国家を守らねばならない。絶対に弛《たる》むようなことがあってはならない。ほかに統合幕僚長からの指示・報告はないのか」

「あとは、新潟へ一刻も早く飛ぶように、という再指示と、赤坂方面で原因不明の火災発生中、の二点です」

「判った。私がここを離陸したら報告しておいてくれ。全力を尽くします、と」

「承知しました」

運転していた関山二尉が、やわらかくブレーキを踏んだ。

目の前、ライトを照射された明るい米陸軍のヘリポートに、陸自の五五人乗り大型輸送ヘリCH・47JAが一機、轟々とエンジンを唸らせ待機していた。

大田原陸将は車から出ると、後ろを振り返ることもなく足早にヘリに向かった。

搭乗口に待機していた中年の将官二人が、挙手で陸将を迎える。

陸将が軽く挙手を返して、ヘリの搭乗口を潜った。

機内には三〇名近い将官たちが側壁に沿って座り、大田原を待ち構えていた。大田原はワトソン中将を訪ねる前に、彼ら将官たちとこの機内ですでに綿密に打合せ済みだった。

改めて話を交わすことは、もうない。

搭乗口のドアが閉められ、車外に出て見送る芝芳雄一尉ら三名の警務隊員が挙手を送った。綺麗な挙手であった。

「離陸」と、大田原が言葉短くそばの将官に伝え、その将官が操縦席へ「離陸せよ」と大声で命じた。

エンジンがバリバリバリと凄まじい音を発して、巨体を地上から引き離す。たちまち高度を上げて、加速を始めた。

都心に入り、埼玉を抜け、群馬に近付くにつれ、どこからともなく次々と飛来した大型輸送ヘリ、中型輸送ヘリが司令官機の前後に加わって、総数一七機の大編隊となった。機内にいるのは勿論、完全武装の中央即応集団特殊作戦群六二〇名の隊員たちであった。

朝日が、機体に当たっていた。上空の朝空は、快晴だった。

一七機はエンジン全開で飛行を続け、日本列島の背骨、山脈へ入っていった。

とたん機外の様相は一変した。上空は黒い雲に覆われ、ヘリの窓には雪粒が当たり出し、機体は軋みながら激しく揺れ始めた。

それでも二〇〇〇メートル級の山々を超えるため、一七機はぐんぐん高度を上げていく。

轟々たる爆音が、厚く雪をかむった山脈を覆った。

「先頭機がいま新潟県へ入りました」

全機との無線交信を担当する陸士長・熊谷直也が、大田原に告げた。

「無線マイクを貸したまえ。レシーバーはいらない。スピーカー・オープンで」

「はい」

熊谷陸士長は無線マイクを大田原司令官に手渡し、スピーカーのスイッチを入れた。

「こちら大田原。全機に告ぐ。先頭機から新潟へ入り始めた。各機のホバリング・ポイント、着陸ポイントは当初指示通り。ホバリングか着陸かの判断は機長がせよ。ホバリング高度は地上もしくは雪上三メートル。全隊員ロープダウンせずに降下」

つまり「飛び降りろ」ということであった。ロープダウンは時間がかかり狙撃される危険があるからだ。

大田原は無線マイクを熊谷陸士長に返した。熊谷がスピーカーのスイッチを切ってレシーバーを耳に当てた。

四

一七機は猛烈な吹雪の中、広大な原子力発電所を四方から取り囲むようにして着陸あるいはホバリングを強行した。

だが海側へ強行着陸した四機が四機とも突風に煽られて横転し、回転翼を大破。それでも厳しい訓練を積み上げてきた隊員たちは無傷で、立ちはだかる雪の壁に挑みかかった。

あとの一三機は全機が着陸に成功したが、うち中型二機が機体の後部を突然倒れてきた高さ数メートルの雪の壁に押し潰されてしまった。が、これも隊員は無傷だった。

火災はほとんど鎮火していた。

「それにしても一体何だこれは」

見たこともない余りの凄さに、ヘリを取り囲む雪の壁を愕然として見上げる大田原だった。これほどの場所へ打撃作戦小隊を送り込んだとは、想像もしていなかった大田原だった。

彼は、己れの未熟さを痛感した。

雪の壁の向こうから、激しい銃声が聞こえてくる。陣保陸曹長を失った打撃作戦小隊は、まだ反撃する力をなくしていなかったのか。

大田原は熊谷陸士長から、無線マイクを受取った。

「全隊に告ぐ。総力をあげて双澤小隊を救出せよ。敵ともに同じ迷彩服を着用と思われるので、充分に注意せよ」

大田原は司令官機に踏みとどまった。搭乗口は開いたままだった。

彼の前方三、四〇メートルのところで、雪の壁を見事に這い上がっていく小隊があった。

「あれは？」

と、大田原は脇にいる副官に訊ねた。

「陣保陸曹長から徹底的にしごかれた、青山保という若い一等陸尉です」

「双澤夏子一尉とは同期か」

「確か、その筈です」

「陣保が育てた将官は……皆……成長しとるな」

「おっしゃる通りです」

大田原と副官の目に、涙が湧き上がっていた。

吹雪は相変わらずであったが、灰色の雲が広がる空はかなり明るくなっていた。

雪の壁の上に這い上がった青山小隊は、防雪ゴーグルをかけ姿勢を低くして全力で走った。

激しい銃声が前方から伝わってくる。

「こちらチェック・メイト・ブルー、こちらチェック・メイト・ブルー。現在構内東側より侵入。北西に向かって進行中。領仁一曹、応答せよ」

青山一尉は、唇の左にある小さな無線マイクに向かって、領仁を求めた。

その彼のレシーバーに「領仁一曹、もう弾丸《たま》がありません」と絶叫するレンジャー隊員の声が飛び込んできた。

「いかん……」と、青山小隊は尚も飛ぶように走った。

「こちらチェック・メイト・ブルー。領仁一曹、応答せよ。位置を知らせよ」

「こちら領仁。その方角を突き進んでくると、強力な狙撃チームにぶつかります。用心して下さい」

「おお領仁、無事か」

「無事ですが、弾丸《たま》が一発もありません」

「くそったれが。必ず助けるぞ。心配するな」

青山は走りながら「吉澤、久米、旗山、前へ」と叫んだ。

後方から憤怒の形相で飛び出してきた三人は、手にスコープ付の狙撃用連発ライフルを持っていた。

「このまま走ると、相手の狙撃チームにぶつかる。聞いていたな」

「はいっ」

「そいつらを叩け。領仁一曹たちが危ない」

青山がそう言った次の瞬間、三人の狙撃手のうち久米秋男一等陸士がもんどり打って横転した。

「伏せろ」と、青山が叫ぶ。

小隊全員が雪上に伏せ青山が吹雪の向こうへ、ババババババンッと自動小銃を乱射した。

「痛え。左のモモをやられました。痛ってえ」

三人の狙撃手は、伏射の構えを取った。

吉澤が直ぐに言った。

「前方二〇〇メートルに、それらしい人の動きあり。やります。久米、旗山、失敗した場合のバックアップを頼む」

「任せとけ」と旗山が応じた。

青山はもう一度、前方へ自動小銃の乱射を加えた。彼には久米のモモを射抜いた相手が見えていなかった。

身構える久米のモモから流れ出す鮮血が、雪の上に広がっていく。

隊員の一人が、久米の足へ這い近寄った。

「治療はあとだ。先に倒す」

久米が怒ったように吐いた。

防雪ゴーグルの雪を掌で払い落とした吉澤はライフルスコープの中に、標的を捉えた。

防滴防雪型のスコープだった。

「やります」と告げてから、吉澤は引金を絞った。

ズバンッバンッ。

ズバンッバンッ。

ズバンッバンッ。

二、三秒を要さぬかに見えた二連射の三段撃ちだった。そして再びズバンッバンッと二連射が放たれ、吹雪のなか空薬莢が弾け飛んだ。

「フォー・チェック……」

当たり前のように告げた吉澤だった。彼もまた陣保教室の優等生であった。

フォー・チェックとクールに言ってのけてから、彼は雪に顔を伏せた。

嗚咽《おえつ》を漏らしていた。自分のライフルの射撃の腕こそ、陣保陸曹長の遺産、と改めて思い知らされたのだろう。

「行くぞ吉澤。久米はヘリへ戻っておれ」

青山は二人の若い隊員に、久米の応急手当とヘリまでの付き添いを命じた。

銃声が、急に散発的になった。

青山一尉は用心しながら、敵狙撃手のいた場所を、吉澤、旗山を先頭に立てて進んだ。

雪の壁は右へ緩くカーブしていた。

その行き止まりに、雪を固めて築いた狙撃用トーチカがあって、四人の男が朱に染まって仰向けに倒れていた。四人とも心臓と眉間を撃ち抜かれている。恐るべき吉澤の狙撃であった。

青山一尉は、目を細めまわりに視線をやって、慄然《りつぜん》となった。よく見るとこの場所は、雪の壁の上というよりは、地上数メートルのちょっとした雪原状になっていて、その北側はなんと塀の外にまで続いていた。

そして、そこかしこにトーチカ状の凹みがあって、直ぐそこには五、六人の、その向こうには三、四人の、と迷彩服の死体が転がっていた。数え切れない。

打撃作戦小隊によって、倒された異分子たちであった。それを見ただけで、壮絶な銃撃戦があったことが判った。

ふと見ると、三、四〇メートル向こうで誰かが手を振っている。

領仁一曹だった。

「各トーチカをチェックしろ。油断するな」

言い残して、散発的な銃声の中、青山は領仁に向かって走った。

行って見て、青山は驚いた。そこは敵のトーチカで、絶命した五名の異分子と二丁の軽機銃が転がり、その上にへたり込むようにして領仁一人が、ガタガタと震えていた。

「大丈夫か領仁一曹」

「青山……青山一尉」

領仁は青山にしがみつくと、声をふり絞って泣きじゃくった。

「よくやった。よく頑張った。六〇〇名の即応集団が来たんだ。もう心配するな」

「陣保が……陣保があ……」

「よしよし……よしよし……」

　青山の目からも、ハラハラと涙がこぼれ落ちた。

　と、吹雪が急に勢いを弱めた。気味悪いほど急だった。

「立てるか領仁」

「駄目です。立たせて下さい。怖くて……怖くて立てません」

「青山が来たんだ。もう心配ないぞ。怖くないぞ」

「敵が……敵が俺に襲いかかってきました。残りの弾丸《たま》がほとんど無い俺に」

　領仁は恐怖で全身を震わせ凍らせ、ガチガチと歯を噛み鳴らした。

「俺は生きるために……そいつをやっつけて銃を奪い……この機銃トーチカを襲って……そして……」

「もう喋るな。俺には判るぞ。その敵の機銃で、お前は部下を必死で守ったんだ」

「違う。俺は自分だけを守ったんです。部下たちも……弾丸《たま》のなくなった自分の銃を捨て……やっつけた敵の銃を奪って闘った……もう嫌だ……こんな撃ち合いは嫌です」

　部下たちに勇猛で知られた、あの領仁が、だだっ子のように青山の胸で泣きじゃくった。

　無理もなかった。領仁の勇猛は、訓練での勇猛であった。

　が、今この現実は、実戦だった。殺るか殺られるかの実戦だった。

「さ、領仁。われらの陣保陸曹長のところへ連れていってくれ。遺体はどこだ」

陣保と聞いて、領仁はようやく立とうとした。

青山一尉は彼に肩を貸して歩き出した。

少し離れたところで誰が発砲したのかパーンパーンと銃声がして、それで静けさが訪れた。吹雪がどんどん弱まっていく。

青山一尉の足がとまった。

少し先で、陣保陸曹長が双澤一尉に抱きしめられていた。

彼女の後ろで、陣保の部下たちが仰向けになっている。一見して、絶命していると判った。

（陣保陸曹長……この青山が必ず陣保精神を引き継ぎます）

青山は唇を嚙みしめ、肩を震わせた。

司令官機の中にいた大田原は、吹雪が急に弱まり出したので、機外に出た。雪空が少し明るさを増していた。

「銃声がやみましたよ。掃討できたのでしょうか」

副官が遠くを見て言った。

「異分子の遺体をね副官。ここへ何人か並べて下さい。調べてみましょう」

「それがいいですね」

副官は大田原のそばを離れていった。

やがて隊員たちの手で、幾人かの異分子の死体が司令官機の前に並べられた。

吹雪は、ほとんど普通の降りに変わっていた。まるで神の意思によるもののように、急激な変わりようだった。

大田原は副官と共に、異分子の遺体を見て回った。風貌、着ているもの、履いているもの、タバコやライター、万年筆などなど。

「うむ。なるほど、どこから見ても日本人だな。身につけているものは皆、日本製ときている」

「それだけに、かえって不自然ですね」

「不自然だが、しかし逆に外国人であるという説明が成り立たない」

「ええ。それはそうですね」

そこへ「双澤一尉、領仁一曹は無事」という報告が、通信担当の熊谷陸士長によって齎《もたら》された。

大田原は、できるだけ何事もなかったかのように小さく頷いた。陣保や犠牲となった隊員のことを思えば、小さく頷くことが精一杯だった。

「この遺体は写真に撮っておいて下さい。それから敵の死体と言えども、丁寧に扱うことを隊員たちに徹底させて下さい」

「判りました」

大田原は熊谷陸士長を促して、司令官機の中へ戻った。

各隊、各班から次々と報告が入り、次第に驚くべき事実が判明し出した。打撃作戦小隊三三名は、一五〇名以上の異分子を倒していたことが判ってきたのである。

そして救援の即応集団が倒した敵は二七名。

その数字を知ったとき、大田原は思わず「陣保よ……」と身震いした。誇るべき双澤小隊、いや陣保小隊だと思った。

発電所の事務棟地下二階に幽閉されていた関東電力の従業員五八名が、青山小隊によって無事に発見されたのは、それから間もなくのことだった。

ただちに、即応集団に守られながらの停電復旧作業が、開始された。

(よかった。不幸中の幸いというほかない)

大田原は五八名の原発従業員の無事を、心から喜んだ。

司令官機の前に並ぶ異分子の遺体は、一五名……三〇名……四五名と増えていった。

機内でそれを眺めながら、攻める者、守る者の無常を大田原は感じた。

「お……」

と、大田原は、ゆっくりと機外に出た。五、六〇メートル向こうの雪壁の角から、双澤小隊が姿を見せたのだった。

皆、疲れ切っていた。銃を持つ片腕を力なくぶらりと下げたままの者、うなだれている者、いたいたしく片足をひきずっている者、頭に血を滲ませた繃帯《ほうたい》を巻いている者、それらが異分子一五〇名以上を倒したとされる勇者たちの姿であった。恐怖に包まれたへとへとの姿であった。

大田原は駈け寄って、抱きしめてやりたいのを踏みとどまった。

「弾丸《たま》がなかったんだよう、弾丸《たま》が。弾丸《たま》なしで、どう闘えっていうんだ馬鹿野郎」

若い隊員のひとりが、突然大声でわめいた。そして声を出して泣いた。反撃する弾丸がなかったために、傷ついた仲間を守り切れなかったのだろうか。

双澤一尉が、その隊員のそばへ行って、肩を抱きしめた。

(あれほど充分以上に持たせた弾薬を、全て使い切ってしまうほどの激戦であったのか……)

大田原は、自分は司令官失格であると思った。著しく勉強不足だ、とも思った。

「司令官、統合幕僚長からです」

熊谷陸士長が、大田原の背に、無線マイクとレシーバーを差し出した。振り向いて「有難う」とマイクとレシーバーを受け取った彼の目に、大粒の涙が湧き上がっていた。

「はい。大田原です」

「大田原君、直ぐに東京へ全隊員を戻してくれ。大至急だ」

「何事ですか統合幕僚長」

「外務大臣、防衛大臣が、官邸屋上で狙撃殺害された」

「なんですって」

「現在、国会議事堂、赤坂迎賓館周辺で、緊急即応連隊と正体不明の武装集団との間で激しい銃撃戦が生じている」

「相手の数はどれくらいですか」

「判らん。相当な数だが、緊急即応連隊は耐え抜いている」

「我々は大停電を復旧させるまでは、ここの警備から手が離せません」

「何をトンチンカンなことを言っとるんだ君は。首都がやられているんだぞ首都があ」

「大停電を復旧させない限り、再び東京に真っ暗な夜が訪れます。そうなれば首都防衛は苦戦しますよ」

「命令だ。引き返したまえ」

「ここの原発は、まだ奇襲される危険を残しています。そちらで今動かせる普通科部隊を緊急即応連隊の背後に張り付けて、踏ん張って下さい。私に考えがあります」

「勝手にしろ」

統合幕僚長が無線を切った。

「熊谷陸士長。米軍キャンプ座間の米陸軍司令部通信室と接触し、ワトソン中将を呼び出してくれ」

「了解」

熊谷陸士長が流暢な英語で米陸軍司令部と無線で接触した。だが先方の応答に、大田原は衝撃を受けねばならなかった。

「ワトソン中将は急な重要任務のため、三〇分ほど前に横田基地の軍用機で本国へ向かったそうです」

「な、なに。そんな馬鹿な……じゃあ、その下のジェームス・ウェーバー准将を」

ウェーバー准将とも交流深い大田原だった。

だが……。

「ウェーバー准将も、ワトソン中将と共に本国へ向かったそうですが」

熊谷に告げられて大田原は茫然となった。たちまち頭の中が、真っ白となる。

「そんな……馬鹿な」

彼ら米国人にとって、日本とはその程度の国だったのか、と大田原は下唇を嚙んだ。

「熊谷陸士長」

「はい」

「君は私と共に闘って死ぬことが出来るか」

「命令とあらば、できます」

「そうか。君はいい奴だな」

大田原は、淋しそうに笑った。こういう純粋な青年と充分以上の弾丸《たま》が保証されれば、日本はまだまだ倒れない、と思った。

（完）

■「門田泰明時代劇場」刊行リスト■

ひぐらし武士道
『大江戸剣花帳』（上・下）
徳間文庫 平成十六年十月
光文社文庫 平成二十四年十一月
新装版 徳間文庫 令和二年一月

ぜえろく武士道覚書
『斬りて候』（上・下）
光文社文庫 平成十七年十二月
徳間文庫 令和二年十一月

ぜえろく武士道覚書
『一閃なり』（上）
光文社文庫 平成十九年五月

ぜえろく武士道覚書
『一閃なり』（下）
光文社文庫 平成二十年五月
徳間文庫 令和三年五月
（上・下二巻を上・中・下三巻に再編集して刊行）

浮世絵宗次日月抄
『命賭け候』
徳間書店 平成二十年二月
徳間文庫 平成二十一年三月
祥伝社文庫 平成二十七年十一月
（加筆修正等を施し、特別書下ろし作品を収録して『特別改訂版』として刊行）

ぜえろく武士道覚書
『討ちて候』（上・下）
祥伝社文庫 平成二十二年五月
徳間文庫 令和三年七月

浮世絵宗次日月抄
『冗談じゃねえや』
徳間文庫　平成二十二年十一月
光文社文庫　平成二十六年十二月
（加筆修正等を施し、特別書下ろし作品を収録して『特別改訂版』として刊行）
祥伝社文庫　令和三年十二月
（上・下二巻に再編集して刊行）

浮世絵宗次日月抄
『任せなせえ』
光文社文庫　平成二十三年六月
祥伝社文庫　令和四年二月
（上・下二巻に再編集し、特別書下ろし作品を収録して『新刻改訂版』として刊行）

浮世絵宗次日月抄
『秘剣　双ツ竜』
祥伝社文庫　平成二十四年四月

浮世絵宗次日月抄
『奥傳　夢千鳥』
光文社文庫　平成二十四年六月
祥伝社文庫　令和四年四月
（上・下二巻に再編集して『新刻改訂版』として刊行）

浮世絵宗次日月抄
『半斬ノ蝶』（上）
祥伝社文庫　平成二十五年三月

浮世絵宗次日月抄
『半斬ノ蝶』（下）
祥伝社文庫　平成二十五年十月

浮世絵宗次日月抄
『夢剣　霞ざくら』
光文社文庫　平成二十五年九月
祥伝社文庫　令和四年六月
（上・下二巻に再編集して『新刻改訂版』として刊行）

拵屋銀次郎半畳記
『無外流　雷《いなずま》がえし』（上）
徳間文庫　平成二十五年十一月
新装版　徳間文庫　令和六年三月

拵屋銀次郎半畳記
『無外流 雷《いなずま》がえし』（下）　徳間文庫　平成二十六年三月
新装版　徳間文庫　令和六年三月

浮世絵宗次日月抄
『汝 薫るが如し』　光文社文庫　平成二十六年十二月
（特別書下ろし作品を収録）
祥伝社文庫　令和四年八月
（上・下二巻に再編集して『新刻改訂版』として刊行）

浮世絵宗次日月抄
『皇帝の剣』（上・下）　祥伝社文庫　平成二十七年十一月
（特別書下ろし作品を収録）

拵屋銀次郎半畳記
『俠客』（一）　徳間文庫　平成二十九年一月

浮世絵宗次日月抄
『天華の剣』（上・下）　光文社文庫　平成二十九年二月
祥伝社文庫　令和四年十月
（加筆修正を施し、『新刻改訂版』として刊行）

拵屋銀次郎半畳記
『俠客』（二）　徳間文庫　平成二十九年六月

拵屋銀次郎半畳記
『俠客』（三）　徳間文庫　平成三十年一月

浮世絵宗次日月抄
『汝《きみ》よさらば』（一）　祥伝社文庫　平成三十年三月

拵屋銀次郎半畳記
『俠客』（四）　徳間文庫　平成三十年八月

浮世絵宗次日月抄
『汝《きみ》よさらば』（二）　祥伝社文庫　平成三十一年三月

拵屋銀次郎半畳記
『俠客』（五）　徳間文庫　令和元年五月

浮世絵宗次日月抄
『汝《きみ》よさらば』（三）　祥伝社文庫　令和元年十月

『黄昏坂《たそがれざか》　七人斬《ななにんぎ》り』　徳間文庫　令和二年五月
（特別書下ろし作品を収録）

拵屋銀次郎半畳記
『汝《きみ》　想《おも》いて斬《ざん》』（一）　徳間文庫　令和二年七月

浮世絵宗次日月抄
『汝《きみ》よさらば』（四）　祥伝社文庫　令和二年九月

拵屋銀次郎半畳記
『汝《きみ》　想《おも》いて斬《ざん》』（二）　徳間文庫　令和三年三月

浮世絵宗次日月抄
『汝《きみ》よさらば』（五）　祥伝社文庫　令和三年八月

拵屋銀次郎半畳記
『汝《きみ》 想《おも》いて斬《ざん》』(三)　徳間文庫　令和四年三月

拵屋銀次郎半畳記
『汝《きみ》 戟《げき》とせば』(一)　徳間文庫　令和四年九月

『日暮坂《ひぐれさか》 右肘《みぎひじ》斬《お》し』　徳間文庫　令和五年六月

拵屋銀次郎半畳記
『汝《きみ》 戟《げき》とせば』(二)　徳間文庫　令和五年八月

浮世絵宗次日月抄
『蒼瞳《そうとう》の騎士《きし》』(上)　祥伝社文庫　令和六年五月

拵屋銀次郎半畳記
『汝《きみ》 戟《げき》とせば』(三)　徳間文庫　令和六年九月

この作品は2006年6月光文社より刊行されました。
なお、本作品はフィクションであり実在の個人・団体などとは一切関係がありません。

徳間文庫

存《そん》亡《ぼう》

2024年11月15日 初刷

著者 門《かど》田《た》泰《やす》明《あき》

発行者 小宮英行

発行所 株式会社徳間書店

東京都品川区上大崎三―一―一
目黒セントラルスクエア 〒141―8202

電話 編集〇三(五四〇三)四三四九
販売〇四九(二九三)五五二一

振替 〇〇一四〇―〇―四四三九二

印刷 株式会社広済堂ネクスト
製本

ISBN978-4-19-894976-1 (乱丁、落丁本はお取りかえいたします)